Typen, Scherben und Bonmots

Bunte Lebensschnipsel in der
Edition BoD

hrsg. von Vito von Eichborn

Else Buschheuer

Typen, Scherben und Bonmots

134 Geschichten + Gemeinheiten
+ Gedanken aus der großen
kleinen Welt

Edition BoD

Bücher für Entdecker

Books on Demand bietet Autoren ein neues Verlagskonzept. Viele Debütanten, etablierte Autoren und engagierte Verleger nutzen den Publikationsservice von Books on Demand und bereichern den Buchmarkt mit interessanten und außergewöhnlichen Titeln. Vito von Eichborn, einer der innovativsten Buchmacher Deutschlands, wählt als Herausgeber für die Edition BoD herausragende Neuerscheinungen aus. Lesen Sie selbst, welche Entdeckungen das Programm von Books on Demand möglich macht.

Mehr Infos auch auf www.bod.de.

Else Buschheuer wurde 1965 in Eilenburg bei Leipzig geboren. Nach der „Wende" arbeitete sie als freie Journalistin für Printmedien und Fernsehen, u.a. für „Der Tagesspiegel" und „Spiegel TV". Ab 1997 moderierte sie den Wetterbericht auf n-tv, ProSieben und N24. Parallel machte sie sich mit den Romanen „Ruf! Mich! An!" und „Masserberg" einen Namen als Schriftstellerin. Seit 2000 führt sie ein viel beachtetes Internet-Tagebuch unter www.else.tv. 2001 verschlug es sie für vier Jahre nach New York. Seit August 2005 moderiert sie im MDR Fernsehen die Talkshow „Riverboat" und lebt in Leipzig. Sie erreichen Else Buschheuer unter else@else.tv.

Vito von Eichborn war Journalist, dann Lektor im S. Fischer Verlag, bevor er 1980 den Eichborn Verlag gründete, dessen Programm noch heute ein breites Spektrum umfasst: Humor, Kochbücher und Ratgeber, Sachbücher aller Art, klassische und moderne Literatur sowie die Andere Bibliothek. Nach seinem Ausstieg im Jahre 1995 war er u.a. Geschäftsführer bei Rotbuch/Europäische Verlagsanstalt und sechs Jahre Verleger des Europa-Verlags. Seit 2005 ist Vito von Eichborn selbständig als Publizist tätig und fungiert u.a. seit März 2006 als Herausgeber der Edition BoD.

Meine Buchhändlerin sagte mir, „ja", sagte sie ...

Ja, New York hört sich gut an. Und Else Buschheuer kennt man ja, ihr ‚Ruf! Mich! An!' ist doch toll. Aber bitte: zu New York nicht noch mal nine/eleven. Und nicht reiseführermäßige Tipps, davon gibt's genug. Was schreibt sie denn eigentlich?"

„Tja", zögerte ich, „also, zunächst mal war das ihr Tagebuch, in mehreren Bänden gedruckt ...""

„Oje", wurde ich unterbrochen, „Tagebücher haben's immer schwer. Erzählt sie denn da auch tagebuchmäßig lauter Alltagskram? Was ist das Besondere daran?"

„Nee, das ist ja kein Tagebuch mehr. Also, das ging so: Ich las in ihren Büchern herum – manches war tagesaktuelles Erleben, was mich nicht interessierte, und sie erzählte auch von Büchern, die sie gerade las, von Filmen und Musik. Und mir war das alles zu viel. Was als Blog funktioniert, wird im Medium Buch eben anders ...""

„Wieso Blog, was ist das? Und worum geht's denn nun?"", wurde sie ungeduldig.

„Na ja, das waren ihre Internet-Tagebücher, übrigens nicht nur New York, auch Indien, wie ich das noch nie gelesen habe, ein bisschen Deutschland. Aber darum geht's doch gar nicht!"", wurde ich nun unwirsch, „ich stieß immer wieder auf wunderbare Stellen: Menschen, Alltagserlebnisse, oft sprachlich sehr originell, mit viel Humor, auch selbstkritisch, Reflexionen und Beobachtungen – wunderbar. Tja, dann habe ich – natürlich mit Einverständnis der Autorin – die Daten der Tage gestrichen und eben diese so gelungenen Partikel ausgewählt. Das funkelt jetzt richtig ...""

„Wie, das ist gar nicht hintereinander erzählt?"

„Doch, doch, chronologisch ist das schon, in der Reihenfolge ihres Erlebens. Aber es ist gewissermaßen ein Puzzle: Gedanken, Fragmente, Sentenzen, Grotesken, Bilder, Geschichtchen – das ist wie ein Vexierspiel oder ein Prisma. Und man findet manchmal sich selbst wieder, kommt auf eigene Fragen und Erinnerungen. Und man erfährt ein völlig anderes New York als aus dem Reiseführer. Wer selbst mal dort war, erkennt natürlich vieles – aber mit so einem charmant-liebevollen Blick für den Alltag hat es noch niemand beschrieben. Sie hat auch den Mut zur Naivität. Wenn sie da Straßen beschreibt, einfach, was sie so sieht, kommt man darauf, dass man die Straße, in der man selbst wohnt, nie so richtig betrachtet hat. Und all die Menschen, denen sie so begegnet, werden in diesen Lebensschnipseln gerade durch die Alltäglichkeiten lebendig. Es entsteht eine Art Literatur der kleinen Dinge und der kleinen Schicksale, höchst vergnüglich, nachdenklich, lustig, ja, auch traurig, eben wie das Leben so spielt ...“

„Gib mal her“, fuhr mir meine Buchhändlerin in die Parade. Nun hatte ich sie offensichtlich neugierig gemacht. Und sie begann zu lesen, mal hier, mal da, wozu ja dieses Buch wie kein anderes einlädt, und ihr Mienenspiel wurde lebendig, ich sah sie schmunzeln und staunen.

„Mannometer“, meinte sie, „da ist ja richtig was los. Kleines Menschenleben in lauter Miszellen, wunderbar. Das kann ich vielen meiner Kundinnen empfehlen. Natürlich allen, die mal in New York waren, und das sind schon viele. Und allen, die viel unterwegs sind, weil man hier wunderbar zwischendurch hineinlesen kann. Ja, und überhaupt, frau findet sich wieder ...“

„Mann auch“, kann ich da nur sagen,
und ich wünsche allen Lesern Schmunzeln und Staunen.

Vito von Eichborn

Über die Schwierigkeit, einen Frosch zu besorgen

Anruf in der achten Zoohandlung. „Guten Tag. Haben Sie einen Frosch?" – „Ick hab' zwee. Siehmfuffzich das Stück." Endlich! „Wann machen Sie zu?" – „In zwee Minuten!" – „Halt! Halt! Stopp! Nicht zumachen! Ich komme!"

Stürze zum Taxi. Für eine Fotoproduktion brauchen wir einen schönen grünen Laubfrosch, der über mein Gesicht spaziert, so wie bei dem Typen in Ally McBeal. Leihweise. „In die Busse", brülle ich dem Taxifahrer schon von weitem zu und sattele auf. „Vitevitevite!" – „Wattn?", knurrt der und tuckert langsam an. „Jemand jestorbn?" – „Nein, muss was abholen." – „Wat hia wieda los is!", schimpft der Fahrer. „Weeßnich, wat die alle am Kudamm finden."

Er weist auf dicke Hintern, die sich dicht auf dicht übers Trottoir auf die Straße schieben und grabscht nach dem Stadtplan. Zu sich selber: „Blisse, Busse, bin ick blöde? Wo wardn die schon wieda? Ach! Hia isse! Die Busse." Zu mir: „Welche Höhe?" – Ich zerre mein Handy raus, drücke auf Wahlwiederholung.

Viermal Klingeln. Dann der Zoohändler. „Ick jehe grade", sagt der drohend. „Feiaahmd." – „Nein, bitte nicht, ich sitz schon im Taxi, verpacken Sie mir rasch einen von den Fröschen. Sie kriegen zehn Mark extra. Welche Höhe Busse?" – „Detmolder. Aba machense hinne." – „Wie lange noch?", frage ich den Fahrer. „Imma mitte Ruhe", sagte der, dreht sich um und sieht mich an. „Wat soll det sein. Ne Froschjagd? Also, ick hab ja schomma zwee Hammel gefahren, fürne Filmproduktion, aba'n Frosch noch nie." – „Ja, bitte schnell!"

Höhe Detmolder hält der Wagen quietschend, ich springe raus, der schnurrbärtige Zoohändler hält mir ein zeitungsverpacktes Etwas entgegen, ich werfe ihm das Geld zu, wieder rein ins Taxi, zurück, in zehn Minuten beginnt der Fototermin.

„Kannickma sehn?", fragt der Fahrer, während er flucht und hupt und fährt. Ich wickele einige Tageszeitungen ab und sehe ratlos in eine mit Wasser gefüllte Plastiktüte, oben zugeklebt, die leer zu sein scheint. „Das ist ja ... das ist ja .... Da ist ja gar nix drin!" Vollbremsung. Fahrer: „Wattn – zurück?" Da sehe ich etwas winziges Dunkles elegant unter Wasser die Beinchen strecken und Kreise ziehen. „Das ist ja ein Wasserfrosch!" Der Taxifahrer schüttelt den dicken Kopf, fährt langsam wieder an. „Übaall wird man beschissen! Armet Deutschland!"

Über ein schlechtes Gewissen

Heute hat es geregnet. Bei Regen findet man mich auf dem S-Bahnsteig in Unterföhring. Dort stehe ich unter meinem ProSieben-Regenschirm wie ein Riesenpilz und rette Schnecken. Muss einfach Schnecken retten. Obwohl es fiese braune Nacktschnecken sind, also keine Tiere, die der Mensch spontan lieb hat. Ich schon gar nicht. Trotzdem. Ich schnippe die Schnecken vom betonierten Bahnsteig. Mit der Schuhspitze. Vorsichtig. Ins Gebüsch.

Ich tue das für Zenzi.

Zenzi hatte ein weiß schimmerndes Perlmutthäuschen, einen schwarzen Hals und durchsichtige Fühler. Sie entstammte der Hohen Tatra, polnische Seite. Ich fand sie zwischen Edelweiß und Enzian auf einem Berg, dessen Name mir entfallen ist. Ich war neun und nahm Zenzi an Kindes statt auf. Ich gab ihr Asyl in Kummersdorf bei Storkow, zeigte ihr die Schleuse am Kanal, die kühlen Pfifferlingswälder, den Riesenstamm mit den knorrigen Ästen. Gern ritt sie auf meinem Handrücken und hinterließ eine edle silberne Spur. Ich baute ihr ein Schloss aus Dachpappe und Spanholz, ein Schloss mit Gärtchen, mitten auf der saftigen Wiese. Es verging kein Tag, an dem ich ihr nicht einen Guten Morgen wünschte und kein Abend ohne ein Gute Nacht.

Eines Morgens war Zenzi weg. Ich schrie bis zur Heiserkeit, schrie, bis die Nachbarn jenseits des Zaunes stehen blieben: Zenzieee, Zenzieee. Auf Knien robbte ich durchs starke dunkelgrüne Schneidegras, Millimeter für Millimeter das Terrain sondierend.

Kchchrrrax machte es, als ich mein linkes Knie aufsetzte. Mein halbes Leben habe ich vergessen, aber dies Geräusch nie. So tötete ich Zenzi.

In der Blüte ihrer Jugend.

Im Garten meiner Kindheit.

Hotel Domicil Bonn

Wenn ein Obstteller auf dem Tisch steht oder eine Flasche Sekt, dann bist du ein Promi", hat mir Kachelmann mal gesagt. Nicht ganz klar ist mir, ob das auch für „I love Milka"-Pralinen aus Nuss-Nougat in Herzform und die Visitenkarte der Hoteldirektorin zutrifft, denn beides finde ich auf meinem Bett.

Noch vier Stunden bis zur Lesung. Ich schalte den Fernseher ein, schlage gähnend das große braune Gästebuch auf – und bin für die nächsten drei Stunden gefangen. Meine Reise beginnt am 14.8.95. „Am Valentinstag als Erster in dieses Buch welche eine Ehre" stammelt da jemand in großer Schlaufenschrift, malt ein Lachgesicht mit drei Haaren drauf und eine Blume mit dem Hinweis SWF3.

Elmar Hörig, wie eine enge, offenbar hoteleigene Mädchenschrift in Klammern vermerkt. Auf die linke Seite wurde von liebevoller Hand ein „Bube Dame Hörig"-Bildchen aus einer Fernsehzeitschrift aufgeklebt.

„Einen wunderschönen Tag", wünscht weiter hinten in resoluter ausgeschriebener Druckschrift Jutta Ditfurth. Drunter hat sie einen Stern gemalt, der die Faust ballt. In einer Randnotiz beschwert sie sich, dass sie „zwangsberieselt" würde wie in einem Supermarkt – das scheint inzwischen abgeschafft worden zu sein.

Drei Seiten weiter glaube ich den Schriftzug von Stefan Heym zu entziffern, Dezember 1995. Barbara Wussow hat von sich ein Autogrammfoto eingeklebt, auf welchem sie in sexy Pose hockt, im kleinen Schwarzen. Steil, eng, herrisch, leicht nach links geneigt schwärmt Dr. Hildegard Hamm-Brücher, die auf den Doktortitel in der Unterschrift nicht verzichten mag, vom „herrlichen Frühling", und zwar im April 1996.

Eine Seite weiter, in freundlicher, leserlicher, Schrift Marcel Reich-Ranicki, der auf den Professor verzichtet und zwecks Identifizierung aufmerksamerweise seinen eigenen Namen noch mal in Blockbuchstaben drunterschreibt.

6.5.96 – „Ein sehr sympathisches Hotel, aber in diesem Zimmer (Nr.) gibt es leider nur sehr schlechte Bücher – und das in der Thomas-Mann-Straße." Man hört ihn förmlich sprechen, den Alten. Und er hat Recht. Die im Zimmer vorrätige Lektüre: der Roman „Seide – Glanz der Frauen" von Irmgard Thomas, Dümmlers Verlag, Bonn 1949. Der Roman „Schreckensnacht" von Serge Groussard, Brüder Auer Verlag, Bonn 1952. Und ein Buch in Sütterlin von Jo van Ammers-Küller, Titel: „Die Frauen der Coornvelts", Grethlein & Co, Leipzig 1926. In dem muss einst jemand gelesen haben, denn ein Domicil-Notizzettel befindet sich als Lesezeichen auf S. 34. Ob das MRR war?

Es folgt ein Eintrag von Walter Scheel, dessen Name mir wieder in Klammern entschlüsselt wird. Scheel hat eine großzügige kluge Schrift. Das Domicil sei ihm von einem Freund empfohlen worden, schreibt er im Mai 1996. Seine Erfahrung: eine gute Empfehlung! Ob Hiltrud Schröder weiß, dass links neben ihrer

Eintragung vom Juni 1996 eine Bunte-Hillu prangt, am Körper entlang ausgeschnitten, im Jeanshemd, mit Perlenohrsteckern, aus der Zeit, als sich Gerhard von ihr noch das Currywurstessen verbieten ließ? Ist das Foto nachträglich eingeklebt worden, hat sie es gar selbst beigesteuert? Eugen Drewermann, flache breite Schrift, ruhig wie Meereswellen, zitiert Saint-Exupéry. Mathieu Carrière, mit wilder, in alle Richtungen ausschlagender Schrift, hat hier „zwei wunderschöne Nächte mit Bettina und Lea" verbracht, was einen freut und zugleich ein wenig ängstigt. Wolfgang Herles ist aufgefallen, dass hier „Bilder, Möbel, Architektur kein Anschlag auf die Sinne sind". Loki Schmidt teilt sich mit Siegfried Lenz eine Seite im Gästebuch, Loki lobt die Betreuung, Siegfried die Gastfreundschaft. Teilten sie auch ein Zimmer?

Ulrich Wildgruber hat sich hier noch im April 1997 wohlgefühlt und ist inzwischen nicht mehr am Leben. Seine Schrift ist so schwungvoll, dass ihm hinten nie die Seite gereicht hat, dass sich hinten die Zeilen nach unten biegen, als er den äußerst angenehmen Aufenthalt im schönen Bonn lobt. Werner Schneyder tanzt aus der Reihe und trägt sich links ein. Daneben, im Mai 1997, mit der linealgraden Schrift einer Klassenbesten, die Strauß-Tochter Monika Hohlmeier. Gerd Ruge haben die Bücher gefallen.

Stellt sich die Frage: Fand er andere im Zimmer vor als MRR und ich, oder hat er einen bescheideneren literarischen Geschmack? Wolfgang Klein, der ProSieben-Nachrichtenchef, der ging, als ich kam, hat eine Autogrammkarte eingeklebt und malte ein übermütiges Herz mit Ohren, Haaren und Gesicht. Max Raabe schreibt mit antiquierter Schrift: „ein selten schönes Domicil", und klebt ein Kärtchen vom Palastorchester ein. Orchester spricht er, das weiß ich, weil ich ihn mal interviewt habe, korrekt mit China-Ch. „La Bouche" hat eine Autogrammkarte eingeklebt, die Gästebuch-Keeperin notierte zum besseren Verständnis: „die Popgruppe". Walter Kempowski hinterließ im

November 1997 ein griesgrämig dreinblickendes Selbstporträt mit der lakonischen Bemerkung: „hier gewest". Franka Potente kritzelte Filmtipps ins Gästebuch („Titanic, Copland, The Butcher Boy, Opernball").

Barbara Auer bedauert, dass die Nacht so kurz war, worüber man gerne mehr wissen würde. Nicole sei „spät, aber freundlich" aufgenommen worden". Mir tut leid, dass sie dereinst ins Grab sinken wird, ohne einen Nachnamen gehabt zu haben. Von Ottfried Fischer frage ich mich, wie er überhaupt durch den Flur gekommen ist, in dem schon mein Trolly stecken blieb. Er jedenfalls fand es im Juni 1998 „zauberhaft". Wigald Boning hat eine flächendeckende steile Schrift, in der er für die vortreffliche Gastfreundschaft dankt und weiterhin gefüllte Betten wünscht.

Walser schreibt im Oktober 1998: „Wenn man hier aufwacht, weiß man doch, wo man ist. Stil tut gut. Besonders am Morgen." Erst habe ich Stille gelesen, aber nein: Stil. Walsers Schrift gefällt mir. Sie ist ein bisschen alt, ein bisschen eitel, ein bisschen abgenutzt. Ruprecht Eser ließ hier im Januar 1999 seine „Gedanken reisen".

Emil Steinbrecher, mit verträumter Porträt-Karte in Sommerfarben, nennt das Domicil eine „Entdeckung auf meiner Lese-Tour", für Sabine Christiansen ist es sogar das Lieblingshotel in Bonn. Grönemeyer, Michael Degen, Juliette Greco, Jan Philipp Reemtsma waren hier, Hannelore Hoger hat sich „sauwohl gefühlt", Rufus Beck eine Fratze gemalt, Leslie Malton diagonal geschrieben, ganz groß, da braucht sie nicht so viel.

Dr. Uwe Wesp, der mit der Fliege, der schon Obst und Champagner im Hotelzimmer fand, als Kachelmann noch zur Schule ging, schrieb im April 2000, dass bei ihm keine Wünsche offen blieben, worüber man auch gern mehr erführe.

Volker Schlöndorff, berüchtigt für lange Reden und Filme, fasst sich hier gradezu erschreckend kurz und dankt für eine gute Nacht. Für Heidi Wieczorek-Zeul war die Nacht sogar wunderbar. Ob beide dasselbe meinen im August 2000? Und nun ich.

Wahr oder falsch?

Das Lesezelt ist gut gefüllt. Links von mir sitzt Gottfried John, neben mir MmMm (Moderatorin mit Müffelmund), zu deren Rechten Mutter Beimer. Gottfried John ist nervös. Mutter Beimer ist nett. Ich bin frisch verlobt mit Ulrich Wickert. Habe auf dem Heyne-Empfang dem Alkohol so zugesprochen, dass ich es für angebracht halte, meine Sonnenbrille aufzubehalten. Gottfried John fragt MmMm, ob man auf der Bühne rauchen kann. Mutter Beimer muss mal. Gottfried John fragt mich, ob ich auch rauche. Ich friere. Ich habe Kopfschmerzen. Ich rauche nicht. MmMm sagt müffelnd „Einseinseins" ins Mikro. Gottfried John nestelt an seiner Zigarettenschachtel. Mutter Beimer fragt, ob sie noch mal schnell zur Toilette kann. MmMm sagt, die sei zu weit weg, leider. Gottfried John steckt sich eine an. Mutter Beimer sagt, dass das nicht nett sei, keine Toilette in der Nähe vom Zelt. Ich sage: Unn kalt is auch!

Zehn nach elf. Kameras klicken, Zuschauer räuspern sich erwartungsvoll. Gottfried John steckt sich noch eine an. Mutter Beimer sagt: Oder ob ich doch schnell gehe? MmMm schüttelt den Kopf. Ich sage: Geht's bald los? MmMm nickt. Mutter Beimer fragt, ob man nicht das Fenster zumachen könne. Ich nicke. MmMm lässt das Fenster schließen. Gottfried John steckt sich noch eine an. Ich stecke mir auch eine an. Jeder zehn Minuten, flüstert MmMm uns zu und hustet.

Dann geht's los. MmMm eröffnet, fast völlig von Gottfried Johns und meinem Qualm verdeckt. MmMm sagt, Mutter Beimer habe schon unter vielen gespielt, „unter Zadek und so". Mutter Beimer lächelt gequält, denn sie muss jetzt sehr. Was sie nicht davon abhält, zwanzig Minuten langweilige Geschichten vorzulesen, in denen ein BH, ein Korsett und Bayreuth die Hauptrollen spielen. Gottfried John steckt sich noch eine an. MmMm gelingt es erst im dritten Anlauf, Mutter Beimer zum Schweigen zu bringen. Gottfried John sieht auf seine Omega Speedmaster. Es ist kurz nach halb zwölf.

Gottfried John liest. Er hat eine wunderschöne Stimme, zu schön, um auf den Text zu achten. Nach fünfzehn Minuten ist MmMm wieder dran. Ich stoße mein Wasserglas um. Mutter Beimer rutscht auf dem Stuhl hin und her. Gottfried John steckt sich noch eine an. MmMm, mit nassem Rock, moderiert mich an, übergibt an mich. Ich sage, dass ich erstaunt bin über mein Hiersein. Mein Buch sei nicht autobiografisch, meine Stimme nicht so schön wie die von John, und ich sei noch nicht unter Zadek gewesen wie Mutter Beimer. Ich lese „Alles Schlampen außer Mutti". Mutter Beimer macht sich in die Hose. Gottfried John kriegt einen Hustanfall. MmMm übergibt sich.

Ein ganz normaler Depressiver

Ich bin ein ganz normaler Depressiver. Ich lebe zurückgezogen.

Nach der Arbeit gehe ich nach Hause, esse, was ich im Kühlschrank finde, schalte den Fernseher an und weine bis ca. 23 Uhr. Meist schlafe ich vor Mitternacht ein.

Manchmal kriege ich Besuch, ein Arbeitskollege oder Schulfreund. Wir treffen uns nach Feierabend bei mir, essen, was wir im Kühlschrank finden, machen eine Flasche Wein auf, manchmal auch Bier, schalten den Fernseher an und weinen, so bis ein, zwei Uhr morgens.

Einmal im Jahr besuche ich meine Eltern, zu Weihnachten. Wir essen Gans, beschenken uns und weinen bis ca. 18, 19 Uhr.

In meiner Selbsthilfegruppe ist ein Mädchen, mit dem habe ich manchmal Sex. Davor, dabei und danach weinen wir. Aber am liebsten weine ich allein.

Die teuaste Zeitung uff de Weit

Nachdem ich in einem Anfall von weltlicher Neugier nach fünftägigem Schweigen im katholischen Kloster mein Handy einschaltete, musste ich per Mailbox erfahren, dass ich – endlich, endlich! – in der FAZ verrissen worden bin. Wo aber zum Teufel (sorry, ihr lieben unbeschuhten Karmeliten) um 17.40 Uhr in Birkenwerder eine FAZ herkriegen? Ich also Klamotten über den Schlafanzug, verschiedene Türen und Pforten aufgeschlossen und ab im Dauerlauf durch den finsteren Wald zum Blumenladen, der „auch Zeitungen verkauft", wie ein Einheimischer mir zuwarf. Aber, wie stummes Selbststudium ergibt – vorerst halte ich am Schweigen fest – nur BILD, Märkische Oderzeitung, Oranienburger Generalanzeiger.

„Suchense wat?"

Zehn vor sechs. Verstocktes Kopfschütteln. Weiterhasten.

Auch der Zeitungsmann im S-Bahnhof ist längst schon weg. Ein einsames Taxi steht davor. Nach kurzen albernen Verrenkungen stelle ich fest, dass es unmöglich ist, mich pantomimisch zu erklären, und breche mein Schweigen. „Zum nächsten Zeitungsladen, bitte", sage ich. „Erst ma jutn Ahmd", sagt der Fahrer und tuckert los. „Zeitungsladen is nich. Tabakladen müsste welche ham."

Fünf vor sechs.

„Geht's nicht schneller?"

„Na wiedn bei die Schlaglöcha hia!"

Zwei vor sechs. Gitter vorm Tabakladen.

Der Fahrer sieht auf die Uhr und schüttelt den Kopf. „Hia macht ja jeda watta will!"

Ich, beherrscht. „Zur nächsten Tankstelle bitte!"
Fünf Minuten später sind wir da.
„Fa wat?", ruft die Verkäuferin.
„FAZ."
„Hammwa nich."
Ich, leicht angespannt: „Wie – hammwa nich?"
„Na, führnwa nich!"
„Ah ja. Wer führt die denn?"
„Berlin! Oda Oranienburg. Willi, wie lange hatta Zeitungsladen ohm am Bahnhof uff?"
Willi von hinten: „Siehme!
Verkäuferin: „Siehme!"
Ich: „Wie weit ist das weg?"
Verkäuferin: „Willi, wie weit is Oranienburg?"
Willi von hinten: „Achte!"
Verkäuferin: „Achte!"
Ich, schon wieder draußen, zum Taxifahrer: „Nach Oranienburg bitte!"
Er macht ein grunzendes Geräusch.
„Wat fürne Zeitung suchense?"
„FAZ."
„Jeht det ooch uff deutsch?"
„Frankfurter Allgemeine Zeitung."
„Nie jehört!"
„Ähm ... Oranienburg bitte."
Fünfzehn Minuten später sind wir da. Viertel nach sechs. Das Taxameter zeigt 22 Mark.
Mit glühenden Wangen erstehe ich die letzte FAZ.
„Zurück ins Kloster."
Halb sieben. Ich zahle 45 Mark.
Der Taxifahrer kichert: „Det is ja wohl die teuaste Zeitung uff de Welt."

XY und Else setzen für XY eine Partnerschafts-Annonce auf

XY: Wichtig ist ja das Fettgedruckte (zeigt auf eine Zitty-Annonce), so wie hier.

Else (liest vor): Knuddeln, Knutschen, Kopulieren.

XY: Ja, so ähnlich.

Else: Da scheint aber kein System dahinter zu stecken. Kuck, hier (liest vor): Das Schimmern und Rascheln seidener Punkt.

XY (lacht)

Else: Oder hier (liest vor): Stehst du auch auf Punkt.

XY (lacht)

Else: Das sind einfach nur die ersten paar Worte, die dick sind.

XY: Na gut, aber es fängt dick an.

Else: Also, was soll dick?

XY: Enten füttern im Park.

Else: Wie wär's mit: Tauben vergiften im Park?

XY: Man muss ja nicht gleich mit der Tür ins Haus fallen.

Else: Okay. Enten füttern im Park. Dick. Vorsichtiges Aneinandertasten soll danach? Auch im Park?

XY (lacht)

Else: Ich mach erst mal weiter: Gutaussehende Frau, 35. Moment, hier stand erst 37, dann 36, jetzt 35. Warum hast du dein Alter mehrfach geändert?

XY: Damit man mich nicht erkennt.

Else: Denkst du, bei „gutaussehende Frau, 37", denkt ganz Berlin: das kann doch nur XY sein.

XY: Ich hab auch das Gewicht ein bisschen verändert.

Else: Allerdings. Jetzt sehe ich's auch. Du wiegst doch 70, nicht 55. Unter diesen Umständen wird dich vermutlich wirklich niemand erkennen. Weiter: „vielseitig interessiert". Wofür interessierst du dich?

XY: Für alles!

Else: Sich für alles zu interessieren ist was anderes, als vielseitig interessiert zu sein, oder?

XY: Weiß nicht.

Else: Weiß auch nicht. Wir schreiben einfach: „interessiert". Und „gutaussehend" lassen wir?

XY: Was willst du damit sagen? Else (lacht): Naja ... ähm ....

XY: Immer noch besser als „vorzeigbar" oder „tageslichttauglich". Ich hatte schon mal „schön" geschrieben, aber ... das geht, glaub ich, zu weit.

Beide (lachen)

Else: Oder „attraktiv"?

XY: Attraktiv bin ich nicht, weil die Kleidung nicht stimmt.

Else: So definierst du das?

XY: So definier ich das.

Else: Okay, weiter! Gutaussehende Frau, 35, 55 Kilo, sucht M.m.?

XY: Na, „sucht Mann mit" – das muss man doch immer abkürzen. Sucht Mann mit Gespür für das Schöne in und um uns herum.

Else: Das geht nicht: Entweder „in uns und um uns herum" oder „in und um uns".

XY: Ach so. Dann „in und um uns".

Else: Ich spinn jetzt mal! Wenn wir nun anfangen mit: Kannst du es sehen? Das Schöne in und um uns? Oder, warte, warte, ich hab's! Große Frau sucht großen Mann für große Liebe. Ist das nicht toll?

XY: Wir können ja gleich noch eine für dich aufsetzen.

Else: Verstehe. Also nicht. Es bleibt also bei ... Ich les noch mal. Überschrift: „Enten füttern im Park." Text: „Gutaussehende Frau, 35, 55 Kilo, sucht Mann mit Sinn für das Schöne in und um uns." Und was machen wir mit dem vorsichtigen Aneinandertasten?

XY: Davon bin ich jetzt gar nicht mehr überzeugt.
Else: Ich würde sagen: Entweder „Enten füttern im Park" oder „vorsichtiges Aneinandertasten."
XY: Enten.
Else: Jetzt die Frage: Kann das bestehen zwischen: „Erhitzte Körper, verzückte Gesichter" ... Oder hier: „Einsame sucht Einsamen zum Einsamen" ...Oder hier: „Analgeile Fruchtzwerge"?
XY: Du bist in der falschen Rubrik. Du bist bei „Lust und Liebe", und ich will zu „Lonely Hearts" ... Findest du mich gutaussehend?
Else: Unbedingt!
XY: Und was sind dann Claudia Schiffer und Cindy Crawford?
E: Ahm ... hübsch.
XY: Ich dachte, hübsch ist unter gutaussehend.
E: Jetzt lass uns mal zu Potte kommen! Theater!
XY: Na, wenn ich mich als gutaussehend beschreibe, zeugt das auf jeden Fall von gutem Selbstwertgefühl.
Else: Genau! Was machen wir jetzt mit „interessiert"? Das ist noch übrig.
XY: Weg. „Interessiert" weg!

Bambi

Als Partygirl bin ich eine grandiose Fehlbesetzung. Am liebsten würde ich zu jedem Anlass mein schwarzes langes Samtkleid mit den roten Mohnblumen anziehen, aber das hatte ich, wie ein Fotograf jüngst zählte, schon viermal an: bei der ProSieben-Weihnachtsfeier 1998, beim BZ-Kulturpreis 1999, und 2000 sowohl bei Harald Schmidt als auch bei der N24-Eröffnungsparty. Wie Uta Ranke-Heinemann. Die trägt immer dieselbe Perücke und immer dasselbe türkisfarbene Lederko-stüm und spart dabei prima Geld, Zeit und Nerven.

Also, diesmal legte man mir nahe, etwas anderes anzuziehen. Wir haben supertolle Sachen gekriegt, sagt Anja, meine Stylis-tin. Komm doch heute einfach mal zur Anprobe.

Die Sache gestaltet sich schwierig. Im lachsfarbenen Schlep-penrock sehe ich aus wie Rita Süssmuth, im trägerlosen Glitzer-Stretchkleid wie eine Transe. Ich weise meine Stylistin darauf hin, dass das bei mir oben auch nicht so rausquillt aus dem Dekolleté wie bei den anderen, von denen immer Fotos in der Bunten und der Gala sind. Tja, sagt Anja nicht ohne Bedauern, du hast eben kein Silikon. Aber da gibt's bei Beate Uhse so Tittenkleber. Einweg. Die klebt man unten so ... (sie packt das zu verschönernde Körperteil, rafft es, zerrt es nach oben) ... und dann macht man hier ... Oder wir nehmen einen trägerlosen BH, stecken so Einlagen rein (sie hält triumphierend eine Art fleischfarbenes Schulterpolster hoch) und nähen das fest.

Hmm. Skeptisch probiere ich Letzteres. Mit trägerlosem BH und Einlagen Größe 6 habe ich Möpse wie Dolly Buster. Mein Kollege, der Nachrichtenmoderator Florian Fischer-Fabian, kommt vorbei und pfeift anerkennend. Ich werfe einen Pfen-nigabsatzschuh nach ihm.

Nun probieren wir ein Schlangendruckkleid. Allerdings hasse ich Schlangendruck. Was soll das sein, ein Gisela-Schlüter-Abend?, rufe ich. Sieht aber super aus, sagt Anja. Todschick! Und passende Schuhe habe ich auch dazu.

Die Schuhe sind zwei Nummern zu groß. Macht nix, sagt Anja. Da stopfen wir vorne Schaumstoff rein und unter die Ferse machen wir so doppelseitiges Klebeband...

Ich stelle mir das Geräusch vor, dass das Klebeband vermutlich beim Laufen macht und weigere mich, indem ich stumm den Kopf schüttele. Jedes Wort an dieser Stelle wäre ein Wort zuviel. Kann ich nicht einfach das graue Oberteil und die schwarze

Hose ...?, frage ich. Naja, aber da muss wenigstens ein Gürtel drum, sagt Anja, so um die Hüfte. Sie wickelt mich in einen Glitzergürtel vom Ausmaß einer Rinderzunge. Kurz sehe ich aus wie Carolin Reiber. Haut mich jetzt nicht so um, sagt Florian Fischer-Fabian. Ich werfe ihm einen Blick zu, wickle mich aus dem Gürtel und frage Anja: Oder kann ich nicht einfach das rote Oberteil und die schwarze Hose ...?

Oder so, sagt sie und atmet geräuschvoll aus, das ist aber dann nicht so ... Also ... da hätte ich noch rote Schuhe, allerdings von C&A. Ich ziehe die roten C&A-Schuhe an. Sie sind nur eine halbe Nummer zu klein. Nun sehe ich aus wie Suzi Quatro. Super, sagt Anja. Super, sagt Florian Fischer-Fabian. Super, sage ich und denke: Ich wollt, ich wär tot!

Ich gehe mit meiner Kollegin Christiane Gerboth zum Bambi. Sie trägt ein Armani-Kleid für siebzehntausend Mark. Mir hingegen fallen schon beim Reingehen die ersten Pailletten von der H&M-Hose. Ich habe mir sofort Blasen gelaufen und ziehe das linke Bein leicht nach, als ich über den Roten Teppich gehe. Frau Gerboth, ein Foto?, ruft ein Fotograf. Wir drehen uns rum und posieren Arm in Arm. Er aber wischt mich aus dem Bild und sagt: Allein!!

Ficktiv

Da sitzt also der große schwere Mann mir gegenüber, schiebt eine Porzellankuh über den Tisch, deren Füße auf einem Pappkarton mit der Aufschrift „Herzliche Grüße" festgeklebt sind. Im Pappkarton warten fünf grau angelaufene nach Benzin schmeckende Schokoladentäfelchen auf das Ende der Sieben-Tage-Woche. Danke, sage ich und drehe die Kuh um sich selbst. Dein richtiges Weihnachtsgeschenk ist zu sperrig, sagt er, das kriegsten andermal.

Wie geht es dir, fragt er. Gut, sage ich. Und dir? Normal schlecht, sagt er. Wollen wir ficken, frage ich. Lieber nicht, sagt er, dann geht es mir noch schlechter, dann schweigen wir und unsere Augen werden feucht, und wir sehen aus dem Fenster und haben uns einmal geliebt. Ein Dessert, frage ich. Mir ist schlecht, sagt er und schaut auf meinem Gesicht herum, ob ein anderer nun Spuren hinterlässt. Mir war vorhin schon schlecht, als ich auf dich gewartet habe, sage ich. Er macht seine Augen zu Schlitzen, weil das vielleicht ein Vorwurf ist, denn ich habe immer auf ihn gewartet, weil er immer zu spät gekommen ist, weil er viel zu tun gehabt hat in den Jahren, in denen wir uns geliebt haben, na dann guten Rutsch, sagt er, und ich sage Ja und setze die Sonnenbrille auf, und alles schwimmt weg. Er auch.

Hausbesuch – unveröffentlicht

INTERVIEWER (sieht sich um): Haben Sie eine Putzfrau?
BUSCHHEUER: Was wollen Sie damit sagen?
INTERVIEWER: Nichts, ich hab nur....
BUSCHHEUER: Ich verrate Ihnen was: Das war das erste und letzte Mal, dass ich einen Journalisten in meine Wohnung lasse. Ich kenn euch Biester doch. Ihr geht aufs Klo und kuckt, wie viele Zahnbürsten da im Becher stehen. Und wenn ich aufs Klo gehe, dann wühlt ihr in den Schubladen rum.
INTERVIEWER: Aber das ist doch gar nicht wahr ...
BUSCHHEUER: Die Antwort ist Nein. Hab keine Putzfrau. Eine Putzfrau wäre eine empfindliche Störung meiner Privatsphäre. Ich müsste ja erst die ganzen Sachen wegräumen, Leichenteile und so.
INTERVIEWER (lacht unsicher)
BUSCHHEUER: Ich bin im Putzen ganz schlecht, und wenn

es zu dreckig wird, ziehe ich um. Im Pflegen von Kleidung bin ich auch schlecht. Ich kaufe mir manchmal teure Sachen, dann wasche ich die zu heiß, dann werden die klein, und ich schenke sie meiner Kusine, die ist auch so klein.

INTERVIEWER: Keine Angst vorm Tod?

BUSCHHEUER: Nö. Wenn ich sterben muss, denn ma los! Ich habe ein fabelhaftes Kind, für das obendrein gesorgt ist, ich habe zwei Bücher geschrieben, bin in der FAZ verrissen worden, hatte schon mal Sex im Fahrstuhl. Ich weiß, wie das ist ohne Geld und mit Geld, ohne Mann und mit Mann, ohne Hoffnung und mit Hoffnung. Ich habe ein Jahr meines Lebens im Krankenhaus und mindestens ein weiteres im Kino verbracht. Ich habe viele interessante Menschen getroffen, die Mauer fallen sehen, eine totale Sonnenfinsternis, eine Jahrtausendwende, eine große Liebe erlebt – also!

INTERVIEWER: Sie schreiben in „Ruf! Mich! An!": „Eine freche Klappe ist eine einsame Klappe." Sind Sie einsam, weil Sie frech sind?

BUSCHHEUER: Möglicherweise bin ich frech, weil ich einsam bin. Also wirklich ... Sie fragen wie ein Psychiater. Sollte mich das Interview zwingen, in diesem Maße über mich selbst nachzudenken? Im Moment denke ich nur: Meine Zigaretten sind gleich alle.

INTERVIEWER: Waren Sie mal beim Psychiater?

BUSCHHEUER: Ja, da war ich grade todunglücklich. Liebeskummer, Weltschmerz, Sinnsuche ohne Ergebnis – das Übliche also. Aber ich hatte den ziemlich schnell im Sack.

INTERVIEWER: Wie im Sack?

BUSCHHEUER: Na, ich habe eben den doppelten Film. Ich komm da rein, und gleichzeitig sehe ich mich, wie ich da reinkomme. Ich seh uns da sitzen und mich erzählen. Während ich erzähle, beobachte ich ihn. Lehnt er sich vor, lehnt er sich zurück, nickt er, kuckt er nachdenklich oder blinzelt er diskret nach der Uhr. Dann kriege ich Angst, dass er sich langweilt. Dann hole ich all meine Anekdötchen aus der Truhe. Und zum Schluss hat er sich super unterhalten, und ich gehe mit meinem Wahnsinn nach Hause.

INTERVIEWER: Man sagt, Zyniker seien enttäuschte Idealisten. BUSCHHEUER: Ich bin eher eine Enttäuscherin als eine Enttäuschte.

INTERVIEWER: Das war jetzt zynisch. BUSCHHEUER: Das war auch Quatsch. Erst steht man der Welt neutral gegenüber, dann wird man soundso oft enttäuscht. Und dann kapiert man: Amboss oder Hammer sein, und kommt den anderen mit dem Enttäuschen zuvor.

INTERVIEWER: Würden Sie sagen, dass Sie mehr Hass in sich haben als andere Menschen? BUSCHHEUER: Nee. Ich teile ihn mir besser ein. Man hat ein bestimmtes Potential an Hass, der verbraucht sich im Leben. Ich bin oft zornig, das ja. Ich bin eine bekennende Heulerin und Toberin. Früher brauchte ich dafür Publikum, heute tobe ich alleine. Das ist schon eine Abstraktionsstufe höher.

INTERVIEWER: Die Wetter-Moderation. Haben Sie manchmal den Gedanken, dass es eine groteske Unterforderung ist? BUSCHHEUER: Ist der Papst katholisch? Klar würde ich lieber ein Format moderieren, das genau auf mich zugeschnitten ist. Eine Art Literarisches Quartett, vielleicht nur über Bestseller: Potter, Lind, Konsalik und Co. Oder ein cineastisches Quartett: Roger Willemsen, Harald Schmidt, Verona Feldbusch und ich. Willemsen zitiert Buñuel, Chris Marker oder Truffaut, Schmidt erklärt Verona, „Letztes Jahr in Marienbad" sei so was wie „Marienhof", nur in Schwarzweiß. Verona hält die Beine sehr schön. Und ich versuche, wenigstens schlau zu kucken. INTERVIEWER: Und ProSieben hat da nix für Sie?

BUSCHHEUER: Leider nicht. Obwohl ich nicht müde werde, auf mein Potential hinzuweisen. Vor ein paar Tagen kam mein Vorstandsvorsitzender in mein Büro. Bin ich gefeuert?, fragte ich. Nö, sagte er. Krieg ich ne eigene Sendung?, fragte ich. Nö, sagte er. Er wollte mich nur auf unsere neue Wetter-Website hinweisen.

INTERVIEWER: Sie sprachen vorhin von Liebeskummer. Haben Sie keinen Freund, oder haben Sie einen und verstecken ihn?

BUSCHHEUER: Da wir gerade beim Thema sind, würde ich es gerne wechseln.

INTERVIEWER: Warum sind Sie so zickig?

BUSCHHEUER: Wenn Sie die Abteilung „Neues aus der Unterhose" interessiert, dann müssense Jürgen „Arschlifting" Drews interviewen. Oder Ramona „Spritztitte" Drews. Oder Jenny „fotografiert meinen Wanst" Elvers. Ach wissen Sie was, geben Sie mal Ihr Diktiergerät her, Ich hab keine Lust mehr. Betrachten Sie das als konfisziert.

INTERVIEWER: Also wirklich, das geht aber ... .

BUSCHHEUER (zieht die Walther): So und nun raus hier, du Flachwichser, raus, vitevitevite, sonst gibt'sn Satz heiße Öhrchen.

Im Bus belauscht

Handy: Piep piep!
Mädchen 1: Oje, mein Ex, kuck mal!
Mädchen 2 (liest vor): DARF ICH MORGEN BEI DIR ÜBERNACHTEN? Bloß nicht!
Mädchen 1 (macht hastig Handy aus)
Mädchen 2: Und jetzt?
Mädchen 1 (zuckt die Schultern, wartet, macht Handy wieder an)
Handy: Piep piep!

Mädchen 2: O-oh! Was will er?

Mädchen 1: Er fragt: NEIN?

Mädchen 2: Genau! Schreib NEIN! Gib her (will ihr das Handy wegreißen)!

Mädchen 1: Nee, warte, ich schreib erst mal: Was NEIN? Ich tu so, als hätt ich das Übernachten-SMS gar nicht gekriegt.

Mädchen 2: Schisser!

Mädchen 1: Ich will Zeit gewinnen! Was mach ich bloß?

Mädchen 2: Was willst du denn? Soll er kommen oder nicht?

Mädchen 1: Naja ... Ich hatte mich so auf diesen freien Tag morgen gefreut, schlunzig rumlaufen, arbeiten, gammeln. Und jetzt muss ich Wohnung putzen, aufräumen, Fußnägel lackieren ...

Mädchen 2: Wieso Fußnägel lackieren, der will doch bloß ne Penne.

Mädchen 1: Ja, aber er soll sich doch ärgern, dass er mit mir Schluss gemacht hat.

Mädchen 2: Mach es nicht! Sei stark! Sei froh, dass du endlich drüber weg bist. Nachher geht dieses ganze Gejammer wieder los. Und ich muss mir das jeden Tag anhören. Schreib NEIN!

Mädchen 1: Okay, aber ich schreibt ganz lieb: SORRY SCHATZ, GEHT LEIDER NICHT. Und dann son Traurig-Emoticon mit Mundwinkel runter.

Mädchen 2. Aber warum denn SCHATZ?

Mädchen 1: Na, ich nenn ihn halt noch so.

Mädchen 2: Liebst du ihn etwa noch?

Mädchen 1 (sehr laut): Ach Quatsch!

Mädchen 2: Also gut, meinetwegen. Los, schick ab.

Mädchen 1 (starrt auf ihr Handy)

Mädchen 2: Hast du's abgeschickt?

Mädchen 1 (schweigt)

Mädchen 2: Ob du's abgeschickt hast, will ich wissen! Zeig!

Mädchen 1: Habs gelöscht. Ich schreibe lieber MORGEN IST ES NICHT SO GÜNSTIG.

Mädchen 2: Waaas? Nicht so günstig, heißt: vielleicht.

Mädchen 1: Aber ich hab ja Zeit. Er braucht doch bloß ne Penne. Wie ein guter Kumpel.

Mädchen 2: Glaub ich nicht.

Mädchen 1: Na gut, ich schreibe: WANN WÜRDEST DU DENN KOMMEN?

Mädchen 2 (wütend): Na, dann kannste gleich JA schreiben.

Mädchen 1 (erleichtert): Gut, du hast Recht. Ich schreib JA.

Warum ich im Sommer nach New York gehe

Ein gefährlicher Nebeneffekt der Fernsehmoderiererei ist der Hang zur Selbstbeobachtung. Sitzt die Frisur, glänzt die Stirn, ist der Pickel abgedeckt, bin ich zu alt, zu hässlich, zu dick? Petitessen dieser Geisteshaltung dominieren in der Maske, vor einem Interview, auf einer Promi-Party. Also fast immer. Die wesentlichen Fragen des Seins treten zurück (soweit sie jemals im Vordergrund standen) oder werden überschminkt. Das entlastet nur scheinbar, in Wirklichkeit führt es zur Gehirnschrumpfung. Im Zuge dieser Gehirnschrumpfung (GS) sind hier angestellte Überlegungen nicht mehr durchführbar.

Für Menschen, die über viele Jahre als TV-Moderator wirken, ist GS also die einzige Überlebensmöglichkeit. Am Ende überdeckt die weitgehend veräußerlichte teleprompterlesende Moderatorenpersönlichkeit den eigentlichen Menschen flächendeckend. Der Moderator ist dann sozusagen über den Berg.

Gut zu beobachten ist der GS-Effekt in Talkshows, wo bekannte Menschen aus Funk und Fernsehen nicht nur (oft grandios scheiternd) versuchen, klug zu antworten, sondern dabei (ebenfalls oft grandios scheiternd) versuchen, gut auszusehen.

Auf diversen Kontrollmonitoren kann man sich dabei beobachten, wie man sich beim Zuhören beobachtet.

In einem der (immer seltener werdenden) klaren Momente erkannte ich mich plötzlich als Teil der Maschinerie: Ich schreibe Bücher, verkaufe sie, mache Männchen in Talkshows, bin Wetterfee, gebe duseligen Zeitungen duselige Antworten auf duselige Fragen. Ein kurzer Klosteraufenthalt hat meine GS nicht aufhalten können. Stetiges „Big-Brother"-Kucken hat sie eher noch forciert.

Deswegen habe ich beschlossen, eine dreimonatige Auszeit zu nehmen, um in New York ein Praktikum bei der Zeitung „Aufbau" zu machen. Das Geld dafür habe ich seit einem Jahr gespart.

Ein Porträt

Ich werde den Verdacht nicht los, dass ich zu den unporträtierbaren Menschen gehöre. Es gibt ja auch unverfilmbare Bücher. Zu ambivalent, zu kompliziert, zu textlastig. Leider werden die unverfilmbaren Bücher immer wieder verfilmt und die unporträtierbaren Menschen immer wieder porträtiert.

Eine Journalistin besucht mich in München, begleitet mich einen Tag lang, nach Unterföhring, zum Wettermachen und zurück. Ein anstrengender Tag, an dem ich versuche, möglichst viel von mir zu zeigen und zu erzählen. Ein Else-Crashkurs, der beide erschöpft zurücklässt.

Eine Woche später erscheint die Geschichte. Ein Bleiwüsten-Ritt durch mein Leben, immer übers dünne Eis, mehr Daten als Beobachtung, ein indifferenter Text, nicht klug, nicht dumm, nicht böse, nicht begeistert. Unentschlossen, unschlüssig – und dadurch enttäuschend.

Immerhin: Mein neues Buch wird gelobt, meine Homepage erwähnt und einige Lesungen. Über mich erfahre ich nichts.

Mich zu erklären. Ein Job, den ich nicht machen möchte. Oder vielleicht doch? Was hätte ich geschrieben, wenn ich einen Tag mit mir verbracht hätte? Darf man als Porträtist Ratlosigkeit zugeben? Oder ist es unehrenhaft, ein paar Fragezeichen stehen zu lassen? Muss man immer gleich so tun, als hätte man jeden begriffen, durchschaut, mit lockerer Hand auf 300 Zeilen runtergekürzt? Hieß sie wirklich früher Sabine oder erzählt die hier was vom Pferd? Sang sie im Schulchor eine Oktave höher oder ist sie wieder mal in einen Film gerutscht, in die Rolle von Klaus Maria Brandauer aus „Mephisto"? Hatte sie wirklich eine Augenkrankheit oder will sie nur ihr neuestes Buch promoten? Ist sie eine publicitygeile Möchtegern-Promi-Tussi oder ist sie besessen von einem Ziel, das sie sich heimlich gesteckt hat und niemandem verrät?

Besessen ist die. Wovon auch immer. Merkwürdiges Mädchen. Bisschen Mann drin, viel Frau drin. Gesicht irgendwie schief. Kinn energisch. Im Profil schöner als von vorn. Immer in Bewegung, starke Mimik und Gestik. Hübsch ist die nicht.

„Ich funktioniere eher als Gesamtkunstwerk", sagt sie, als könne sie meine Gedanken erraten. Man hat den Eindruck, dass die immer an was anderes denkt, wenn sie antwortet, dass sie einen beobachtet, während man sie beobachtet. Macht die sich über mich lustig oder über sich oder überhaupt nicht?

Jetzt zitiert sie Max Frisch: „Jeder Mensch denkt sich eine Geschichte aus, die er für sein Leben hält". Sie hat kein Problem damit. Mit dem Zitieren. Und mit dem Ausdenken. Für ihre erste Boulevardzeitung hat sie sich ganze Umfragen ausgedacht, weil die echten Antworten immer so doof und langweilig waren. Es schadet doch niemandem, sagt Else Buschheuer und knipst ihr fotogenes Lächeln an, was gar nicht nötig ist, weil ich vergessen habe, einen Fotografen mitzubringen. Sie ist skrupellos.

Aber wie kuckt die denn? Kuckt sie einen an oder kuckt sie vorbei und was ist los mit ihren Augen? Sind die blau oder grau? Und warum sind die so neblig? Und welches davon ist das kranke? Und darf man das fragen oder flippt sie dann aus? Wenn man etwas Neues schaffen will, dann muss man etwas machen, dass man nicht kann. Sagt sie. Hätte ihr Heiner Müller gesagt. Angeberin! Ich kenn auch viele. Kohlhaase, Menge, Bohley, Harfouch. Geb ich etwa damit an? Sympathisch ist das nicht. Die ganze Frau nicht. Raucht viel, hastig, starke Züge. Isst schnell. Viel schneller als ich, alles auf. Packt zu viel Sinn in jeden Satz. Lange rote Nägel. Macht auf Vamp. Warum eigentlich? Sie will nix Privates sagen. Sagt sie. Aber man muss nur öfter mal nachfragen. Man muss selber auch was Privates erzählen. Da macht sie fürsorglich das Band aus, damit ich nachher beim Abhören nicht meine eigene Stimme höre und mich ärgere.

Macht sie das jetzt, damit ich aufhöre, von mir zu erzählen, oder will sie mir wirklich nur was Gutes tun? Ich habe keine Ahnung, ob sie mich mag. Das ärgert mich. Am liebsten würde ich sie fragen. Mach ich aber nicht. Langsam taut die auf. Erzählt doch Privates. Na also. Lässt sich nur bitten. Vater Erdbebenforscher, na prima. Das schreib ich, das klingt gut, Erdbebenforscher. Viel besser als Seismologe.

Jetzt erzählt die richtig. Stimme leise, stockend. Hoffentlich nicht zu leise für das Band. Ich schreibe mal vorsichtshalber mit. Diesen Part hat sie offenbar noch nicht so oft geprobt. Ist die doch nicht skrupellos? Ist die grade ehrlich oder spielt die Ehrlichkeit?

Erzählt einen Schlag aus ihrer Jugend. In ihrem Kinderzimmer singt sie laut Hannes Wader mit. Oder war es Konstantin Wecker? „Alle, die gegen Atomkraftwerke sind, sollen aufstehen." Sie weiß es nicht mehr, ich weiß es auch nicht mehr. Ich weiß nur noch: „Sind so kleine Hände mit zehn Fingern dran ..." Bettina Wegner war das, damals, als ich noch ...

Ist das eine Rolex da an ihrem Handgelenk? Kein Schmuck, weder Kette noch Ring noch Ohrringe. Mist, jetzt hab ich nicht aufgepasst! Was erzählt sie grade? Sie diskutiert mit dem Vater über Atomkraftwerke und über die Welt, die ihr nicht gefällt. Der Vater hat am Schluss immer Recht, man braucht Atomkraftwerke, man muss gegen Natowaffen mit SS 20 Frieden schaffen, sie weint, weil ihr die Worte fehlen, damals. Heute hat sie zu viele davon, Worte, denke ich.

Sie erzählt weiter. Von dem wilden und sperrigen Teenager, der sie war. Robust, immer gesund, musste mit den Jungs Sport machen, weil sie zu gut war für die anderen Mädchen. Dann plötzlich krank. Meningo-Enzephalitis. Davon wird man irre oder stirbt, sagt sie und lacht sehr laut mit sehr rotem Mund, denn sie lebt noch, also muss sie ja irre geworden sein. Scharfgesichtig ist die, denke ich. Scharfsinnig und scharfgesichtig.

Das Fernseh-Make-up ist noch drauf. Vielleicht fühlt sie sich geschützt dadurch. Oder ich soll ihre Augenringe nicht sehen, sie schläft nachts nicht viel, arbeitet an ihrer Homepage bis drei, sieht fern, liest, denkt.

Im Kerzenlicht sieht sie wie eine Porzellanpuppe aus, die langsam Risse kriegt. Aber doch irgendwie schön, denke ich. So eine Frau, die alle ansehen, wenn sie einen Raum betritt. Und sage ihr das. Aber sie weiß es schon. „Das war schon immer so", sagt sie. „Auch als mich noch keine Sau kannte. Meine Tochter hat das auch, diese Präsenz."

Sie sei zu klug fürs Fernsehen, hat DER SPIEGEL geschrieben. Nach der anderen Seite der Skala sei ja leider alles offen, sagt sie. Zu dumm fürs Fernsehen sei ja bekanntlich schon lange keiner mehr. Sie glaube nicht, dass man für irgendwas zu klug sein könne. Und sieht mich provozierend an: Oder?

Sie will kein Dessert, dreht den Aschenbecher auf dem fleckigen Tischtuch. Ich hätte vielleicht ein besseres Lokal aussuchen sollen, aber ich bin keine von denen, die auf Kosten der Redaktion dicke Spesen machen. Da hab ich Skrupel. Da hab ich meinen Stolz. Da fahr ich lieber mit der S-Bahn.

„Wer sich in die Öffentlichkeit begibt, der kommt darin um", sagt diese Knabenfrau mit dem alten Blick und dem strengen Gesicht und macht eine Marlene-Braue. „Ich weiß das. Und mache es trotzdem." Und zwei Sekunden später sieht sie aus, als würde sie gleich losweinen, weil sie es trotzdem macht. Obwohl sie es besser wissen müsste. Heult die jetzt wirklich gleich? Spielt die nur? Und wenn ja, warum? Und wenn nicht, warum ist die jetzt traurig?

Komisches Mädchen. Könnte meine Tochter sein. Jetzt sitzt sie so robust am Tisch, fläzt fast, zupft sich das kurze braune Haar. Bei der Anprobe vorhin hat sie so zerbrechlich ausgesehen, dass ich ganz gerührt war. So eine braucht einen Beschützer, dachte ich. Und sagte ihr das. Und sie sagte: „Ach ja, das wäre schön!", und lachte.

Jetzt zitiert sie schon wieder: „Irgendwann hat sich jeder das Alleinsein verdient." Mist, jetzt hab ich verpasst, von wem das Zitat ist, ist gar kein schlechtes Zitat. Hoffentlich ist das auf dem Band.

Zweimal war sie verheiratet. Weiß ich. Sie verdreht die Augen, als ich das anspreche. Weil ich das anspreche. Mit jemandem zusammenleben könne sie nicht mehr, sagt sie. Und dass die Vorteile des Alleinlebens überwiegen. Dabei macht sie eine zornige Stirn, als verbitte sie sich jeden Kommentar dazu und wolle diesen Satz überhaupt am liebsten zurücknehmen.

Wenn sie sich beschreiben müsste, würde sie das mit den Worten „rastlos und radikal" tun, sagt sie. Mehr fallen ihr nicht ein, sagt sie. Und grinst: „Man kennt sich ja selbst kaum." Diesen Satz habe ich schon in einigen ihrer Interviews gelesen. „Ein Automatismus", sagt sie. „Irgendwann zitiert man sich."

Um Mitternacht sind meiner Bänder voller Lebensscherben und Else-Bonmots. Was zum Teufel soll das für eine Geschichte werden? Ich sehe keinen Anfang, keine Mitte, kein Ende. Habe ich zu schlecht gefragt? Hat sie mich aufs Glatteis geführt? Ist sie mir zu nah? Hoffentlich schreibt sie mich nicht in ihr Internet-Tagebuch. Die schreibt ja jeden Scheiß in ihr Internet-Tagebuch.

Ungern

Meine soziale Ansprache in München beschränkt sich auf einen herzensguten Obstverkäufer und eine Zeitungsfrau mit rausgewachsener Dauerwelle und rauer Schale. Der Obstverkäufer plaudert immer gern mit mir. Ich nicke ab und zu in lockerer Folge, weil ich ihn ja nicht verstehe. Manchmal schüttle ich auch ungläubig den Kopf, dann nicke ich wieder. Zum Schluss (Minute, anderthalb) kaufe ich das Obst, auf das er jeweils zeigt.

Die Zeitungsverkäuferin brauchte eine Weile, um warm zu werden. Einige Wochen bediente sie mich stumm und widerwillig. Doch nach und nach schloss sie mich ins Herz. Mittlerweile reicht sie mir BILD schon immer gleich aus dem Kiosk, lächelt gar und ruft mir „Wiederschaun" hinterher.

Bis heute. Heute erwiderte sie meinen landesüblichen Gruß nicht, sie stand reglos in ihrem Kabuff, als wüsste sie nicht, was ich wollte, als kennte sie mich nicht. Sie lief zur Seite, trank Kaffee aus einem Plastikbecher und tat, als sei ich nicht da.

War es meine Sonnenbrille? Hatte ich das Grüßgott vernuschelt? Erkannte sie ihre Stammkundin nicht mehr? War es der falsche Kiosk und sie gar nicht sie, sondern ein Klon? Murrend und erst auf mehrere Nachfragen hin schob sie eine Zeitung über den Tisch, die obligaten 20 Pfennige Trinkgeld nahm sie diesmal nicht an. Sie wischte sie in meine Richtung, ich konnte sie grade noch mit der hohlen Hand unter der Durchreiche auffangen.

Für klärende Gespräche hatte ich weder Zeit noch Lust. Dennoch ließ mich ein gewisses Unbehagen ihr einen fragenden Blick zuwerfen.

Sie schüttelte den Kopf. „Und?", höhnte sie, „Sie wohnen also ungern in unserem München", und holte mit drohender Gebärde mein Buch „Masserberg" unter der Theke vor. Tippte mit harzigem Nagel auf den Klappentext: „..wohnt in Berlin (gern), in München (ungern) und in New York (bald)."

Ostern mit Sieglinde

2. VERWANDTE: Meine Kollegin ist ein Fan von dir.
ELSE: Ja?
2. VERWANDTE: Die hat in der Super-Illu gelesen, dass du rausgeflogen bist beim Wetter.
ELSE (pfeift vor sich hin)
1. VERWANDTE: Sie ist nicht rausgeflogen, sie hat gekündigt.
2. VERWANDTE: Ach so. Die wusste gar nicht, dass wir verwandt sind. Warum soll ich das auch sagen?
ELSE: Genau. Warum.
2. VERWANDTE: Aber neulich hab ich ein paar Fotos mitgenommen ...
ELSE: Ich wollt, ich wär tot!
2. VERWANDTE: ... nein, keine Kinderfotos von dir, welche von uns, und da hab ich ein aktuelles von dir dazwischengemogelt.
ELSE: Raffiniert!
2. VERWANDTE: Na, da war natürlich was los!
ELSE: Natürlich!
2. VERWANDTE: Ich soll dich fragen, wie denn das nun ist mit dem Wetter.

ELSE: Hat sich ausgewettert.

2. VERWANDTE: Hast du vielleicht eine Autogrammkarte dabei?

ELSE: Klar! Ich hab zwei Kartons voll, ganz neu! Original ProSieben. Will sie vielleicht mehr? So 500 oder 1000?

3. VERWANDTE: Nee, ich glaube, eine reicht.

ELSE: Wie heißt sie denn?

2. VERWANDTE: Sieglinde.

ELSE (dichtet): Schutt dir einen hinter die Binde, Sieglinde. Iss das Brot mit Rinde, Sieglinde. Sei nett zum Kinde, Sieglinde... nee.. Sei nett zu Blinde, Sieglinde....

2. VERWANDTE: Schreib irgendwas Nettes.

Else (wühlt nach ihrem Marker): Irgendwas Nettes ... aber was?

3. VERWANDTE: Schreib doch...

ELSE: Hier isser! (Hält den Stift in der Hand, starrt auf die Autogrammkarte.)

3. VERWANDTE: Schreib doch: Alles Gute! Herzlichst ...

ELSE: Hm. Aber es soll doch persönlich ... praktisch nur für Sieglinde ... Bei Männern schreib ich immer: „danke für die Nacht".

2. VERWANDTE: Vielleicht lieber irgendwas mit Wetter?

ELSE: Wetter. Ja, das ist gut. Irgendwas mit Wetter! Aber was?

1. VERWANDTE: Noch Kaffee?

ELSE: Ich kann grad nicht.

1. VERWANDTE: Schreib doch: Eilenburg verbindet!

2. VERWANDTE: Ach nee!

ELSE: Nee! Zumal das nicht stimmt!

3. VERWANDTE: Schreib doch: Auf bald!

ELSE: Dann denkt Sieglinde, ich will mich mit ihr verabreden.

2. VERWANDTE: Sie mag ihren Namen ja gar nicht.

ELSE: Dann schreib ich: Sieglinde ist ein doch schöner Name.

2. VERWANDTE: Ach nee.

ELSE: Nee. Zumal das nicht stimmt.

1. VERWANDTE: Noch Kuchen?

ELSE: Kuchen ... Keine Ahnung. Seit Sieglinde in mein Leben getreten ist, kann ich keine klare Entscheidung mehr fällen.

1. Verwandte (harsch): Also, so ein Theater! Jetzt unterschreib da und fertig!

ELSE (kleinlaut): Aber es soll doch was Nettes sein. Was Persönliches. Dazu muss ich mehr über Sieglinde wissen. Was macht sie beruflich?

2. VERWANDTE: Lohnbuchhalterin.

ELSE: Ich könnte schreiben: Take the money and run!

2. VERWANDTE: Die kann kein Englisch.

ELSE (macht den Stift zu, starrt auf Karte, seufzt)

1. VERWANDTE: Schreib doch: Schweißwetter!

ELSE Das ist gut!

2. VERWANDTE: Scheiß vielleicht nicht, Scheiß ist zu deftig.

ELSE: Aber das ist doch, wofür ich stehe. Warum mag mich Sieglinde überhaupt, wenn ihr Scheiß zu deftig ist? Ich kann auch schreiben: Verpiss dich, Sieglinde!

3. VERWANDTE (lacht)

1. und 2. VERWANDTE (schweigen)

1. VERWANDTE: Schreib doch: Für das Scheiß-Osterwetter kann ich nichts.

2. VERWANDTE: Nicht Scheiß.

ELSE: Zu lang!

2. VERWANDTE: Scheiß vielleicht nicht.

ELSE: Oder: Schönes Leben noch!

1. Verwandte (ungehalten): Wollen wir uns nicht rüber an den Couchtisch setzen?

3. VERWANDTE (aufmunternd): Vielleicht fällt uns ja da was ein.

1. VERWANDTE: Kuckt mal, jetzt ist das Baby wach.
ALLE (reden mit dem Baby)
ELSE: Wir sollten Sieglinde nicht aus den Augen verlieren.
1. VERWANDTE: Ist doch dein Job, Autogramme schreiben.
2. VERWANDTE: Du bist doch der Promi hier!
ELSE (schreibt): Ich hasse dich, Sieglinde!
3. VERWANDTE (lacht)
1. und 2. Verwandte (schweigen)
ELSE: War doch nur Spaß! (Zerreißt Autogrammkarte.)
ALLE (schweigen)
ELSE (nimmt eine neue Autogrammkarte, schreibt): Alles Scheiße, Deine Else
ALLE (schweigen)
ELSE (zerreißt Autogrammkarte): Ich schreib am besten irgendwas mit Wetter!
1. VERWANDTE: Himmel! Ja! Schreib halt: Sehen wir uns beim Wetter?
ELSE: Super! So machen wir's! (schreibt)

Verpasst

Noch dreimal Wetter, dann werde ich München für immer verpassen, schrieb ich einer Freundin. Meinte aber „verlassen". Ein Versprecher also, ein sprechender Versprecher. Sprich: ein Verschreiber.

Vermutlich werden die nächsten Eintragungen lang, verschwiemelt, geschwätzig, da ich in einer leeren Wohnung ohne Fernseher und Stereoanlage auf einer Tchibo-Lustmatratze liebe (schon wieder Verschreiber: „Luft" natürlich, „liege" natürlich) und nichts auf der Welt mich zu Kürze und Präzision zwingt, außer der Tatsache, dass ich um neun aufstehen muss und es auf zwei zugeht.

Drei Tage werde ich so verbringen, bis mich die Spätmaschine der Deutschen BA nach Hause bringen wird, nach Berlin, das ich ebenso wenig kenne, aber dennoch beschlossen habe zu lieben, so wie eine alte Jungfer einen hinkenden zerzausten Hund liebt, der Nacht für Nacht neben ihr schnarcht.

Drei Nächte werde ich ohne vertraut-mediales Fernsehgeräusch hier liegen und hadern und den Nachbarn hören, der seine Frau verprügelt, und mir leid tun und nicht schlafen können und nach Hause wollen. Aber warum, verdammt, war ich hier nicht zu Hause zweieinhalb Jahre lang? Warum habe ich es nicht mal versucht?

Habe ich München wirklich verpasst? Der Schluss liegt nahe.

Als ich vorhin am Rosenheimer Platz ausstieg, um im Bioladen ein Glas Samba (vergesst Nutella) zu kaufen, schien die Sonne. Ein Hauch von Sommer lag in der Luft (im Wetterbericht würde ich solche Plattheiten verschmähen, aber es *war* so), ein Hauch von Sommer lag in der Luft, die Leute saßen draußen und lachten in die Abenddämmerung hinein und erzählten sich Sommergeschichten, Münchner Sommergeschichten, die lang schon zurückliegen.

Und es war klar, dass neue Sommergeschichten kommen würden, Münchner Sommergeschichten, ohne mich.

Selber schuld! Habe ich es je versucht, München zu erforschen, zu erobern, zu mögen, blöde Else ich? Habe ich außer dem Filmmuseum und den Pinakotheken, außer der Butterbrezn und dem „Potter House" ein einziges beschissenes Mal versucht, diese Stadt zu verstehen?

Ich weiß heute noch nicht, wo der Englische Garten liegt, ich war in keinem der kleinen Seen nackt baden, nicht in Biergärten, nicht Skifahren, nix. Einmal angewidert zwischen Kotz- und Pissflecken, meine Vorurteile bestätigend, übers Oktoberfest gestakst. Mir im Verschmähen gefallen. Im Ich-weiß-es-besser-Augen-verdreh-Dings, sobald mich einer bekehren wollte, egal wer.

Total-Verweigerung, Snobismus, unbegründete, auf Petitessen beruhende Ablehnung. Immer wieder bestärkte ich mich darin, mit allen Sinnen unerreichbar für die, die mir von München vorschwärmten. Es besser wissend. Und wie alle Besserwisser nichts wissend.

Und weil heute der Tag der Wahrheit ist, auf dieser wabernden Luftmatratze, diesem Wasserbett aus Luft in Bodennähe, weil ich aus der Froschperspektive meines kahlen City-Appartements urplötzlich klarer sehe, muss ich auch andere Städte aufzählen, die ich verpasst habe in meinem Leben: Leipzig, Potsdam, Hamburg, Köln – verpasst, verfehlt, verkannt. Somnambul und ignorant und provinziell hindurchgestampft, Jahr über Jahr, taub und blind. In New York darf mir das nicht passieren. Auf gar keinen Fall.

Gesprächsmodell

Chefredakteur: Hallo gnädige Frau! Das ist echt der Wahnsinn, dass ich Sie mal persönlich ...
Sternchen: Hallo Herr Bergmann. Ja, Wahnsinn.
Chefredakteur: Lehmann.
Sternchen: Ja, grüßen Sie den auch schön, unbekannterweise.
Chefredakteur: Also im Fernsehen sehen Sie ja irgendwie anders aus.
Sternchen (bestellt Ruccola-Salat an Putenbruststreifen)
Chefredakteur (bestellt dasselbe): Ich bin ein großer Bewunderer Ihrer Arbeit. Ach, würden Sie mir bitte die Bücher signieren? Was Originelles, was Persönliches?
Sternchen (schreibt: Für Herrn Bergmann)
Chefredakteur: Lehmann, aber na gut. Ich bin wie gesagt ein großer Fan. Ja. Meine Frau konnte das nie nachvollziehen. Das heißt: meine Ex-Frau. Also, quasi Ex. Wir leben seit einem Jahr

getrennt. Es ging einfach nicht mehr. Die Arbeit. Die Verant-
wortung. Mein Job. Sie kennen das sicher.
Sternchen (isst)
Chefredakteur: Aber man ist auch allein. Sehr allein oft in
diesem Job. Immer allein in diesen tristen Hotelzimmern.
Sternchen: Sie wollen auch nur mit mir schlafen, oder?
Chefredakteur: Wie? Ich ... äh ... was ... Nein, nein. Es war, wie
soll ich das erklären? Ja ... äh ... Das kommt jetzt sehr direkt (lacht
unsicher). Viele haben sicher Angst vor Ihrer direkten Art, oder?
Sternchen: Ja.
Chefredakteur (beugt sich über den Salat): Ich finde das toll.
Sie finde ich toll. Ihren Tanz als Bodenseereiterin über die Vul-
kaneifel der Metero ... also des Wetters. Es gab andere Frauen
in meinem Leben. Man hat ja Möglichkeiten. Aber keine war
so ... so ... wie Sie.
Sternchen (isst)
Chefredakteur: Ich muss gestehen: Ich wollte Sie schon immer
mal kennen lernen. Dieses Dunkle. Vielleicht sollte ich Sie ein
paar Wochen in New York begleiten. Was meinen Sie? Ich kenn
mich aus. Wir könnten ...
Sternchen: Das kost aber extra.
Chefredakteur: Wie viel? Ich meine ... ähm ... Geld spielt keine
Rolle (schiebt seine Visitenkarte rüber, schreibt vorher noch seine
Privatnummer drauf, zerreißt den Bewirtungsbeleg).
Sternchen (zerreißt die Visitenkarte): Ein andermal, Herr...
Chefredakteur: Bergmann

Aufräumen

Für mich teilt sich die Welt in Aufheber und Wegschmeißer.
Ich bin eine bekennende Wegschmeißerin: Erinnerungen,
Geschenke, Bücher, CDs, Videos, Briefe – weg!

So mache ich mich nicht zum Sklaven meiner Geschichte und halte meinen Hausstand (aktuell muss ich ja aus zwei Haushalten einen machen) überschaubar. Und doch sind die Tage des Aufräumens wie Fieberträume aus der Kindheit. Ein altes Tagebuch, darin Gedanken, deren man sich schämt, weil sie banal sind, romantisch oder schlichtweg falsch, aus heutiger Sicht jedenfalls. Zum Aufräumen muss man sich Zeit nehmen. Jedem Gegenstand muss ein neuer Platz zugewiesen werden. Jedes Blatt Papier muss mich davon überzeugen, das es wert ist, zu überleben. In einem verstaubten Ordner meine ersten Zeitungsartikel, zehn Jahre alt, vergilbt, zu Tode redigiert, stilistisch schlecht. Ich lege sie auf den Aufhebestapel, nehme sie nochmals zur Hand, schmeiße sie doch weg. Wofür? Man darf nicht an allzu viel hängen.

Ich finde Briefe, Visitenkarten, Fotos von Toten. Und als ich mein Bett an einige Bosnier verschenke, liegen darunter acht Pinzetten, zwölf Kugelschreiber und einige einzelne Socken. Manches bewahr ich doch auf, auch Wegschmeißer sind zuweilen sentimental.

Zum Beispiel lege ich einen Ordner an: Hefte dort einige Briefe von Marianne Bachmeier ab, handschriftlich, seitenlang, melancholisch, eine Visitenkarte von Juliane Bartel, einen fröhlichen Dankesbrief von Götz Friedrich, ein Gedicht, das mir Ibrahim Böhme schrieb, nach einer Spiegel-TV-Sendung, und eine Brosche, die er mir schenkte, eine Altfrauenbrosche aus angelaufenem Silber. Alle tot.

Ich überfliege einen Briefwechsel mit Manfred Krug, der um das Thema „Interview oder nicht" kreist, fünfmal hin und her, muss uns beiden großen Spaß gemacht haben. Ich hebe die Briefe auf. Ich finde an mich gerichtete Ansichtskarten der Schauspielerin Irm Hermann, einige Mahnungen von Wolfgang Menge, ich solle mit dem Wetterscheiß aufhören und endlich schreiben, und handschriftliche Absagen von Leni Riefenstahl, der einzigen fast Hundertjährigen, die Interviewtermine für mindestens ein Jahr im Voraus vergibt. Das heißt, sie wollte schon ein Interview. Nur nicht über Hitler.

Ich werfe Visitenkarten weg, meine eigenen, von SPIEGEL TV, RTL, SAT.l, mit Hamburger und Kölner und Berliner Privatadressen, die mir längst entfallen waren. Ich lese kopfschüttelnd meine alten Schulaufsätze und betrachte Kinderzeichnungen, die meine Mutter für mich aufgehoben hat.

Ich finde eine Autobiographie von Bubi Scholz, die er mir in schon sehr beklagenswertem Zustand mit wirren Worten widmete.

Ich drehe Bücher in den Händen, die ich seit Jahren lesen will und die ganz abgegriffen sind vom vielen In-den-Händen-Drehen-und-Drehen und von denen ich weiß, dass ich sie niemals lesen werde.

Und am Ende, nach vielen gänzlich weggetretenen Stunden, ist ein Tag meines Lebens vergangen, an dem ich mehrere Jahre meines Lebens mit einem grobzinkigen Kamm durchfahren, in blaue Mülltüten abgepackt und zum Müllcontainer getragen habe, mit geistesabwesendem Gesicht, manchmal traurig und manchmal in mich hineinlächelnd.

Idiosynkrasien

bin depri und niemand tröstet mich und nix zum essen im haus und dann fange ich an fotos von meinen ex-freunden zu shreddern und dann krieg ich hunger auf süßes aber nix im kühlschrank und keiner kocht mir was und keiner braucht mich und den abwasch macht auch keiner und dann find ich ein honignäpfchen und esse ein paar löffel honig und dann unterhält sich alexander kluge mit einer blonden dauerlächelnden frau über idiosynkrasien und dann schlage ich idiosynkrasien nach und merke dass ich auch ganz viele hab und dann beschließe ich ballast abzuwerfen denn die gegenstände die wir sammler so sammeln die ziehen uns wie die wackersteine das kätzchen auf den meeresgrund und ich schmeiße videokassetten weg und bücher und dann krieg ich hunger auf was süßes und gehe noch mal in die küche und öffne langsam den kühlschrank aber immer noch nix drin und dann mache ich ihn wieder zu und warte zehn sekunden und mach ihn dann mit einem ruck auf wie in eine leiche zum dessert, aber es ist immer noch derselbe kühlschrank dabei bin ich doch erwachsen und könnte theoretisch meinen kühlschrank regelmäßig voll machen wie das erwachsene so tun aber is nix is leer und ich gehe wieder zurück und oliver geissen redet mit fettigen menschen über fettige themen und mir fällt der mann wieder ein der sich seit drei jahren nur von licht ernährt sonst nix nur licht und der seine bücher in seinen kühlschrank gemacht hat das hat mir gut gefallen bücher im kühlschrank und der herd ist ein schreibtisch wozu auch sonst und ich geh noch mal in die küche und mache den kühlschrank auf unter dem vorwand ihn auf büchertauglichkeit zu prüfen aber eigentlich such ich essen und sehe eine flasche heinz-ketchup und nehme ein zwei schluck und gehe wieder räumen und wegschmeißen und bin randvoll mit idiosynkrasien von denen ich schon wieder vergessen habe was sie bedeuten aber sie drücken mir sehr aufs gemüt im fernsehen kommt christoph schlingensief der neulich sehr fein erich böhme gepiekt hat und ich kuck den fertig und gehe wieder in die küche und starre lange in den küchenschrank obwohl ich lieber schlafen würde weil morgen nächste woche und stress und dann fällt mir ein dass ich gar nicht weiß dieses fax von das ist wo ich am donnerstag hin muss und welches hotel und dann überlege ich wie der witz ging in dem der vopo das licht sucht weil er sich fragt wo das licht hingeht wenn er den schalter ausmacht und er sucht es überall unterm bett auf dem flur und dann macht er den kühlschrank auf und da isses drin und ich mach auch den kühlschrank auf und da isses auch drin und noch ein schluck ketchup und und dann mach ich noch mal den küchenschrank auf und knabbere ein paar lorbeerblätter und eine rohe nudel und einen brühwürfel und einen zuckerwürfel und würde die nacht gern auf oliver geissens bauch verbringen aber nur wenn der keine haare auf der brust hat sonst alexander kluge issja wurscht.

Für Dünnbrettbohrer

Ich bin ja sonst diskret wie'n Tampon, aber das muss einfach mal ans Licht. Auch wir Schriftstellerinnen sind vom Schlankheitswahn befallen. Es begann heute Morgen mit einem Stolpern auf dem schlaftrunkenen Gang ins Bad.

Eigentlich wollte ich das Ding schon tausendmal wegschmeißen. Geschmacklos (das Plastikgehäuse im Wüstensanddesign, mit zwei Fußabdrücken), immer im Weg, ideeller Wert gleich Null (Geschenk eines leptosomen Liebhabers), außerdem verstaubt.

Aber dann, wie zwanghaft, stellte ich mich erst mal drauf. Ach du Schreck! Heiliges Kanonenrohr und grüne Neune. Kruzitürken, und wenn da mal nicht Polen offen ist! Wie konnte das nur sein? Nur weil ich jetzt nicht mehr Leistungssport (Wetter) mache und nicht ordentlich abtrainiert (Sex) habe? Fast bringe ich es nicht über die Lippen. Nicht ein, nicht zwei, nicht drei, nein: vier Kilo mehr, seitdem ich mich zum letzten Mal gewogen habe (Dreißigjähriger Krieg).

Gut, ich bin jetzt fast 105 Jahre alt, also mit 105 sinkt ja der Grundumsatz, und dieselbe Menge Essen macht viel, viel fetter. Fieberhaft versuche ich, Margarethe Schreinemakers zu erreichen, aber die joggt grad. Was nun? Und wie ist Knut so schön dünn geworden? Und Nadja A. und Christie T. und Kate M. und all die anderen? Notarzt. Feuerwehr. Polizei. Professor Brinkmann (Brinki), Doktor Brockmann (Brocki) und Reinhold Beckmann (Becki) anrufen. Muss mich umgehend einweisen lassen zu den anderen Adipösen. Einweisen und national demütigen. Oder populär abnehmen und dann ganz liebe locker-flockige Werbung für Frischkäse machen wie Kiwi. Und viele Vorher-Nachher-Fotos. Und einen Roman in Tagebuchform. Die Leiden der fetten B. Nee, anders. Ich werde nicht mehr essen, nie mehr. Ich werde mich von Licht ernähren und den Kühlschrank voller Bücher machen und jeden Tag einmal um die ehemalige DDR joggen.

Dann werde ich die in den letzten Jahren angesammelten und nie angerissenen 50 Packungen Tee zubereiten und mir in alle Leibesöffnungen applizieren, um mich zu bewässern und zu entschlacken und zu entfetten und zu kasteien, und dann werde ich mich von jeglichem Ballast befreien wie Strom und Bäche vom Eise.

Und rauchen tu ich auch nicht mehr und keinen Kaffee, weil wenn es keinen Spaß machen soll, dann richtig. Und Hanteln und Kickboxen und Schattenboxen und Schwimmen Tag und Nacht. Ich lasse mir die Haare gelbblond färben und das Gesicht ledern braun solarieren wie Margarethe. Dann freut sie sich sicher sehr und bringt mir bei, wie man mit dem Arsch Nägel aus der Wand zieht und dabei ein BUNTE-Interview gibt.

Das wird ein Fest, wenn ich mich nach und nach ganz dünne mache und bei Hans Meiser davon erzähle und bei Jürgen Fliege und Bärbel Schäfer und Friedman und Gaus und Kerner und Roger Willemsen. In kürzester Zeit bin ich nämlich viel dünner als Christie und Kate. Schließlich müssen Brinki / Brocki / Becki mich künstlich ernähren, erst mit Vorkauen und von Mund zu Mund, dann intravenös.

Im Krankenhaus gebe ich viele schöne Interviews am Tropf und lerne einen hammerharten Mann kennen, der steht mit beiden Beinen im Leben und trägt mich auf Händen und hat einen super Haarschnitt und macht mir fünf ganz dünne Kinder. Und vom vielen Kindererziehen und Interviewsgeben krieg ich auch ganz dünne Lippen, und man hört meine Knöchlein klappern, und ich schreibe auch nur noch ganz dünne Bücher und habe nur noch Dünnschiss, und mein Gesicht ist schön schädelig, und irgendwann bin ich ganz weg, in quasi gasförmigem Zustand.

Schon allein beim Nachdenken über diese herrliche Zukunft habe ich zwanzig Kilo abgenommen. Federleicht und jauchzend schwebe und bauchtanze ich durch die Wohnung, schmeiße die blöde Waage weg und mache mir einen großen Topf Pasta und lecker Kaffee mit viel fetter Vollmilch und esse zwei Schachteln Hallorenkugeln und eine Dose Macadamia-Nüsse.

Dies soll meine letzte ganz große Fressorgie werden, der wohlzelebrierte Abschied von der Körperlichkeit. Gleich morgen fange ich an. Morgen oder übermorgen. Spätestens, wenn Godot kommt.

Urläubchen

Okay, ich bin also auf Mallorca und „a little bit tippsy", das muss ich so sagen, denn ich besuche eine Weltbürgerin, meine alte Freundin AKS, und die spricht immer so.

Entweder, ihre Sätze beginnen mit „anyway" oder sie hören mit „okay?" auf oder beides. Es ist fast Mitternacht und AKS telefoniert, weil sie eine Weltbürgerin ist, in allen Sprachen der Welt mit anderen Weltbürgern, und ich kann nicht ins Netz.

Ich bin hier leider nur Gast und nicht am Ballermann, worauf meine soziologische Studie ursprünglich ausgerichtet war, für die Kunst, sondern in Santanyi, was ein naturbelassener, von Touristen noch nicht entdeckter Ort ist, sehr mallorquinisch und mit vielen Kneipen, in denen gepfiffen und Fußball gegen Barcelona gekuckt wird, ein Ort, welcher definitiv nicht literabel ist, aber EXRTEM IDYLLISCH.

AKS ist grad sauer, weil irgendwas mit ihren anderen Weltbürger-Freunden nicht klappt, und ich bin zu Gast und darf nicht sauer sein, obwohl ich nicht ins Netz darf, weil AKS telefoniert.

Ich frage also AKS, die grade auf ausländisch telefoniert, in welcher Sprache, kann ich nicht ausmachen, da ich monoglott bin, ich frag also AKS, ob ich mal in ihren Kühlschrank kucken und mir was rausnehmen darf, da ich vom mallorquinischen Schnaps aus der besten gastfreundlichen Absicht heraus zum Empfang meiner herrlichen Person betrunken gemacht worden bin.

Sie sagt (weil sie Weltbürgerin ist): „What ever you find!". Ich finde ein Stück mumifizierten Käse und knabbere daran herum, woraufhin mir dankenswerterweise einfällt, dass ich zwei Äpfel aus Deutschland mitgebracht habe, die ich mir wohl besser einteilen sollte, wenn das so weitergeht.

AKS fährt grad noch mal los, weil sie irgendwas mit einem mallorquinischen Bekannten klären muss, und ich durchforste ihr Haus nach einem Badewannenstöpsel und essbaren Sachen, gern weniger mumifiziert, und nach der Gebrauchsanweisung für AKSsens Fernseher, denn einer muss ja wohl heute deutsch mit mir sprechen, sonst fang ich am Ende an zu weinen wegen der defizitären Situation.

Nach längerer erfolgloser Suche (nach Essbarem und Ansprechbarem) setze ich einen Tropenhelm aus „Jenseits von Afrika" auf, den ich im original mallorquinischen Nebengelass gefunden habe, und setze mich auf ein original mallorquinisches Treckerskelett, um zum einen etwas Essbares aufzutreiben und zum anderen auch ein Weltbürger zu werden wie AKS und den

Ballermann zu suchen, denn ich werde mich noch heute Abend mit Jürgen Drews und / oder mit Nicki verloben oder spätestens morgen mit AKS.

Etwa um fünf steht AKS auf, schimpft wie ein Rohrspatz (weiß nicht warum), wählt sich dann ins Netz und lacht dröhnend (weil sie meine Internet-Tagebuch-Geschichte liest). Ich schlummere wieder ein. Als ich aufwache (morgens um acht) ist AKS weg. Ich habe meine Zahncreme vergessen und suche AKSsens überall. Nachdem ich mit nackten Füßen einige fauchende Katzen in die Zypressen geschleudert habe, finde ich den Weg zu AKSsens Bad (im Hof) und stehle mir etwa einen Zentimeter ihres Designer-Zahngels.

Dann schlendere ich durchs Haus, betrachte die Bücher (Golfhandbuch, Tatort-Handbuch, Sensationelle Salate), die sonstige Einrichtung (da ist mitten im Wohnzimmer ein gruseliger Brunnen von beeindruckender Bodentiefe, ich lasse eine 100-Peseten-Münze hineinfallen und zähle, bis sie aufkommt, mühelos bis 120) sowie zum wiederholten Mal den Kühlschrankinhalt (er ist viel voller als meiner, aber was Essbares ist auch nicht drin).

Auf dem Küchentisch liegt ein Zettel mit der Notiz: „Bin rasch Brötchen holen". Ich bin nun schon zwei Stunden wach. Offenbar holt AKS die Brötchen rasch aus Deutschland. Und außerdem brauche ich gar keine Brötchen, denn ich las gestern in einem Otto-Sander-Interview, eines seiner Lieblingszitate sei „Sizilianer frühstücken nie". Vergessen, von wem.

Vielleicht ist AKS aber auch mit ihren Freunden unterwegs und hat mich nicht mitgenommen, weil ich nicht so gut ausländisch kann. Oder sollte sie sich eigenmächtig zum Ballermann geschlichen haben?

Wir waren später doch im Ort frühstücken, in welchem es keine Bürgersteige, aber viele alte wild rumcrossende Autos und noch mehr Deutsche gibt. Einige davon haben wir getroffen, aber niemand will mit mir zum Ballermann.

Gefrühstückt habe ich ein Käsebrötchen mit Oliven, aber die Oliven hab ich liegen lassen. AKS hat BILD von heute, gestern und vorvorgestern gelesen und auch ein Käsebrötchen gegessen und auch die Oliven liegengelassen.

Jetzt will mich AKS mit dem Auto rumfahren und mir die Küsten zeigen. Ich sage immer, das wäre nicht nötig, weil ich die gezeigten Küsten ohnehin gleich wieder vergesse, aber AKS und auch Klaus (das ist einer von den Deutschen, die wir getroffen haben) finden, die Küsten müsse man gesehen haben.

Vielleicht darf ich später zum Ballermann, wenn ich mir die Küsten zeigen lasse. Fragen tu ich jetzt lieber nicht, denn AKS ist grade sehr wütend, weil ihr Drucker nicht geht, und da sollte man (also ich) sie (also AKS) besser nicht ansprechen, sonst wird man (also ich) u.U. in den Brunnen geworfen.

Ballermann?

Das mit den Küsten verzögert sich noch, weil AKS einige Anrufe von Freunden aus aller Welt bekommt. Ich friere sowieso, weil AKS mir gesagt hat, dass 30 Grad sind und ich nix zum Anziehen mitbringen brauche, aber plötzlich ist es ganz kalt und regnet, und ich mit meinen dünnen Kleidchen, na ja.

Jetzt habe ich mich mit deutschsprachigen Zeitungen zurückgezogen. Die heißen Mallorca Magazin und Mallorca Zeitung und Palma Kurier und da steht hoffentlich drin, was heute so am Ballermann los ist. Vielleicht krieg ich AKS ja noch rum.

Aber ich finde das Ballermann-Programm in den Zeitungen nicht, statt dessen weiß ich nun, dass Boris seine Villa hier verkaufen will wegen zu viel Erinnerungen an Babs, dass Mallorcas Reiche Angst vor Überfällen haben und aufrüsten sowie dass Mallorcas Wurstkönig Horst Abel jetzt auch Bier herstellen will. Ganz schlimm ist Mallorcas Auto-König Hasso Schützendorf überfallen worden und zwar während der Fußmassage. „Ich dachte zuerst, dass sind Mörder, die im Auftrag meiner Frau kommen", wird er zitiert. In Es Trenc, erfahre ich, gibt es 5000 Strandbesucher, aber nicht ein Klo. Sollte das eine der Küsten sein, die AKS mit mir bereisen will, so werde ich mich weigern. Im Norden Palmas wird es bald einen dritten Golfplatz geben, und AKS telefoniert immer noch.

Naddel dreht zurzeit auf Mallorca für „S.O.S. Barracuda". Die attraktive Ukrainerin Sneschana, 24 Jahre alt, liebenswürdig, solide, rassig, sucht einen treuen, intelligenten und humorvollen Partner.

AKS ruft zwischen zwei Telefonaten „Else, lebst du noch?" nach oben. Klar, sage ich und noch was Neues, Ausländisches, was ich gestern gelernt habe: „Take your time!" Arenal wird wegen der Laschheit des Rathauses immer mehr zur Sextouris-mus-Zone, muss ich lesen und wünsche Sneschana das Beste und dass es sie nicht auch irgendwann erwischt.

AKS ist nun fertig mit Telefonieren. Scheint sehr gut gelaufen zu sein, denn sie ist guter Laune und ich kann ihr die Küsten ausreden. So, jetzt fahren wir zum Ballermann.

Leider haben wir Arenal (ich soll nicht „nach El Arenal fahren" sagen, denn El ist ja bereits der Artikel) lange nicht gefunden. Zwischendurch mussten wir Rast machen (immer schön Holla sagen, wenn man irgendwo reinkommt, das mögen die Biester). Wir bestellten eine Paella, die ich leider nicht essen konnte, weil an den Großgarnelen noch die Augen dran waren.

Ich kann nix essen, was mich ankuckt. Die Kellnerin hat das dann mit bitterbösem Gesicht abgeräumt. Ich hab noch ein paar Mal aufmunternd Holla gesagt, aber das hat auch nix mehr gebracht. Während der 45-minütigen Fahrt brauchte ich gar nicht zu sprechen. AKS hat das alles alleine gemacht. Ich musste nur einmal „Ja" sagen. Ich glaube, es war auf die Frage: „Verstehst du, warum mir das so wichtig ist?"

Arenal wollte und wollte nicht auftauchen. Ich blieb jedoch hart und bestand auf dem Ballermann. Irgendwann sagte AKS: „Ich baller dir gleich eine." Glücklicherweise machte sie diese Drohung nicht wahr. Schließlich kamen wir doch noch an. Während AKS telefonierte, trank ich mit zehn nackten Sachsen Sangria aus dem Plastikeimer. Dann tanzten wir die Polonaise Blankenese. Dann kaufte ich zwei Ansichtskarten mit der Aufschrift „Ballermann".

Auf dem Rückweg führte AKS einige Telefonate und wendete Tricks an, um mich doch noch zu einer Küste zu schleppen (was fürs Auge, muss man sehen), welche zu betrachten mir durchs Autofenster bereits einen ausreichenden Eindruck verschaffte.

Kein Essay

Hier die todtraurige Geschichte von einer, die auszog, einen Essay zu schreiben.

Schreiben Sie doch einen Essay für uns, bat mich ein freundlicher Redakteur. Aber gern doch, sagte ich, denn ich bin sehr hilfsbereit und halte mich immer fein an Heiner Müllers Leitsatz: *„Wer etwas Neues schaffen will, der muss etwas tun, was er nicht kann."*

Erst mal rumfragen. Montaigne ist tot, also wen. Was ist ein Essay, frage ich Frau Berg. Sag ich nicht, sag ich nicht, sagt Frau Berg. Da frage ich Moritz Rinke. Das weiß keiner, sagt Moritz Rinke. Da fragte ich den Duden. Literarische Abhandlung, sagt der Duden. Erst das Fremdwörterbuch hilft mir weiter: ein Versuch.

Nun, dachte ich, Versuch macht kluch, und ein Versuch schließt ja sowohl die Möglichkeit des Gelingens als auch die Möglichkeit des Scheiterns mit ein.

Ich will ja nicht vorgreifen, aber so kam es dann auch. Ich setz mich also hin und schreibe quietschvergnügt meinen Essay und der geht so:

In den Neunzigern galt es plötzlich als schick, auf den medialen Supergau zu schimpfen. Immer wieder fiel ein bestimmtes Wort. Erst habe ich das akustisch nicht verstanden: Rinderblut? Wilder Knut?

Aber dann. Bilderflut! *haut sich auf die Stirn* Die war an allem schuld! Einer muss ja schließlich schuld sein.

So kam eins zum anderen. Was immer mir zustieß (Kaffeemaschine kaputt, Mann weg, Wasserrohrbruch), immer war es die Bilderflut. Da hatte man was zum Draufschimpfen. Ich war dann immer sehr wütend auf die Bilderflut und fand, man müsse die Welt vor ihr retten. Aber wie? So ad hoc fiel mir nichts ein. Stattdessen fiel ich, und zwar in eine tiefe Depression, und beschloss von jetzt auf hier, ins Kloster zu gehen.

Im Unterschied zu anderen, die von jetzt auf hier beschließen, ins Kloster zu gehen, tat ich es auch. Nahm Urlaub, checkte ein, ließ Fernseher und Laptop zu Hause, schloss erst die Tür meiner kargen Zelle, dann beide Augen und atmete tief ein. Schwarzbild. Ich sah Schwarzbild. Weg war sie, die doofe Flut.

Da waren nur noch ich und die Sinnkrise und die Dunkelheit (um exakt zu bleiben: mit einem Anflug von Sonne, die rot durch meine Lider diffundierte). Und auf dem Tisch die Bibel, in welcher, glaub ich, sinngemäß steht: Stell dir vor, da ist eine Bilderflut und keiner geht hin.

Jetzt mal eins nach dem anderen. Nichts gegen das Bild. Das war vermutlich noch vor dem Wort. Denn das Bilderbuch war ja auch vor dem Wörterbuch. Das Wort entstand nur, um das Bild zu beschreiben. Man kennt das zum Beispiel aus dem frühen Kunstunterricht: „Auf diesem Bild sehe ich ..."

Und später aus Karl-Eduard Schnitzlers DDR-Sendung „Der Schwarze Kanal": Bild und Ton: BRD-Fernsehen. Und natürlich

BILD nicht zu vergessen, Springer, der Schnitzler des Westens.

Solche und sogar noch klügere Gedanken (die ich aber inzwischen wieder vergessen habe) gingen mir durch den Kopf, als ich auf meiner Klosterpritsche lag, dem Läuten der Kirchenglocken und dem Schlurfen der Mönchspantoffeln zuhörte und Löcher in die Decke starrte.

Dass es so nicht weitergehen konnte, war klar. Ich wollte Buße tun. Ich wollte Absolution und ein neuer Mensch werden und überhaupt.

Ich wollte bezahlen dafür, dass ich immer neue Bilder immer wieder anfallartig und unkontrolliert konsumiert hatte (Sünde). Dass ich inszenierten Bildern mehr als echten geglaubt hatte (Sünde) . Dass mich das echte Leben langweilte, wohingegen mich Inszenierung ansprach (Sünde). Sicher hätte ich dreihundert Ave Maria beten und die ganze Kirche mit der Zahnbürste putzen müssen, wenn ich katholisch gewesen wäre. Mindestens.

Aber so lag ich still und atheistisch auf der Pritsche und ging in mich und prüfte die Schäden, die die Bilderflut an Körper und Geist hinterlassen hatte. Vermutlich waren sie irreparabel. Meine Reise in die Schweiz fiel mir wieder ein. Die ausbleibenden Wallungen angesichts des Alpenpanoramas. Und dass ich erst eine Woche später, als ich dieselben Alpen auf einem Foto sah, deren Schönheit zu erfassen imstande gewesen war. (Wenn man auf Klosterpritschen liegt, denkt man zuweilen geschraubt.)

Nicht die Alpen selbst hatten meine Sinne erreicht. Aber ihr Bild, ihr Abbild, das umso mehr. Warum war das so? Und was konnte ich dagegen tun? Selbsthilfegruppe? Impfung? Scheuklappen?

Ich wusste es nicht. Ich stand ja als Bilderflutforscherin ganz am Anfang. Woher kam er nur, dieser Menschenhang zum Dia-Abend, woher kam dieses Bedürfnis, auf Reisen alles und jeden zu fotografieren? Warum galt für jedes Ereignis, jede Begegnung meines Lebens: Nicht fotografiert = nicht geschehen?

Warum ging es so vielen anderen Menschen auch so? Warum fassten wir uns nicht einfach alle an den Händen, zerstörten mit den Füßen (oder mit Plastik-Flitzebögen und Zettelpiekern) unsere Fernseher, Videorecorder, Computer, Diaprojektoren, Kaleidoskope, verbrannten unsere Fotoalben und gingen singend hinaus in die Natur, warum nicht?

Schon am zweiten Tag in der Klosterzelle waren meine klugen Gedanken alle. Selbst von den dummen waren kaum mehr welche da. Die Flucht vor der Bilderflut hatte ich erfolgreich absolviert. Aber was nun? Ich war in hohem Maße mit mir allein. (Gott war grade außer Haus.)

So und ähnlich ging mein Essay fort und fort, und ich schickte ihn nachher ganz stolz dem Redakteur.

Der hat dann aber sehr viel daran durchgestrichen, zum Ausgleich aber einige neue erläuternde Sätze hinzugefügt und mir einige Denkanstöße gegeben, wie daraus noch ein richtiger Essay werden könnte.

Nun sind wir alle sehr traurig, denn ich zeigte mich komplett uneinsichtig, zog meinen Text zurück und spendete mein vereinbartes Honorar für die Kaffeekasse des Redakteurs. Ich bin jetzt ganz sicher, dass aus mir nie eine richtige Essayistin werden wird, und das war schon ein schwerer Schlag und grausiger Fund für alle Spaziergänger.

Noch sechs Tage

Ich bin im Lauf der letzten Wochen mit New-York-Führern zugeschissen worden und habe, nachdem ich mir gestern die ersten vier appliziert habe, einen gelinden Hass auf das Synonym BIG APPLE. Den nächsten, der das sagt, schlage ich nieder.

Nach der Lektüre bleibt man relativ verwirrt zurück. Keine Angst vor Verbrechen soll man haben, da New York inzwischen die sicherste Stadt Europas ist. Aber auf keinen Fall sollte man mehr als 20 Dollar dabeihaben.

Man soll ja nicht nachts U-Bahn fahren. Man kann inzwischen jederzeit wieder U-Bahn fahren. Man soll nicht in die Bronx. Man soll auf jeden Fall in die Bronx. Man soll in die Kneipe, von der sich das hartnäckige Gerücht hält, dass Woody Allen dort montags Klarinette spielt. Man soll da bloß nicht hin, das sei ein Touristenfalle. Woody Allen sei vermutlich noch nie da gewesen. Man soll Schwarztaxis nehmen. Man soll die auf keinen Fall nehmen. Man soll grundsätzlich bei Grün über die Kreuzung, da New Yorker sehr korrekt sind. Man soll auf keinen Fall bei Grün über die Kreuzung, weil man sich dann sofort als Tourist outet.

Man soll viel zu Fuß gehen (macht jeder New Yorker). Man soll nicht allzu viel zu Fuß gehen (zu gefährlich). Dasselbe gilt fürs Radfahren. Das ultimative New-York-Buch habe ich bisher nicht gefunden.

Spaß

Heute war ich erstmals in einer Yoga-Gruppe. Außer mir war noch ein Mädel da, Linda, stark geschminkt und duftend. Sie saß schon erwartungsvoll auf ihrer lila Matte, barfuß, also zog ich mir auch Schuhe und Strümpfe aus. Dann kam Gurubanda, der Yoga-Lehrer, Amerikaner, stark tätowiert mit Ziegenbärtchen. Dann kam noch Mao, ein Typ mit Mode-Glatze, wir waren also zu viert.

Gurubanda, der auf dem Flur mit Joe begrüßt worden war, nahm's locker. Alle seien in den Weihnachtsferien, sagte er, was uns nicht stören solle, Spaß zu haben. Nichts dagegen. Lange keinen Spaß mehr gehabt. Also. Ausatmen, einatmen, Schneidersitz, Hände verrenken, das ging ja noch. Dann murmelte er ein Mantra, das Mao und Linda schon kannten, ich hab schnell auch irgendwas gebrabbelt. Als wir aber dann feuerspeiende Drachen sein sollten, die Zunge rausstrecken und hecheln, hab ich kurz überlegt, ob ich die Klasse verlasse. Mao hechelte heftig, Linda hechelte sexy. Ich wurde von Gurubanda auch zum Hecheln aufgefordert und zum Augenschließen und simulierte beides.

Nachher haben wir einige Stretch-Übungen gemacht, die waren nicht ohne. Als Gurubanda Mao nach oben in die Kerze zog, fiel aus Maos Sweatshirt ein weißer wabbeliger Bauch raus, aber ich bin ja selber schuld, warum hab ich nicht die Augen zugemacht. Als Gurubanda meine beiden kalten in die Luft ragenden Füße packte, war mir das ein bisschen zu intim, aber noch bevor ich protestieren konnte, zuppelte Gurubanda schon an Linda rum, die ein seliges Gesicht machte.

Fortschreitende Amerikanisierung

Heute war ich im Gym, wie hier Fitness-Studios heißen, und zwar eine ganze Stunde auf dem Laufband, zum ersten Mal im Leben. Bin begeistert. Es war gar nicht, als ob ich auf der Stelle trete, es war vielmehr so, dass ich und das Mädchen links neben mir und der Junge rechts neben mir, dass wir alle im Gleichschritt nach vorn gingen und rannten und liefen, während vor uns von unsichtbarer Hand Fernsehgeräte gezogen wurden, „Die Hard", untertitelt, und über uns himmelszürnende Technobässe dröhnten, die sich gut in das Gesamtkunstwerk Ich-tu-so-als-würde-ich-Rumlaufen einfügten. Ich musste vieles miteinander koordinieren: Meinen Gleichgewichtssinn: Laufen auf dem Band ohne Festhalten. Mein Rhythmusgefühl: Maschine so einstellen, dass ich im Takt laufe. Meinen Fernseh-Kuck-Groove: fremdsprachiger Stummfilm mit fremdsprachigen Untertiteln. Ich hatte hinterher, weil's nicht wie bei meinen Nachbarn in Sprint ausartete, 271 Kalorien verbrannt, in einer Stunde. Immerhin. Von außen sieht das so Hamster-im-Laufrad-mäßig aus, autistisch, armselig, verachtenswert. Man kann in New York City wie in vielen anderen Städten durch große Fensterscheiben Menschen auf Laufbändern sehen, Symbol für Beziehungslosigkeit, für Singlegesellschaft, Fitnesswahn – aber schön.

Miss! Miss! Miss!

Heute habe ich Karin begleitet. Karin aus Wien, 26, seit einem halben Jahr fertig mit ihrem Kunsterzieher-Studium. Als erste Arbeitsstelle hat sie sich einen Platz ausgesucht, nach dem der Rest ihrer Laufbahn ihr wie ein Spaziergang vorkommen wird. South Bronx, New York. Ich also nachts durchgemacht, weil ich es niemals geschafft hätte, um fünf aufzustehen. Nach Harlem gefahren, wo Karin wohnt, Karin getroffen und sie in ihre Schule begleitet. Eine Berufsschule. Tischler und Automechaniker wollen die Jungs und Mädels dort werden. Was heißt wollen. Sie haben nicht so irre viele Möglichkeiten.

Eigentlich wollte ich Karin beobachten, die Mädchenhafte, die Liebliche, die Lustige, die mit dem Engelsgesicht und dem blonden Haar. Ich wollte sehen, wie sie sich durchsetzt gegen ihre Schüler, alles Schwarze und Latinos, größtenteils Jungs, ultracool, im Rapperlook, im Hiphop-Singsang eher rufend als sprechend. Als ich aber im Klassenzimmer saß, lieber Himmel, das ist ja jetzt auch schon zwanzig Jahre her bei mir, überfiel mich umgehend der alte Unwillen gegen Schule, gegen den Geruch, den Klang, die Optik einer Schule, gegen Lehrpläne, Lehrer und das ganze Bildungssystem.

Karin unterrichtet Englisch und Kunst. Die erste Stunde ist Englisch, und wir sollen alle das Lehrbuch aufschlagen und Seite

779 bis 781 lesen, irgendwas über König Arthur. Nun interessiert mich aber König Arthur gar nicht, und ich bin ja so müde, und die Buchstaben tanzen vor meinen Augen, und alles ist so sinnlos. Ich denke, auweia, wie muss es erst den kleinen Rappern gehen, die um mich herum langsam und lässig eintrudeln, jeder Zuspätkommer latscht erst mal nach vorn und schreibt sich ins Zuspätkommer-Buch ein.

„Mütze ab", sagt Karin, denn Mützen, Tücher, Kapuzen, Ketten, alles, was diesen Jugendlichen wichtig ist, womit sie sich abgrenzen und Gruppen zuordnen, sind verboten. Der Junge gehorcht, langsam, aber er nimmt die Mütze ab, lächelt. „Ich will eure Ausweise sehen", sagt Karin, denn die Ausweise der Schüler müssen sichtbar um die Hälse hängen. Die Jungs pöbeln ein bisschen, flirten ein bisschen, haben die hübsche Österreicherin aber als Autorität akzeptiert. „Los, Leute", mahnt Karin, als niemand auch nur die simpelste Frage zu König Arthur beantworten kann (ich übrigens auch nicht).

Stattdessen unterhalten wir uns in den hinteren Bankreihen ein wenig: „Miss! Miss! Miss!",

rufen die Jungs die Lehrerin, rufen sie auch mich: „Kommst du auch aus Österreich?" Nee, Deutschland. „Seid ihr Schwestern?" Nee, Freunde. Interessanter Ansatz, obwohl ich mit Karin optisch nichts gemein habe, sehen wir für die Jungs gleich aus, genauso wie sie für mich alle gleich aussehen, dunkle Gesichter, dunkle Haare, dazu die Uniformierung der Klamotten. Aus dem Rapper-Dresscode schert keiner in der Alfred E. Smith Berufsschule aus, Kleidungsindividualisten kann ich nirgends sehen.

Neugierig mich beäugend, vollkommen lernunwillig, aber gutartig, umringen sie mich. Oder machen sonst was. Wie verzweifelt muss ein Lehrer sein, wenn zwei einfach pennen, zwei andere eine kniffelige Variante von High Five üben, zwei weitere sich über drei Bankreihen Neuigkeiten über die Mets und die Yankees zurufen. Wie unbefriedigend muss das sein, wenn keiner den König-Arthur-Text wirklich gelesen hat, wenn alle nur ihre Zeit absitzen und Sachen rufen. „Miss! Miss! Miss! Welche Seite?" – „Miss! Miss! Miss! Wie war noch mal die Frage?" – „Miss! Miss! Miss! Welches Buch?"

Dennoch macht Karin ihren Job gern. Sie ist noch jung, verfügt über ausreichend Enthusiasmus, macht sich über den Lehrplan hinaus Gedanken, versuchte sogar, den Jungs „Das Tagebuch der Anne Frank" nahezubringen, obwohl die der Holocaust genau so interessiert, wie wenn in China ein Sack Reis umfällt. „Es ist immer noch wie im Gymnasium", sagt Karin. „Ich muss morgens genauso früh aufstehen und in die Schule gehen." Nur die Seite hat sie gewechselt. Und den Kontinent. Und die Sprache.

Als sich einer den Kloschlüssel aus dem Lehrerpult angeln will, ohne zu fragen, ruft Karin von hinten, wo sie grade mit in die Hüften gestemmten Händen herumläuft, nur: „Hey, hey, hey!" Und alle Schüler stimmen mit ein, vergnügt: „Hey, hey, hey!" Und der so Gemahnte lässt den Schlüssel fahren und fragt erst mal, wie es sich gehört: „Miss! Miss! Miss! Darf ich?

Unheimlich schöne Jungs dabei, atemberaubende samthäutige Gesichter in allen Braunschattierungen mit allen erdenklichen Zopf-, Igel, Kraushaarfrisuren. Und sie sehen überhaupt nicht alle gleich aus, ganz unterschiedlich sehen die aus. Einer wie Marlon Brando in „Der letzte Tango in Paris", einer wie Lenny Kravitz, einer wie Forest Whitaker, einer wie Michael Jackson, bevor er unters Messer ging. Hübsch sind die und frech und pfiffig, aber null motiviert. Wofür auch? Wer schafft es schon raus aus der Bronx. Gut, Jennifer Lopez, aber die!

Die Pausenklingel klingt wie ein U-Boot oder ein Rummel-Abfahrtsignal. Die Meute verschwindet („Miss! Miss! Miss! Bye!"), eine neue taucht auf, einige Mädels dabei, auch die sehr schön. Latinas mit hautengen Klamotten, raffinierten Frisuren und einem Blick, der schon alles weiß. Noch eine Woche, dann ist das Semester zu Ende, und Karin fängt wieder von vorn an, neue Gesichter, neue Raufbolde, Kobolde, Komiker, Schlafmützen, Pechvögel, Lolitas, alles wieder auf Anfang. Jetzt wird das Fach Kunst unterrichtet. Wie bringt man coolen Kindern Kunst bei? Gegenständlich. Es wird Draht ausgeteilt, die Kinder sollen Männchen aus diesem Draht formen. Großes Hallo und Rumgekicher, denn Machen macht immer Spaß. Dann erfolgen erste ernsthafte Biege-Versuche. Karin geht durch die Reihen und lobt und scherzt und hilft und schimpft. Ich will auch ein Männchen basteln und gelobt werden. Ich hab zwar kein Geschick für so was, aber es ist eine Knobelaufgabe, den Draht zu teilen, also einmal zu biegen, dann aus der oberen Schlaufe einen Kopf zu drehen und nach unten genug Raum für jeweils einen Arm und ein Bein zu behalten. Der Plan geht auf. Ich bastele ein ganz manierliches Männchen zurecht. „Miss! Miss! Miss!", sagt einer, „haben Sie das vorher schon mal gemacht?" Ich verneine. Das hätte ich nicht sollen, denn jetzt ist der dicke Junge neben mir sauer, weil ich das gleich so hingekriegt habe und er nicht. Nachher zeigen mir einige ihre Drahtmännchen. „Miss! Miss! Miss!", ruft ein Kahlgeschorener vor mir, der noch sehr jung aussieht, etwa wie ein zwölfjähriger Nachwuchs-Rapper. „Lieben Sie Amerika?" Ich nicke. Sagt er, vom Lachen der anderen begleitet: „Ich hasse Amerika", und wendet sich wieder seinem Männchen zu, das aussieht wie ein überfahrener Hamster.

Dann müssen alle ihre Drahtgebilde mit einem Namensaufkleber versehen, sie werden von Karin eingesammelt und späterhin bewertet. Ich stecke meines verstohlen ein, als Erinnerung. „Miss! Miss! Miss!", ruft ein Junge, dem der Zwickel im Knie hängt, nach vorn zu Karin und zeigt auf mich: „Deine Freundin klaut!"

In der nächsten Stunde dasselbe Spiel. Andere Klasse, aber wieder Kunst und wieder Männchen. Ich ziehe meins von vorhin vor wie Kai aus der Kiste. Allgemeines Staunen. Dann helfe ich dem Jungen neben mir, der den Draht einfach nur wie ein Lasso herumsausen lässt und dumpf vor sich hin brütet. Ich forme aus seinem Draht den Kopf, die Arme, die Beine. Mach das so, sage ich. „Danke, Miss", murmelt er, verbiegt sofort alles wieder und lässt den Draht wieder surren. Die Akustik im Raum ist scheußlich, die Neonröhren summen, die Geräuschkulisse legt sich wie ein großer dunkler Brabbelteppich um meine Hirnhaut, Karin ruft vorne am Pult irgendwas, aber von dieser Klasse interessiert das wirklich keinen.

Währenddessen warten „wir Schüler", alle wie wir da sitzen und stehen und hängen, warten auf das erlösende U-Boot-Hupen zur (vierminütigen) Pause. Ich kann nix mehr verstehen. Mein Kopf wird schwer, er sinkt nach vorn. Ein Junge dreht sich zu mir um: „Miss! Miss! Miss! Langweilst du dich?" Ich schrecke auf, verneine, ertappt. Schlimmer Vorwurf, pädagogisch völlig kontraproduktiv. „Miss! Miss! Miss!", ruft derselbe Junge jetzt in Karins Richtung: „Deine Freundin langweilt sich." Karin schmunzelt. Ich schäme mich. Noch ehe sich der Eindruck der Langweile etablieren kann, schleppe ich mich nach Hause, im Ohr immer noch die Miss!-Miss!-Miss!-Rufe, und gehe schlafen.

Tempelskizzen

Man empfängt mich freundlich. Andere Gäste, eine angehende Yoga-Lehrerin, ein australisches Ex-Model und einen italienischen Ex-Modefotografen, kenne ich schon vom Vorgespräch. Ich beziehe ein kaltes Zimmer mit Ostblick, gehe aber sofort noch mal raus, um das East Village zu begrüßen und eine symbolische Runde auf dem Laufband meines Fitness-Studios zu drehen. Dann tiefer, traumloser Schlaf bis morgens um sieben.

Das Telefon steht nebenan im Gemeinschaftsraum. Manchmal, wenn keiner da ist, schleiche ich mich raus und clippe das

Kabel aus, um rasch ins Netz zu gehen. Es ist nicht direkt verboten, ins Netz zu gehen, aber es ist arg weltlich, daher möchte ich die Tempelherren nicht überstrapazieren.

Morgens wird hier üppiges Frühstück aufgetragen, Bagel, Trockenfrüchte, Obst, Müsli. Es gibt viele urbane Gäste auf der Durchreise. Morgen soll ich zwei Stunden lang Handzettel verteilen, ein lässiger Job an frischer Luft. Ab Sonntag bin ich zum Muffinbacken eingeteilt. Dem sehe ich mit Spannung entgegen.

Nach dem Frühstück habe ich mit einem texanischen Gast über Vaginas gesprochen, er selber schnitt das Thema an und erklärte mir allerhand mösenmystischen Quatsch, woraufhin wir zum Glück von einer älteren Dame, die sich zum Toaster durchdrängelte, gestört wurden. Danach sprach ich eine Stunde mit dem schrecklich ernsthaften Ben über Gott, das heißt, Ben sprach über Gott, während er mit finsterem Gesicht Erdbeermarmelade auf seinen Vollkornbagel kratzte, und ich war auch dabei. Ben sagte, Gott sei für ihn Vater und Mutter und Freund und Bruder und Schwester. Ich sagte: Das' ja furchtbar. Dann brachte mir Ben mein erstes Mantra bei: Ich bin Gott. Ich bin Gott. Ich bin nicht verschieden von Gott.

Der Prozess

Ein Bekannter von mir, Jazz, hat einen Brief bekommen. In dem Brief steht, dass er bei Gericht erscheinen soll oder andernfalls festgenommen wird. Kein Grund. Nur ein Aktenzeichen. Und eine Telefonnummer. Jazz ruft die Nummer an, immer und immer wieder. Anrufbeantworter. Jazz bittet um Rückruf. Niemand ruft zurück.

Jazz kommt aus dem Senegal. Seit seiner Kindheit lebt er in New York. Er wuchs in Brooklyn auf. Er weiß nicht, warum er ins Gericht kommen soll. Sagt er.

Jazz hat sich einen Anwalt genommen, einen Weißen. Nur ein Idiot ließe sich von einem Schwarzen verteidigen, sagt er. Jazz hat Angst, dass er ins Gefängnis muss. Er will nicht allein zum Kriminalgericht von Manhattan. Er bittet mich, mitzukommen. Morgens um neun. Es geht gut los. Bei der Durchsuchung findet man ein Messer in meiner Tasche. Wofür ist das Messer, fragt der Polizeibeamte. Jazz stehen Schweißperlen auf der Stirn, er hat nächtelang nicht geschlafen, weil er sich in die Wahnvorstellung reingesteigert hat, sie führen ihn aus dem Gerichtssaal ab, mit Handschellen, er kommt ins Gefängnis, kriegt lebenslänglich, und seine Mutter, deren Lieblingssohn er ist, wird einen Herzinfarkt kriegen, wenn sie das erfährt.

Nachts hat er sich sein Haar neu gemacht, taufrische Dreadlocks, drei Stunden Haarsträhnen gedreht und geflochten, eine Blase hat er davon am Daumen. Er trägt Anzug und Krawatte, eine (von einem Kumpel geliehene) goldene Uhr mit Brillanten. Er will einen guten Eindruck machen – und jetzt sieht er aus wie ein Zuhälter.

Wofür ist das Messer?, wiederholt der Polizeibeamte. Für Äpfel, sage ich. Er geht mit dem Messer zu seinem Vorgesetzten. Jazz lockert seinen Krawattenknoten. Ich glaub, ich bin ihm peinlich. Stehe da rum mit Turnschuhen und Jogginghose wie eine Schlunze, und jetzt bin ich auch noch bewaffnet.

Jazz riecht auch wie ein Zuhälter. Er muss eine ganze Flasche Parfüm über sich ausgegossen haben. Mit Mühe und Not kann ich ihn überreden, wenigstens die Zuhälteruhr abzunehmen. Das Messer muss ich abgeben. Wir stehen jetzt Schlange vorm Central Clerk's Office. Außer mir nur Schwarze. Die meisten haben sich in denselben zweifelhaften Schick geworfen wie Jazz. Zurücktreten, ruft ein Beamter. Einen Schritt zurück! Alle treten einen Schritt zurück. Nach vorne durchtreten, ruft fünf Minuten später ein anderer. Alle treten nach vorne durch. Hinter die Linie! Alle gehen wieder hinter die Linie.

Schweigend gehorchen die großen, schweren, schwarzen Jungs. Keiner murrt. Alle haben Schiss. Alle schwitzen. Ich fange auch an zu schwitzen. Es riecht abenteuerlich. Ich frage Jazz, warum er denkt, dass er ins Gefängnis kommt, wenn er doch nichts gemacht hat. Jazz sagt: Weil ich schwarz bin. Trotzdem werde ich das Gefühl nicht los, es könnte noch weitere Gründe geben. Jazz sieht aus, als würde er gleich losweinen. Die Frau hinterm Schalter schreibt einen Zettel aus. Gehen Sie in Zimmer 405, geben Sie das da ab und warten Sie, bis sie drankommen. Aber worum geht es?, fragt Jazz. Das werden Sie schon noch früh genug erfahren, sagt sie. Im Fahrstuhl denke ich, der kippt gleich um. Zimmer 405, das ist der Gerichtssaal. Ein 24-Stunden-Gericht, Tipp in jedem New-York-Führer. Mir wird ganz mulmig. Ich sage Jazz, er soll seinen Anwalt anrufen, der soll seinen scheißweißen Arsch hierher bewegen. Jazz sagt, der Anwalt habe heute leider seinen freien Tag. Und zu Hause? Jazz hat die Privatnummer nicht von seinem tollen weißen Anwalt, der jetzt zu Hause hockt und seine hochbezahlten Eier schaukelt.

Der Gerichtssaal ist voll, vorne mittig der Richter, die Schnell-verhandlungen laufen quasi im Minutentakt, die Akustik vorne ist schlecht, man hört nicht, was vorgeht. Ein großer holzgetäfel-ter Raum, überheizt, überreizt, ausnahmslos alles Schwarze oder Latinos. Warum ist hier kein einziger Weißer?, frage ich Jazz. Ist ein Neger-Gericht, sagt er und versucht zu grinsen.

Fast alle Vorgeladenen haben einen Anwalt bei sich. „Ich hasse dieses Scheißgericht", schreit eine dicke Latino-Frau vor mir. „Ich hasse den Scheißrichter und die Scheißpolizei und die ganze Scheiße hier!" Ich bin empört. Wie kann man sich nur so benehmen! Ihr Mann schubst sie, richtig so, dumme Nuss, aber zu spät. Zwei Polizisten führen die Frau aus dem Saal. Sie schlägt um sich.

Mehrere Leute sind auf den Bänken eingeschlafen. Die haben Nerven! Ein Baby schreit. Bringen Sie ihr Kind zum Schweigen, brüllt der Officer. Die Frau in der letzten Reihe bringt ihr Kind zum Schweigen. Ich drehe mich nicht um. Ich hab jetzt andere Sorgen. Was mach ich, wenn die Jazz verurteilen und abführen? Rufe ich Amnesty International an? Zwei schwarze Jungs, sehen fast noch minderjährig aus, sitzen mit Handschellen in der Reihe vor uns. Jazz holt eine Bibel aus seiner Tasche und beginnt darin zu lesen. Das macht mich ganz verrückt. Name um Name wird aufgerufen, die Angeklagten schlurfen nach vorn, Pimproll, ultracoole Rapper-Gangart. Am eindrucksvollsten prägt sich mir das Bild von einem riesigen nachtschwarzen Samuel-L.-Jackson-Doppelgänger ein, neben dem ein kleiner orthodoxer Jude mit schwarzem Schlapphut und Kullerbauch läuft – Klient und Anwalt. Der Chasside verteidigt den Drogendealer. Was die wohl übereinander denken?

Jazz schreibt grade mit zitternder Hand einen Abschiedsbrief an seine Mutter. Du kommst nicht ins Gefängnis, sage ich. Aber sicher bin ich mir nicht mehr. Eine Stunde später – Jazz schreibt grade einen Abschiedsbrief an seine Schwester – bin ich mir nicht mehr sicher, ob er unschuldig ist. Er wirkt so schuldbewusst. Noch eine Stunde später, als mir Jazz seine Zuhälteruhr gibt, mit genauen Instruktionen, wo der Kumpel wohnt, dem ich sie zurückzubringen hätte, bin ich fest davon überzeugt, dass er ins Gefängnis kommt.

Noch eine Stunde später, als ich die gesammelten Abschiedsbriefe an mich genommen habe, bin ich fest davon überzeugt, dass er schuldig ist, egal welches Delikt, schuldig, schuldig, es müssen über 40 Grad Celsius sein hier.

12 Uhr. Ich verspreche Jazz, mich um seine Wohnung zu kümmern. 13 Uhr. Ich verspreche Jazz, mich um seine Mutter zu kümmern. 14 Uhr. Ich verspreche Jazz, ihn im Gefängnis zu besuchen. 15 Uhr. Eine Frau ruft mir zu, ich solle an Gott glauben. Ich sagte ihr, das sei ja eine lobenswerte Mission,

Leuten zuzurufen, dass sie an Gott glauben sollen, aber doch im Grunde Quatsch. Wer bereits an Gott glaubt, der braucht das nicht hören. Wer nicht an Gott glaubt, der will das nicht hören. 16 Uhr. Ich bin mir ganz sicher, dass ich auch gleich verurteilt werde und ins Gefängnis komme. 17 Uhr. Ich bin schuldig! Ich würde jedes Delikt sofort zugeben, nur raus hier. Ich hasse dieses Scheißgericht, möchte ich schreien. Ich hasse den Scheißrichter und die Scheißpolizei und die ganze Scheiße hier. 18 Uhr. Jazz wird aufgerufen. Geht nach vorn, steht vorm Richter. Ich verstehe kein Wort. Will mich in die erste Reihe setzen, werde aber zurückgepfiffen, weil in der ersten Reihe die Anwälte sitzen. 18.05 Uhr. Fertig. Da Jazz' Anwalt nicht anwesend ist, wird Jazz ein Zettel mit einem neuen Gerichtstermin in die Hand gedrückt. Wir verlassen den Gerichtssaal, Jazz in Hochstimmung, ich wie gerädert. Vergessen Sie nicht Ihr AP-FEL-Messer, Lady!, ruft der Polizeibeamte mir süffisant nach und schwenkt eine Papptüte.

Meine Straßen

Meine Straße – Second Avenue

Sie beginnt an der East Houston (sprich: Haustn, nicht Juh-stn) Street, die die Lower East Side vom East Village trennt. Da, wo die U-Bahn-Linie F hält, die von Brooklyn über Midtown Manhattan nach Queens führt. Die Second Avenue fängt relativ unspektakulär an, mit einem kleinen Mexikaner auf der Westseite und einer Tankstelle auf der Ostseite. Wenn man die First Street nach Westen läuft, kommt man auf die Bleecker, die westwärts ins West Village führt. An der Ecke Bleecker / Lafayette hält die U-Bahn-Linie 6, die grüne Linie, die nördlich nach Harlem und in die Bronx führt, südlich über Canal Street und Chinatown bis zur Brooklyn Bridge. Wenn man die First Street gen Osten geht, kommt man zur First Avenue, dann zur Avenue A, dann zur Avenue B, dann zu Avenue C, dann zur Avenue D am East River. Das ist dann die so genannte Alphabet-City, das östliche East Village.

Zurück zu meiner Straße, der lauten breiten wilden Second Avenue, die man nachmittags lieber hoch spazieren sollte, die helle Wintersonne im Rücken, von zotteligen Tauben umflattert. Man läuft genau entgegengesetzt zum nicht abreißen wollenden Autostrom.

An der Ecke Zweite Straße ist das Anthology Film Archive, eine runtergekommene aber ambitionierte Hochburg des Independent Movies. Eine Ecke weiter, auf der anderen Seite der Kreuzung, wohnt in einem roten Backsteinhaus Philip Glass.

Extrem laut, meine Straße, immer Verkehr, Tag und Nacht, und die Müllabfuhr kommt nachts um halb drei. Iglesia de Cristo jetzt zur Rechten, East Side Church of Christ.

Ecke Vierte Straße rechts ist eine Schwulen-Bar, in der ich manchmal hocke und schaumloses amerikanisches Bier saufe. Hier soll auch Randy verkehren, der Cowboy von den „Village People". Ich würde ihn erkennen, ich hab ihn gegoogelt, er hat ein freundliches, rundes, schwules Bademeistergesicht mit rosigen Bäckchen und Schnäuzer.

Schräg gegenüber der Schwulenbar ist mein Stamm-Lebensmittelladen, von mehreren indischen Brüdern betrieben, die sich gerne quer durchs Geschäft miteinander unterhalten, während man einkauft. Dort kaufe ich meinen Kaffee, meinen Bagel, meine geschnittene Mango.

Ecke Fünfte Straße rechts das mexikanische Restaurant Marie Ann's, daneben mein Copyshop und der Liquor Store, in dem ich manchmal Wein kaufe. Links ist das Tanzlokal Sin Sin, überhaupt viele Kneipen hier, unheimlich viele Kneipen. Thailändisch, indisch, japanisch, vietnamesisch, mexikanisch, wieder indisch. Die Sechste Straße, zwischen Second und First Avenue, wird Little India genannt, ein indisches Lokal am anderen, und jedes überlebt irgendwie.

Zwischen Sechster und Siebter Straße links ist ein relativ preiswerter Supermarkt, MET, gleich hinter der Kunst-Akademie. Siebte Straße links, genau an der Kreuzung, ist eines der freakigsten Spielzeug-, Comic- und Kramgeschäfte New Yorks, unbedingt hingehen! Es heißt ... wartet, ich kuck mal ... Liebe rettet den Tag.

Hier wird es jetzt schon sehr touristisch, wir nähern uns dem Mittelpunkt des East Village, der Achten Straße, auch St. Marks Place, die gen Westen zum Astor Place führt, gen Osten zum Thompkins Square Park. St. Marks ist besonders Freitagnacht und Samstagnacht ein Erlebnis, extrem belebt, jede Menge schrille Leute, gemixt mit Touris. Search & Destroy. Kim's Video. Tätowierungen aller Art, Restaurants, Comic-Läden, Souvenirs.

Geht man St. Marks gen Osten, dann gibt's da auch viele gute Klamotten-, Bücher- Plattenläden, Restaurants, Theater, etc. pp. Sonntagnachts ist allerdings tote Hose, da kriegt man auch nirgends Schnaps.

Richtung Neunte Straße wird's kyrillisch. Ukrainskaja Narodnaja Dym. Ukrainische Nationalbank. An der linken Ecke ein Starbucks, das ist immer gut, wenn man mal muss. Richtung Third Avenue, also gen Westen, findet ihr das Cloisters Café, da ist Rauchen an der Bar erlaubt. Rechts, Ecke Neunte Straße, eine indische Grocery, die verkaufen halbe Kokosnüsse für 75 Cents, davon kann man einen Tag lang essen. Ecke Zehnte Straße ist 159 Second Avenue, also links, ein Israelisches Restaurant, rechts ein jüdisches Deli, dahinter ein Park, der Abe-Lebewohl-Park (das war der Besitzer des jüdischen Delis, der ist wohl ermordet worden) mit der traditionsreichen Kirche St.-Marks-in-the-Bowery.

Elfte Straße Richtung First Avenue geht es zum Cinema Classics, dem kleinen Programmkino, in dem ich neulich einen John-Waters-Film gesehen habe. Letzte Woche lief da „Die Sehnsucht der Veronika Voss", einer meiner Top-Fassbinder-Filme. Etwas weiter oben kommt dann ein Multiplex-Kino, Zwölfte Straße, linke Seite, Village East. Auf der rechten Straßenseite Urban Outfitters, witzige Ladenkette, nicht billig. Bis zur Vierzehnten Straße, dem offiziellen Ende vom East Village, ist es dann, wie ich finde, so'n bisschen öde. Das Ende wird links markiert von Kentucky Fried Chicken. Westlich geht es hier zum Union Square, noch weiter westlich trennt die Vierzehnte Straße das West Village von Chelsea. Jetzt geht es hier etwas lahm weiter mit Park- und Krankenhausgelände des St. Vincent's Krankenhauses. Ab der Sechzehnten Straße sieht man vorne das Empire State Building seine steinerne Nase in die Luft strecken.

Ach, kuck an! Hier! East Achtzehnte Straße / Ecke Second Avenue hab ich ein Pongri-Restaurant gefunden, das ist ein sehr leckeres preisgünstiges thailändisches Lokal. So, laufe weiter, ohne besondere Vorkommnisse, stehe jetzt an der 21. Straße und sehe auf der rechten Seite den P.A. Shop – Police Equipment – mit Handschellen, Aufklebern, Schlagstöcken und anderen Perversitäten. Auf der anderen Seite eine spacige Kirche, moderner Baustil, Church of the … das kann ich nicht lesen … irgendwas … Church of the… ich geh mal über die Straße…

Huuuup! Jaja!

Church of the Epiphany, katholisch, aha. Jetzt kommen mehrere hässliche ältere Hochhäuser, Neubauten, Wohnhäuser, mit tausenden von kleinen ungeputzten Fenstern, die wie blinde Augen in die Welt kucken. Gramercy ist nicht mein Favorit. Und außerdem … Mann ist das kalt, und ich hab grad erst mal das erste knappe Sechstel meiner Straße gesehen. Das muss euch als Eindruck reichen.

Meine Straße – First Avenue

Die gefällt mir noch besser als die Second Avenue. Sie ist uriger, trashiger, bunter, mehr East Village. Sie riecht nach Räucherstäbchen, Blumen, Abfall, nach verbranntem Frittenfett, nach indischen Gewürzen, nach Armut, Improvisation und Kreativität. Die First Avenue beginnt an der East Houston (drunter heißt sie Allan), von hier aus ist es ein Katzensprung bis zu Katz' Delicatessen, wo Meg Ryan in „Harry und Sally" ihren berühmten Orgasmus spielte.

Die First Avenue führt bis nach Harlem, aber ich laufe heute nur hoch bis zur 14. Straße. Wenn man auf der East Houston steht und nach Norden kuckt, liegt links der Westen und rechts der Osten Manhattans. Ich laufe mit dem Verkehr, die First Avenue ist eine Einbahnstraße, genau wie die Second, nur andersrum. Es gibt hier geradezu eine Invasion von Grocery Stores, praktisch an jeder Ecke. Hier unten, Houston / Ecke First, fährt die U-Bahn, die Linien V und F. F macht zwischen Brooklyn und Queens einen Schlenker durch Manhattan, V beginnt an der Lower Eastside und fährt dann ähnlich wie F, erst rüber, dann hoch, dann nach Queens. Man kann die First Avenue auch mit dem Bus hochfahren, dem M15er, der alle paar Straßen hält.

Rechts die Projects, lauter schmutzig-ockerbraune 15-Stöcker, sonst nix, keine Geschäfte, nur dürre Vorgärten, zur Straße hin, abgegrenzt mit Maschendrahtzaun. Auf der anderen Seite umso bunter: Laundry Center, Village Restaurant mit Pizza, Chicken, Steak, Seafood, Blue Double Dragon, Chinese Food Takeout Eat in, Seafood, Village Deli, dann kommt das DBA, das ist ein Club, der in jedem Touristenführer zu finden ist. Modern Nails. Cellular Phones. Health on First – Vitamins, Health Care, Cosmetics. Alles sehr gesund. Puebla Mexican Food (das vielleicht nicht).

Dann kommt zwischen Dritter und Vierter Straße links ein Inder, Karma, der ist mir schon mehrfach empfohlen worden.

Ein Hardware-Laden, in dem ich heute zwei fabelhafte neue Besen für die Restaurantküche erstanden habe, Optimo Cigars, Beauty-Salon, Gift-Shop und ein vietnamesischer Takeout. An der Ecke Vierte kommt ein Grocery Store, der heißt H. Village Farm, dort hol ich mir morgens nach dem Workout immer einen Kaffee und Wasser. Hinter der Kreuzung links ein Japanese Restaurant, ein indischer Bazaar, eine Bäckerei, ein indisch-amerikanischer Grocery Store, Chinese Food Free Delivery Empire Bleecker, Plumbing Supplies, dann der große Rite Aid Markt, das ist eine Drogeriekette wie Duane Reade, nur etwas günstiger.

Rechts immer noch die trostlosen Wohnhäuser. Ecke Fünfte links ist ein Restaurant namens Three of Cups, gleich dahinter kommt ModWorld, schrill und teuer, mit Divine-Grabkerzen und SM-Barbies, dort hab ich meine White-Trash-Puppe gekauft und ein Resist-Shirt.

Dahinter kommt das Restaurant First, dann ein großer indischer Supermarkt und genau darüber ist ein indischer Instrumenten-Laden. Extrem indisch hier, ein indisches Restaurant namens Royal, dann die Cocktailbar Baniara – womit wir schon an der Ecke Sechste wären, die nach links bis zur Second Avenue komplett mit indischen Restaurants zugepflastert ist. Vermutlich teilen die sich alle eine Küche, gut, dass ich die nicht putzen muss.

Auf der rechten Seite geht es jetzt auch wieder los, das Bunt zieht auf, die Wohnhausgegend liegt südöstlich hinter mir. Links hinter der Kreuzung die indisch-amerikanische Grocery Spicehouse, rechts die East Village Laundrette, mit schönen Graffiti am Haus. Und dann kommt auf der rechten Seite ein großer McDonalds in dem es sogar Veggie-Burger gibt, das ist durchaus nicht in allen Filialen der Fall, empfiehlt sich aber hier in der Gegend, wo es zwar genauso viele dicke Amis gibt wie anderswo, aber die sind von vegetarischem Essen dick geworden, also sozusagen gesund dick.

Dann kommt ein Video- und Elektronikladen, gefolgt vom Restaurant Polonia. Auf der linken Seite auch ein paar Restaurants, ein Kühlschrankladen und nachher, Ecke Siebte, wieder ein Grocery Store, rechts ein Hardware-Laden, also Eisenwaren, Werkzeug, Malerkram. Rechts an der oberen Ecke Foods & Vegetables, auch wieder Fresszeug. Links Sticky Fingers, eine Bakery, daneben The Organic Grill – Natural Foods, rechts Cosmos Parcels und ein Fleischer. Dann Galapagos, ein Restaurant, daneben Rainbow-Store – we buy and sell CDs. Und hier noch was Leckeres: Homemade Piroghi and Deli, ein Piroggenladen, auch nicht schlecht.

Links an der Ecke St. Marks, also Achte, ist ein großer Schuhladen, der für East-Village-Verhältnisse ziemlich brotig aussieht, der würde eher an die Upper West Side passen, ohne der Upper West Side zu nahe treten zu wollen, aber na ja. An der oberen Ecke links Stromboli-Pizza, rechts ein interessantes Restaurant mit dem Namen Simone: open late, Espresso- and Winebar. Dann rechts schon wieder ein Grocery Store, links noch ein Sushi-Restaurant – und alle leben die! Blumenladen, Grocery, Thai-Restaurant, Tel Aviv Car- und Limo-Service. Dann wieder Sushi. Taco. Chinese. Wieder ein Grocery Store. Rechts ein Fleischer, zwei Laundries, Grocery.

Jetzt Ecke Neunte. Links ist Angelikas Herbs Hygiene School and Center, ein Pflanzenladen, eine Baumschule, who knows. Rechts, 150 First Avenue, ein Children's Liberation Community Daycare Center, also ein Kindergarten, sagt's doch gleich.

Dann wieder Grocery Store, ein Kitschladen, noch ein Grocery Store und noch einer. Auf der anderen Seite ist ein ganz hübscher Laden, 151 First Avenue, My Little Village Postal Store, eine angenehme Alternative zum ständig überfüllten Postamt. Gute East-Village-Postkarten, Briefmarken, Papierbedarfkram aller Art und allerlei Tinnef. Dahinter ein kleines Theater, einige Friseure (hier kriegt man noch Haircuts ab 5 Dollar) und eine Pharmacy – und dann bin ich schon an der Zehnten. Rechts wieder eine sehr schöne Graffiti-Wand neben einem Sushi-Restaurant. Links hinter der Kreuzung ein italienisches Café, eine Chicken-Sandwich-Bar, ein Natural Market, die Izzy-Bar, Lanza's, ein Spaghetti-Restaurant, ein Optiker, rechts ein Fotoladen, eine Tappas-Bar, eine Konditorei, Fliesenbedarf, Stoffladen, sehr viele flippige Muster, schrille Farben. Links, Ecke Elfte, ein Laundromat und ein Süßigkeitenladen. Rechts eine Moschee, auf der linken Straßenseite eine Public School, die sich bis zur Zwölften hinzieht. Straßenhändler. Hier riecht's nach Patchuli, Moschus, Salbei.

Jetzt ein philippinisches Restaurant, ein italienisches, ein Grocery Store, ein polnisch-amerikanisches Restaurant, ein Laundromat und ein Riesen-Gourmet-Deli, aus dem es gebraten und gesotten riecht. Es gibt manchmal nichts Schöneres, als an die Theke zu gehen und sich aus jedem brodelnden Topf ein Häppchen in die durchsichtige Plastikschale zu packen, Plastikgabel dazu, paar Dollar bezahlen und ab raus auf die Straße. Auf der Straße essen in New York ist überhaupt das Größte.

So, jetzt also Ecke Zwölfte links wieder ein großer Grocery Store, rechts ist Tappo, ein Restaurant. Links Cleaners and Laundry, dann ein Café, rechts Treasure Trends, Vintage Clothing – heißer Second-Hand-Laden, in dem man sich stundenlang aufhalten kann, ich jedenfalls. Nächster Block. Zwischen Zwölfter und Dreizehnter. Christine's Polish-American-European Homestyle Cooking. Riecht wirklich wie zu Hause. Karte im Fenster. Mal sehen, was es gibt. Aha. Knockwurst (sic!) and Sauerkraut. Kubanisches Restaurant. Philippinisches Restaurant. Dann eine Filiale der weitgehend unbekannten Fastfood-Kette Popeye. Links Zito's East Restaurant, Friseur (Mercedes Unisex Salon), ein Computerladen und die Olympic Deli & Grocery. Rechts 208 First ein Laden mit Frischfisch, der tot im Eis liegt und penetrant nach außen riecht, dann ein Hardware Shop, ein Japaner, eine Grocery. Auf der anderen Straßenseite, also links, ein Nudel- und Grillrestaurant mit lauter Broilern im Schaufenster, dann ein Obstladen. Prince Bakery, Italian and French Bread and Rolls.--- Es kommt mir grad so vor, als wäre eine ganze Stadt in diesen Abschnitt der First Avenue reingequetscht worden. Sicher könnten auf einen Schlag hunderttausend Touristen hier beköstigt werden. Voicestream. Dann kommt jetzt hier ein Weinladen, dem ich widerstehe. Danach ein Bagel- und Sandwich-Laden, David's Bagel's, dem ich ebenfalls widerstehe, obwohl die Bagels hier großartig sind: ofenwarm, immer frisch. Links eine Schlüsselschmiede, ein Grocery Store, eine slawisch-evangelische Kirche, mit kyrillischen Buchstaben beschriftet, dann ein Bilderrahmenladen, ein Chicken-und-Nudel-Food-Laden, und an der Ecke Vierzehnte kommt eine Drogerie, die mit den billigsten legalen Zigaretten in New York wirbt. Ja, hier ist das East Village zu Ende, hier hält die U-Bahnlinie L, eine Station Richtung Brooklyn, dann ist man an der Bedford Avenue, im Herzen von Williamsburg. Und das mach ich jetzt grad mal.

Meine Straße – die Vierzehnte Straße ...
... ist eine der größeren Quermagistralen in Manhattan wie auch Canal, Houston, 34., 59. Hier, wo ich zur Zeit wohne, im Exil, temporär, fünf Tage noch, bis ich wieder in den Tempel zurückziehe, werde ich eine meiner immer wieder gern gelesenen Betrachtungen verfassen, aus Zeitgründen wird nur das Segment zwischen Zweiter und Sechster Avenue einbezogen (und auch das im Galopp.) Also, ich stehe an der Kreuzung Second Avenue / 14te, mit der Nase gen Westen, direkt neben Kentucky Fried Chicken, das auszusprechen „Samstagnacht" für immer unmöglich gemacht hat. Vor KFC ist immer viel los, Schießerei, Prügelei, Autounfall, Bus bleibt liegen. Ständig Polizeiabsperrungen und Tatütata, jedenfalls in den letzten zehn

Tagen, seit ich hier wohne (und ich wohne praktisch drüber). Hinter mir, südlich an der Ecke, ist die New York Eye and Ear irgendwas, unten drin ein Optiker. Optiker bieten hier übrigens einen Sehtest mit Brille komplett für 99 Dollar an. Weiß nicht, ob das gut ist. Ich habe keine Brille. Ich ziehe es vor, die Welt verschwommen zu sehen.

Gegenüber von KFC, auf der anderen Straßenseite, Nordwest, ist ein Diner, was mir den ganzen Tag die Bude mit Grillgeruch vollstinkt, was mich wiederum in meinem Vegetarismus bestärkt. So, jetzt lauf ich auf der südlichen Straßenseite westwärts, vorbei an Dizzy Izzy's New York Bagels, einem Japaner namens Jummy Jummy, einem Giftshop mit nicht empfehlenswertem Unsinn. Auf der anderen Straßenseite ist ein Waschsalon, aber der ist Mist, weil die Wäsche erst einen Tag später fertig ist. Dann auf meiner Seite wieder: Chinatown Restaurant, dann ein Schnapsladen, der interessiert uns ja nicht. Gegenüber ein russischer Souvenirladen mit Matroschkas und Samowars und Soljankas.

Auf den Häuserdächern reiht sich Wassertank an Wassertank, wie Zinnsoldaten stehen die da und drohen vornüber zu kippen, wenn man zu lange hochguckt. Wassertanks sind für alle Häuser über sechs Stockwerke Vorschrift. 229 East, also gegenüber, ein sehr hübscher Perückenladen, Royal Wigs, da gibt's auch prima Bärte. Daneben, das sieht aus wie ein 50er-Jahre-Friseur, ist aber eine Bar, Beauty-Bar heißt die, abends immer proppenvoll, ganz schrecklich hippe Leute da. Auf meiner Seite naht jetzt eine Kneipe, schottisch oder irisch irgendwas mit vielen Biersorten, aber nicht deutsch. Dann kommt ein Delikatessenladen, vor dem ich mir morgens manchmal eine kostenlose Daily News mitnehme und in dem ich Pampelmusen kaufe (fragt mich neulich ein Ami: Wenn Grapefruit auf Deutsch Pampelmuse heißt, sind Weintrauben – Grapes –dann Pampels?), zum Auspressen, für 49 Cent das Stück, in dem man aber zum Beispiel keine Tomaten kaufen sollte, weil die sauteuer sind.

Ich stehe jetzt vor einem feinen 99-Cent-Store, in den ich jetzt mal reingehe und ein Schnäppchenfest feiere. Und genau hier, vor dem hässlichen Touri-Mützen-Shop nebenan, ist der Eingang zur U-Bahn, der grauen Linie, Linie L, die von Brooklyn kommt und die Vierzehnte westwärts fährt bis rüber zur Achten Avenue. Von hier aus kann man in alle wichtigen Linien umsteigen, am Union Square, an der Sechsten oder an der Achten Avenue. Verschiedene Reinigungen und Restaurants habe ich ausgelassen und überquere nun die Dritte Avenue, nicht ohne zu erwähnen, dass ich manchmal morgens um vier einfach so in den 24-Stunden-Duane-Reade an der nordöstlichen Ecke gehe. An der südöstlichen Ecke ist ein Frühstücksladen für Egg-Rolls und Creamcheese-Bagels.

An der südwestlichen Ecke ist ein Kosmetik-Discount, den man sich aber getrost sparen kann. Ich lauf jetzt auf den Union Square zu, verliere im Eifer des Gefechts meine Sonnenbrille vom Kopf, kriege sie von einem Nachhilfsrapper nachgetragen, bedanke mich artig. Es wird studentischer. Gebäude der New York University links, rechts das sehr dominante Haus der Stromgesellschaft, das mit der blaurot leuchtenden Uhr obendrauf, wichtiger Orientierungspunkt rund um den Union Square. Büdchen tauchen auf beiden Straßenseiten auf, hockendes Studentenvolk, welches die Büdchen und auch alle anderen Shoppingangebote ignoriert. PC Richards ist hier, ein großer Elektronikladen, eine Kette. Hier, zwischen Dritter und Vierter Avenue, führt noch ein Sträßlein Richtung Gramercy Park, wo es zur Lexington wird, Irving Place heißt das.

University Café. Amore's Pizza. Food Emporium. Imaging Center. Da ist sie auch schon, die Union Square Station. Hier fahren die U-Bahn-Linien Q, W, N, R, 4, 5, 6. Hier ist Walgreens, günstige 24-Stunden-Drogerie, findet man auf dem amerikanischen Land sehr viel. Es folgen ein Küchenladen und der riesige Virgin Mega Store, mehrstöckig, rappelvoll. Sehr schöner Blick aufs Empire State, was noch zwanzig Straßen entfernt ist. Bis zum Flatiron sind es noch zehn, aber das ist mehr westlich. Am Union Square ist immer irgendwo eine Baustelle, immer jede Menge Düfte, von Schweiß über Roasted Peanuts, geschälte Mango, Räucherstäbchen, Pizzenrückstände, verkohlte Grillrückstände an Grillständen. Es gibt Eis, Souvenirs, Bücher, Homeless-Info-Stände und Hotdogs. Es ist ein Klingeln und Hupen und Lachen und Brüllen und Quietschen und Tröten in der Luft, dass es keine Sau aushält. Bohrer klingeln und Presslufthämmer hämmern, und ich gehe über die Straße und betrete das nächste Segment. Passiere Stände mit Computerbüchern, Kinderbüchern, anatomischen Büchern, christlichen Büchern, Büchern über Britney Spears, zur Rechten ein Park mit Reiterdenkmal, frag mich nicht wer, wenig Wiese, viele Treppen, viele Studenten mit wenig an. Passiere Stände mit schnurlosen Computermäusen und geschmacklosen Gipsfiguren. Bleibe stehen an einem Stand, wo aus Mangos geschnitzte Rosen verkauft werden, an Holzstielen, erstehe eine. Ein mexikanisches Kind reicht mir eine mit schmutziger Hand, ein weiteres nimmt meine zwei Dollarscheine entgegen, die Mama ist schwanger und muss im Schatten ausruhen.

Will gerade Strawberry passieren, H&M-ähnliche Kette, als ich sehe, wie sich ein Moslem gebetsfertig macht. Schwarzer älterer Mann, der einen roten älteren Teppich auf der Straße neben einem Zeitungskiosk ausbreitet. Sorgfältig. Die Ecken ausstreichend. Teppich so zwei Meter mal ein Meter. Fransen. Bleibe stehen, weil ich schon immer mal wissen wollte, wo Mekka ist. Na wo schon. Im Osten.

Passiere Shoemania, wo die Verkäufer wichtig mit Kopfhörern und Walkie-Talkies rumlaufen, um den Schuhbestand zu checken, ohne ins Lager laufen zu müssen, Haushaltwarenläden, Duane Reade schon wieder, einen Diesel-Shop Ecke University Place, Radio Shack, einen chinesischen Pizzaladen,

Wendy's, eine Kette, die ich noch nie von innen gesehen habe, Pizza-Hut, die die Pizzen mit den Hefeböden machen, rechts Garden of Eden, ein Delikatessenladen, vorne tut sich schon die Fifth Avenue auf, die ich jetzt ansteuere. Auf der Fifth, Westseite, zwischen Dreizehnter und Vierzehnter, mehr Vierzehnte, ist East-West-Books, ein berühmter Eso-Laden. Weiter die Vierzehnte westwärts. Pizza. Telefonladen. Friseur. Koffer. Elektronik-Billigzeugs. Fliegende Kühe. Fliegende Schweine. Quiekende Plastikaffen auf Urwaldschaukeln. Billigklamotten. Billigschuhe.

Lampenladen, Müllberge, Verkäufer, die sich von Ladentür zu Ladentür „Wie geht's?" zurufen, ein Glitter-Papier-Laden, ein Bettwäsche-Laden, auf der anderen Seite ein 24-Stunden-Fitness-Studio, wenn ich das mal eher gewusst hätte, rattert es unter meinen Braids, bevor ich meinen Jahresvertrag … und die haben Dumpingpreise … Aber Zen ist, wenn man sich nicht ärgert, wenn man zu viel bezahlt hat. Nicht. Ärgert. Das wie ein Mantra vor mich hinmurmelnd, finde ich in einem 99-Cent-Shop Besen, für die ich vor nicht allzu langer Zeit 12 Dollar das Stück bezahlt habe. Ich bin erschüttert, aber nicht lange, denn ich muss ja weiter. Ich seh jetzt schon die U-Bahn-Station. Noch vorbei an einem Starbucks, einer vegetarischen Dinnerbude, Perückenladen, Urban Outfitters – rein in die U-Bahn und zurück nach Hause, Katzen füttern.

Meine Straße – Charles Street
Das Greenwich Village ist mein viertes Stadtviertel in New York (nach SoHo, Upper West Side, East Village). Es gibt zwei Möglichkeiten, kurzfristig in Manhattan zu leben: Sublet (Wohnung für eine begrenzte Zeit zur Untermiete) und Sharing (jemand, der gerade einen finanziellen Engpass hat, zieht bei jemandem, der gerade einen finanziellen Engpass hat, ein). Sharing ist natürlich günstiger und sogar im West Village bezahlbar.

Ich mache das grad zum ersten Mal. Meine Wirtin wohnt in der Charles Street und ich nun bis auf weiteres auch, weshalb ich mit euch einen meiner kleinen Spaziergänge machen werde (spazieren gehe ich immer, wenn meine Wirtin Tonleitern singt, also sehr oft).

Die Charles Street beginnt an der Greenwich Avenue. Wenn ich da beginne, habe ich einen Spielpatz im Rücken. Die Greenwich Avenue ist eine spannende Shoppingmeile. Nach links gehend, kommt man zur Sixth Avenue, zu dem schönen T-Shirt-Laden, der Christopher Clothing heißt, und in dem es T-Shirts gibt, die Winona Ryder die Freiheit wünschen. Oder zu Go Sushi, einer leckeren Take-Away-Kette, in dem man z.b. für drei Dollar fuffzich gesalzene Sojabohnen kaufen kann. An der Ecke Greenwich Avenue / Charles Street ist ein Taschenladen, der teuer aussieht, Pertutti Luggage and Leather Goods. Auf der rechten Seite ein Thai-Restaurant, Little Basil, was grad (am Sonntagvormittag) noch geschlossen ist und daher schwer zu beurteilen.

Im Greenwich Village verlaufen sich nicht nur Touristen. Der übersichtliche Gitter-Effekt von Manhattan gilt hier nicht. Die Straßen laufen kreuz, quer, längs (zum Beispiel trifft man immer dort auf die Bleecker Street, wo man sie am wenigsten erwartet), keine ist richtig grade und führt in die erwartete Himmelsrichtung, viele haben Namen, keine Nummern, dazu noch das Einbahnstraßengefitz. Taxifahrer haben auch keine Ahnung. Da hilft nur ein Stadtplan, und manchmal nicht mal der. Die Charles Street ist im alten Teil von Greenwich Village, da ist es am schlimmsten. Kaum war man in der West Vierten Straße, da kommt auch schon die West Zehnte Straße – und wo sind die fünf dazwischen? Keiner weiß es.

4 Charles Street, El Charro Espaniol, ein spanisches Restaurant oder, wie meine Wirtin sagt, ein wirklich lausiger Spanier. Wirklich schöne alte Häuser, für meinen Geschmack etwas zu

hochherrschaftlich, wie manchmal an der Upper West Side. Aber die sind richtig alt für amerikanische Verhältnisse, 1850, 1860, schätz ich mal dreist. Macht was her. Da gibt der Ami gerne mit an. Jetzt lauf ich – bei unter 0 Grad Celsius, fragt nicht nach dem Windchill – auf die Seventh Avenue zu, also nach Westen. Mir friert langsam die Hand mit dem Aufnahmegerät ab. Die Nase läuft. Der Wind blubbert ins Mikro. 15 Charles Street, rechte Ecke Siebte Straße, da steht ein neues Apartmenthaus, 14 Stockwerke, rote Ziegel. An der Ecke Waverly Place ist ein Laundromat Drop-off, da werd' ich demnächst meine Wäsche hinbringen. Wenn ich die Seventh überquert habe, kommt rechts Dry Clean, da kann man seine Sachen reinigen lassen, aber das kostet ein Vermögen. Jetzt bin ich direkt am Waverly Place, von dem ich immer wieder höre, dass er eine herausragende Wohngegend repräsentiert. Die ich jetzt bewohne, nebenbei bemerkt. Wenn auch nur temporär. Ich bin ja nach wie vor der Meinung, man muss sich eine Stadt erwohnen. Nicht drauf hören, was andere sagen. Einfach nur drauflos wohnen, mal hier und mal da.

Jetzt komm ich zur Seventh Avenue, da ist links ein Nagelstudio, was ein bisschen zerlumpt aussieht. Painfree wax available. So, jetzt spring ich über ne Pfütze, überquere einen dieser anheimelnden stark qualmenden New Yorker Gullys, über die Seventh Avenue, wo ein Grocery Store ist. Das ist schon mal gut zu wissen. Auf der anderen Seite, rechts, ist ein langweiliger Antiquitätenladen und Village Psychic – Special readings 5 Dollars.

Ich hol mir einen Kaffee, verbrenn mir daran die linke Pfote, während die rechte am Diktiergerät anfriert. Ich seh schwarze Müllsäcke auf der Straße, dazu Berge von ausgedienten Weihnachtsbäumen, sanft zur letzten Ruhe gebettet oder rausgeworfen. Dieses Segment der Straße würde ich als langweilig bezeichnen. Die zehnstufigen Treppen, die zum Eingang führen, sind mit Kränzen und Lärchenzweigen geschmückt, auch einige rote Zierschleifen wurden von Bewohnern angebracht. Könnte auch Berlin-Zehlendorf sein. Und trotzdem ist es eindeutig New York. Fragt mich nicht, was es New-York-typisch macht, der Geruch vielleicht, das Geräusch vielleicht, es ist einfach so. Jetzt seh ich hier Sevilla, italienisches Restaurant an der Kreuzung West Fourth / Charles Street. Meine Wirtin sagt, da gibt's klasse Pizza. Auf der anderen Straßenseite nur Wohnhäuser. Man kann im Prinzip zügig weitergehen.

Ach, und hier linke Seite Charles Street ist das Lokal, von dem mir schon erzählt wurde. Mary's Fishcamp, ein Fischrestaurant, vor dem immer lange Schlangen stehen. Auf der anderen Straßenseite eine alte Synagoge, wartet, ich geh mal rüber, aha, montags 6.30 pm Kabbalah-Workshop. Jetzt kreuz ich hier grad die Bleecker Street, wo kommt denn die schon wieder her?

Rechts'n Antiquitätenladen, links'n Antiquitätenladen. Im rechten steht ein Holzpferd aus einem alten Karussell im Schaufenster, und ein großer Jagdhund kackt grad davor, hinter ihm rafft sein Frauchen, dem Gesetz folgend, die Kacke mit Zeitungspapier (New York Post) weg.

Jenseits der Bleecker rechts Sazerac Chaos, ein Cajun Restaurant, da würd ich gern mal hingehen. Auf der anderen Straßenseite Pizza Luca, eine Pizzeria, wie der Name schon sagt. Hier wird es ein bisschen … ich möchte nicht sagen abgerissener, aber es sind auch mal kleine Hütten und Baracken zwischen den schicken alten Villen, grün angemalte Hexenhäuschen. Ich bin jetzt so auf Höhe 120 (Hausnummer), und ich kann schon den Hudson River sehen!

Jetzt kommt hier die Greenwich Street. Nicht viel los. Links ne Garage, rechts eine Freifläche, da ist wohl ein Haus abgerissen worden. Und wenn ich die Straße überquere, ist auf der linken Seite ein Immobilienbüro, dann ein Laundromat, Mann, ich brauch Handschuhe, rechts kommt ein sehr teuer aussehendes weißes Haus, eine Villa, 135 Charles Street, hier gibt's Apartments zu vermieten. Rechts kommt ein Fitness-Studio mit winkenden Plüschbären im Fenster, in dem man auch boxen kann. Dann die letzte Querstraße vorm Hudson. Aus irgendeinem Grund reißt hier meine Bandaufzeichnung ab, ich weiß also nicht, wie die heißt. Links ein Rite Aid, da hol ich mir jetzt Handschuhe, das hält ja keine Sau aus. Und da seh ich schon das Wasser, über dem grauer Schlechtwetternebel liegt, hinten die bescheidene Skyline von ... Was ist das? New Jersey? ... Und ich seh die Jogger, die in langen Reihen am Wasser lang laufen. Dass denen beim Einatmen nicht die Flimmerhärchen gefrieren! So weit zur Charles Street. Jetzt ab ins Warme!

Meine Straße – die Elfte Straße
Februar. Kalt. Bin ich denn blöd, dass ich keine Mütze aufhab? Was ich schon festgestellt habe ist, dass meine neue Gegend – inklusive Nebenstraßen – konditoreien-, kirchen-, Sushi- und schulenlastig ist. Ich starte an der Avenue D und laufe westwärts (im Rücken den East River). Die Elfte ist hier unten keine Straße, nur Fußgängerzone. Hier, am Ende der Alphabet City, dominiert der soziale Wohnungsbau. Karge, blassbraune Zwanzigstöcker. Rechts eine Schule oder ein Kindergarten. Grad Pause. Die kleinen Racker, überwiegend Latinos, wuseln auf dem Schulhof rum, und ich versteh mein eigenes Wort nicht mehr. Links ein leerer Kinderspielplatz. Erinnert mich an Leipzig, Mockau-West.
Überquere die Szold Street, das muss eine zusätzliche kleine Straße zwischen Avenue D und C sein, immer noch Fußgängerzone. Eisiger Wind. Öde. Arbeite mich an die Avenue C heran, hier ist die Fußgängerzone zu Ende, jetzt geht es auch langsam los mit Geschäften. Links auf der C eine Bushaltestelle für zwei Linien, eine crosstown ins West Village und nach Chelsea, eine uptown Richtung Gramercy.

Auf der anderen Straßenseite, also wenn man die C schon überquert hat rechts, ein Grocery Store, Jay Deli Grocery. Ein Friseur, auch der im DDR-Look, lila blinkende Neonlicht-Scheren. Special Prices. Kinder 6 Dollar, Männer 8, Frauen das Doppelte bis Dreifache, je nach Ondulieraufwand. Dann ein Zahnarzt: „Keeping your smile in style". Dahinter sehen die Wohnhäuser plötzlich richtig gut aus. Am Straßenrand stehen brauchbare Möbel. Rechterhand ein Schild: Apartments for rent. Nähere mich der Avenue B. Rechts ein italienisches Restaurant, Pasta al Pomodoro 8 Dollar, für die Gegend eher teuer. Dort das Büro der Kongressabgeordneten Nydia Velaquez. Über die Straße rüber. Ach kuck, hier links an der Ecke ein Vintage Store, rechts eine kleine spanischsprachige Kirche. Jesus saves. Links was ganz Pompöses. Freies öffentliches Bad der Stadt New York, steht da dran, ist aber abgesichert wie ein Gefängnis. Oder ist das inzwischen ein Gefängnis? Noch eine spanische Kirche. Rechts ist etwas, das aussieht wie eine Autogarage, aber wahrscheinlich ist es eine Künstlerwerkstatt, jedenfalls hängen Hunderte von alten Schuhen wie eine Weintraube über der Tür. Laut klimpert im fünften Stock rechts ein Windspiel mit Glöckchen. Eine Mission, ein Artist Shop. Jetzt bin ich schon an der Ecke Avenue A. Dann kommt rechts eine Schule, ein Laden mit Sachen aus Marrakesch, ein Flohmarkt, MHC Fleamarket, Saturdays and Sundays from 8 to 6. Ein kleiner Community Garden links, niedlich, aber grad nicht sehr grün. Ein Sportplatz, groß und leer. Rechts das Islamic Council of America. There is no God but Allah. Das ist auch schon die Ecke First Avenue. Links ein Stoffladen, da muss ich grad mal rein, weißen Zwirn kaufen, weil ich bei einer Katzenentfernungsaktion einen Riesen-Dreiangel in M.s morsches Laken gerissen habe. 2,95 die Rolle, nö. Da guck ich woanders. So, Avenue A überquert. Links kommt ein kleiner Tortenladen, im Schatten eines großen berühmten Tortenladens,

Veniero's, die liefern überallhin, nur nicht nach Roosevelt Island, die gibt's seit 1894, deswegen sind sie ganz eingebildet. In Amerika sind alle eingebildet, die schon 100 sind (also ich auch bald) oder die in einem Haus wohnen, das schon 100 ist, oder die einen kennen, der in einem Haus wohnt, das schon 100 ist. Dann kommt Tokyo Joe, das ist ein Vintage Store, dahinter ein feines kleines Kino, Cinema Classics. Noch mal Vintage. Sushi. Noch mal Sushi. Gegenüber eine Schule mit entsprechendem Lärmpegel. Jetzt ein Laden, der leider vor kurzem Pleite gegangen ist. God's Gifts. Da gab es alles für den Papst, jeden möglichen Kirchenkitsch.

Jetzt kommt ein Telefonladen, ein Friseur, gegenüber eine kleine Autovermietung, links ein Parkhaus mit einem Spezialangebot, nur 12,68 Dollar am Tag plus Tax. Ich sag doch, wer in New York ein Auto hat, der spinnt. Jetzt bin ich schon an der Second Avenue, da kommt rechts kurz vor der Ecke ein Soccerladen, da gibt's T-Shirt-Kram und Fußball-Fanzeug. Rechts an der Ecke ein Grocery Store, links ein Frühstücksrestaurant mit lauter gesunden Sachen, no fat.

Auf der anderen Seite links ist eine Kirche, davor ein kleiner Park mit müden Touristen, und hungrigen grauen Tauben (pigeons, nur die weißen Designertauben sind doves). Rechts an der Ecke noch ein Sushi-Laden. Wenn man da einen Block hochläuft, kommt ein Kino, Village East, kurz vor der Ecke 12te Straße.

Ich laufe aber weiter Richtung Third Avenue. Rechts ein Music School Settlement, kuck an, hätte ich jetzt gedacht, eine Kindertagesstätte. Bin nun schon fast an der Dritten Avenue. Da ist links das New York Copy Center mit Internet-Café, 6 Dollar die Stunde, bei denen hackt's wohl. Und dann kommt der M&M-Markt, ein japanischer Supermarkt vom feinsten. Das ist jetzt mein dritter und der bisher größte und günstigste.

Frische Reiskuchen, die sind süßlich und sehen aus wie Pitabrot, aber knusprig..

Auf der anderen Straßenseite das große Kino, Loews East Village, mal kucken ... Final Destination, 25th Hour, Catch me if you can, Narc, The Pianist, Gangs of New York, The Quiet American ... Hm, hm. Warum nicht? Das war's, Freunde, ich gehe ins Kino, mich aufwärmen.

Meine Straße – die Fünfte Straße
Ich lauf jetzt mal mit euch die Fifth von Ost nach West. Starte an Fifth und Avenue B, da steht die Earth School wie ein Gefängnis im Weg, zwischen Avenue B und C, sehr breit, massive, rote Ziegelsteine. Mit vergitterten Fenstern, hinter denen Kinderzeichnungen hängen. Mit schweren Eisentüren – man kann sich vorstellen, mit welcher Wucht die sich hinter so einem kleinen Kerlchen schließen morgens und es verschlucken und es verbilden und zu einem kleinen Krieger machen. Ich mag keine Schulen, merk ich grad. Aber gut, die Schule im Allgemeinen hab ich hinter mir und diese im Speziellen hab ich im Rücken, weil ich ja nach Westen gehen will. Nübormachen sozusagen.

Überquere die Avenue B. Auf der rechten Seite Zips Deli Grocery, knallbunt mit Graffiti verziert. Auf der linken Seite Cabrini Centre für Nursing and Rehabilitation, gelbes schmuckloses Backsteingebäude. Jetzt kommt hier ne Kneipe rechterhand, irgendwas Trattoria Italiana. Huch, jetzt wäre ich fast in die unterirdische Kellerluke gefallen, das ist ja hier in New York eine ständige Gefahr für Hansguckindielufts wie mich.

La Bouche Bar auf der rechten Seite, in blau gehalten mit rotem Baldachin, daneben ein grüngepinseltes Café, das heißt La Gamine, bestimmt derselbe frankophile Betreiber. Vor mir sind unzählige Fahrräder festgekettet an einem Baum, an jedem fehlt was: ein Rad, der Lenker, Pedale. Entweder, die Teile sind geklaut oder zur Sicherheit vom Besitzer abgeschraubt und mitgenommen.

Die üblichen rötlichen Feuerwehrleiter-Fünfstöcker dominieren hier, viele verschiedene Rottöne, zum Teil stark verblichen, mit schwarzen Graffiti. Auf der linken Seite haben die Haustüren hier einheitlich grüne Baldachine, und die Feuerleitern sind einheitlich rostrot gestrichen, bestimmt einer braven Mieterinitiative zufolge (Kampf um die „Goldene Hausnummer" hieß das im Osten), und die Häuser sind blassrot. Jetzt kommt hier ein Geschäft, La Tableau steht auf einer blauen Fahne, ach nee, das ist ein französisches Restaurant, das damit angibt, eins von den hundert besten New Yorker Restaurants zu sein, klingt teuer.

Jetzt kommt ne irische Kneipe. Die heißt McSorleys. Draußen ist es noch hell, aber da drinnen ist es dunkel wie in einer Höhle. Rechts an der Ecke Avenue A eine hohe Mauer, von der ich im Moment nicht so richtig weiß, was dahinter ist. Mal sehen, ob ich durch das Tor kucken kann. Ja, kann ich. Sieht aus wie ein Fabrikhof, brummende Generatoren, kein Mensch da. Auf der linken Ecke ist ein Drugstore. Die Laternenmasten sehen hier aus wie zottelige Tierbeine, so dick sind die mit Handzetteln beklebt.

Auf der anderen Straßenseite (Stück weiter links ein Karaoke-Laden namens Sing Sing, in den ich reingehen werde, sollte ich jemals betrunken genug sein) verengt sich die Fünfte Straße und wird zu einem Spazierweg, der durch den Innenhof der hässlichen Mehrstöcker mit den Sozialwohnungen führt, bis hin zur First Avenue. Ich hab gehört, wenn man so eine Wohnung haben will, muss man sich in eine Liste einschreiben und acht Jahre warten, fast so lange wie in der DDR auf einen Trabant.

Hier versteht man sein eigenes Wort nicht vor lauter Vogelgezwitscher. Hier tollen Dutzende der kleinen amerikanischen Eichhörnchen rum, die überhaupt nicht rot sind, sondern grau, die hier keiner beachtet und keiner niedlich findet, sie sind so wenig angesehen wie Straßentauben oder Ratten. Die springen einem völlig ungehemmt vor die Füße, angstlos und rotzfrech, die jagen sich gegenseitig die Bäume hoch, schimpfen und meckern und schlagen Haken und hängen an Hauswänden. Gleich bin ich auf der First Avenue, überquere sie, linkerhand ein Rite Aid, rechts ein schummeriges Restaurant. In diesem Abschnitt sind die Häuser ein bisschen älter. Ich komme jetzt an einem Laundromat vorbei. Links kommt eine große Freifläche, ein Anwohnerparkplatz, daneben ein Sportplatz. Ungewöhnlich für Manhattan, diese Verschwendung von Baugrund, schön, weil der Blick sich plötzlich öffnet, man kann bis zur Vierten Straße sehen. Hier stehen Zierbüsche auf der Straße, irgendein Mieter hat das wohl nett machen wollen. Im Kellergeschoss bietet jemand seine Dienste an, Dienste jeder Art offenbar. Ich kann den Zettel schwer lesen, weil mich aus dem Laden ein Schäferhund böse anbellt. Das würde ich jetzt mal geschäftsschädigend nennen.

Wenn man aber mal an dem Hund vorbeikommt, dann macht dieser Mann, verspricht der Zettel, deine Wäsche, deine Einkäufe, putzt deine Wohnung, kocht dir was, plant deine Party, erledigt alles, was du selber aus zeitlichen oder gesundheitlichen Gründen nicht erledigen kannst, ruft sogar deine Mutter an (die Vorstellung erheitert mich). Ich komme jetzt an einer Schneiderei vorbei, an einem Plattenladen, in dem man auch einen Klavierlehrer erreichen kann, wie eine Aufschrift auf dem Schaufenster sagt. Ein Laden mit Küchenzubehör, wie es Dutzende auf der Bowery gibt. Ich überquere jetzt mal die Straße, die linke Seite kommt mir etwas aufregender vor. Ein tibetanischer Laden mit Seidenschals, Silberketten und Mongolenmützchen. Daneben kommt ein Laden namens White Trash, da gibt es offenbar für teures Geld Möbel, wie man sie nachts auch kostenlos am Straßenrand finden kann. Dann kommt ein Schnapsladen mit Plexiglas-Zwischentür und Klingel und

Summer, weil es offenbar nachts in Schnapsläden gerne unge-mütlich wird. Dann ein Money-Order-Lottospiel-Rechnungen-Bezahl-Laden, dann ein Copy-und-Fax-Shop First Print Copy Center. Auf der Ecke eine mexikanische Kneipe, das Marie Ann's, gibt es wohl schon ewig. Ich war einmal drin da, vor anderthalb Jah-ren, mit einem Ami, der meinen Wunsch, afghanisch zu essen, abartig fand. Den hab ich dann auch nie wieder gesehen. Auf der anderen Ecke, Moonstruck, ein 24-Stunden-Diner. Jetzt steh ich auf der Second Avenue, wo der Verkehr immer von Nord nach Süd geht, Richtung Houston, und zwar gewaltig, um diese Tageszeit, Rush Hour, alle fahren nach Hause oder sonstwohin.

Links an der Ecke auf der anderen Straßenseite das Sin Sin, Leopard Lounge, 85 Second Avenue. Restaurant, Bar, Tanz-schuppen. DJ Divine spielt hier morgen, aha. Auf der anderen Ecke ein Italiener. Ich lauf jetzt Richtung Third Avenue. Hier sind die Häuser älter und individueller, mal ein kleines weißes Hexenhaus dazwischen, dann wieder ein größeres gelbes mit ner Vortreppe. Rechts ein Laden, in dem es alles für das Tier gibt. Jetzt kommt ein Japaner, Sushi und Sashimi, sieht etwas arg yuppiemäßig aus. Daneben eine etwas abgewirtschaftetere Kneipe, die Fish Bar. Auf der anderen Seite keine Läden, nur schöne hochherrschaftliche Häuser, die etwas verlieren durch die keimigen Mülltonnen und schwarzen Müllsäcke, die überall davor rumstehen und rumliegen.

Ein paar Meter weiter ein Laden, in dem man Tee trinken kann. Der sieht nett aus, auf den ersten Blick eher wie ein Ge-schäft, aber wenn man genau hinsieht, sitzen dort asiatische Familien bei aufwendigen Teezeremonien, geöffnet jeden Tag von 12 bis 9, montags geschlossen. Hausnummer 231, gelbweiß gestreifte Markisen, merk ich mir, falls mich mal jemand fragt, wo man gediegen Tee trinken kann.

Ein etwas schickerer Weinladen hier, französische und italienische Weine vorrangig. Ein Laden mit Designerkissen und Designerdecken, ein Ökofriseur, der Chef mit grauer steißlanger Wallemähne schneidet einer Kundin einen Igel, hübscher Anblick, dummerweise habe ich meine Kamera vergessen. Ich geh mal auf die andere Straßenseite, da ist ein indischer Laden, alles on sale, der Chef kommt gleich raus und winkt und lockt mich rein und zeigt mir Ganesha-Statuen für 200 Dollar und Schuhe, wie sie der kleine Muck getragen hat, und glänzende seidene Kissen, und gestern hätte jemand einen alten Schrank für dreißigtausend Dollar gekauft, und ich kann gar nicht entkommen, so viele Geschichten hat der Inder auf Lager, so viele Dinge bringt er angeschleppt, und nachher kuckt er ganz traurig, als ich wieder gehe und all seine feinen Sachen nicht will, wo die doch im Angebot sind.

Wieder zurück auf der rechten Straßenseite sehe ich ein tibetanisches Café. Der Dalai Lama lächelt aus dem Schaufenster, und er wird zitiert mit: "We don't prefer war, we prefer peace." Dahinter ein Plattenladen, geschlossen, noch ein Café, aber das hat keinen Namen. Und da – Überraschung – ich habe die Third Avenue erreicht, und auf der anderen Seite geht die Fünfte Straße gar nicht weiter. Schluss. Ich laufe eigentlich fast genau auf das Haus zu, in dem die Village Voice gemacht wird. Bin schon im Großraum Astor Place und kann rechts in der Ferne den Kmart erkennen, und da muss ich jetzt hin, ein Queensize Spannlaken kaufen.

Planet der Katzenaffen

Es gibt unzählige dieser Shows, wo dumme Töpfchen dusselige Deckelchen finden, fast jeder Sender hat mittlerweile seine eigene. Auf dem unteren Ende der Skala befindet sich

"ElimiDate – The worlds newest survival dating show". Fast ist mir, als hätte ich extra für "ElimiDate" vor einigen Jahren das Wort „fremdschämen" erfunden. Oder geklaut? Ich weiß es nicht mehr.

Der erste Impuls ist jedes Mal, den Fernseher auszuschalten. Aber halt. Hier tritt meine beklagenswerteste Eigenschaft in Kraft: Es handelt sich zwar hier um eine eindeutig peinliche, klischeetriefende, menschenfeindliche, vor allem frauenfeindliche Show, aber ich kann meine Augen nicht davon lassen.

Die Show geht so. Ein Mann tritt auf, wird kurz vorgestellt („Ich heiße David, bin Firefighter, und habe gern Spaß. Bei Frauen stehe ich mehr auf den klassischen, romantischen Typ."). Dann nimmt er in irgendeiner amerikanischen Stadt draußen bei Tageslicht nacheinander vier Frauen in Empfang (die sich, bevor sich auftreten, kurz mit einem Aufsager in die Kamera vorstellen, à la: „Ich bin Lissy und ich lass mich nicht lumpen" oder: „Ich bin Jennifer und ich steh auf Muskeln" oder: „Ich bin Kathy und die geborene Siegerin"), dann gehen die fünf irgendwohin – und auf in die erste Runde.

Hier soll dann geplaudert werden („Sagt mal, Mädels, wie würdet ihr denn gegenseitig eure Outfits einschätzen? Welche hat das geschmackloseste an?"). Um die ersten Sozialkontakte unter den Mädchen zu knüpfen, geht es um Berufe („Ich bin Tänzerin! – „Du bist viel zu dick, um Tänzerin zu sein!" – „Ich bin Studentin." – „Du bist viel zu alt / dumm, um Studentin zu sein!"). David hört nur zu, mit dem teilmöblierten Gesichtsausdruck von Leuten, die jeden Tag im Fitness-Studio die Halsmuskeln trainieren.

Noch sitzen die vier Prachttussen da wie Affenweibchen auf Schleifsteinen, mit Selbstbräuner gebräunt, mit Dekolletés, aus denen die hochgeschnallten Möpse ragen, die nackten Beine mehr oder weniger übereinandergeschlagen (manchmal muss der Zwickelbereich verfremdet werden, weil alles raussuppt) und antworten mehr oder weniger schüchtern, originell, frech auf Davids schlichte Fragen. Aber der frühe Vogel fängt den Wurm, und Reden ist ja auch auf Dauer langweilig, also springt bald die Erste auf, gießt David einen süßen Likör in den Hals oder in den Bauchnabel, steckt ihre Zunge hinterher und nimmt auf einem Schenkel Platz, der das Ausmaß eines jugendlichen Delphins hat.

Die beiden anderen Mädels, die nicht schnell genug waren, grimassieren in die Kamera oder dürfen einen im Nachhinein allein aufgenommenen Kommentar absondern („Jennifer hat auf mich gleich einen billigen Eindruck gemacht" oder „Als ich in dem Moment gesehen habe, dass Jennifer Cellulitis hat, wusste ich, sie hat das Rennen verloren").

Also, der Proband tauscht mittlerweile Zungenküsse mit allen Blondinen, am Ende der Runde heißt es : „elimidated", also feuert er die sprödeste. Von wegen, er steht auf klassisch und romantisch. In jedem Feuerwehrmann steckt auch ein Rohr-verleger.

In der zweiten Runde – die Mädchen haben sich inzwischen umgezogen und Transen-Makeup aufgelegt – checkt David das verbliebene Frischfleisch genauer. "How is your stomach ? Show your stomach !", fordert er Kathy auf. „Are those fake boobs ?", fragt er Patricia. „Yeah", sagt die stolz (immerhin sind wir hier in Amerika), "I paid 5000 Dollars for it." Woraufhin Lissy uns in einem später allein aufgenommenen Kommentar sagt: „That was the worst investment ever!"

So ungefähr oder ähnlich geht es jedes Mal zu (seltener übri-gens andersherum: Frauen sondern Männer aus). Bald fangen die Mädels an, sich offen zu beleidigen ("Slut!" – "Hooker!"). Dabei versäumen sie es aber nicht, David ihre String-Tangas zu zeigen. Er ist angetan, bis er von Jennifer erfährt, dass sie nicht mit einem String-Tanga aufwarten kann, mit überhaupt keinem Schlüpfer, dass sie nie Unterwäsche trüge, vor allem heute nicht, und dass sie an allen wichtigen Stellen frisch gewachst sei. Na, denn ma los.

David elimidated eine von den String-Tanga-Girls, denn Jennifer muss nun auf jeden Fall in die dritte Runde mit, sie ist heute Nacht zu haben, das spürt David durchs Muskeldickicht. In der letzten Runde wird getanzt. Die beiden verbliebenen Mädels geben alles, die Schlangennummer, die Rubbelnummer, Brust raus, Arsch raus, Zunge raus, Bauch rein, die andere immer möglichst wegschubsen, schlecht machen, mobben. Nach der Tanzrunde hat David das mit Jennifers Cellulitis gemerkt, so was kommt in seiner Welt überhaupt nicht vor, was sollen die anderen Firefighter sagen, wenn er mit so einer kommt, sagt er später in die Kamera. Sonst wäre sie ja toll, kein Schlüpfer und so, und würde auch mal mit ihm und ner anderen Schnitte zusammen in die Kiste und schläft, wie sie alle wissen ließ, gleich mit jedem beim ersten Date, aber Cellulitis, also da geht es um die Ehre. Jennifer wird elimidated, und das, obwohl sie beim Tanzen ihr Top ausgezogen hat. Sie versteht die Welt nicht mehr und ist den Tränen nahe. „Tja, Mädel", schickt ihr die verbliebene Kathy, die Gewinnerin, hämisch hinterher, „hättste mal ne Strumpfhose angezogen!"

Der Handzettelmann

Auf der Second Avenue steht ein Handzettelmann, ein Afrikaner mit einem freundlichen Lächeln. Er ruft immer: „Free cellphone, free cellphone!", was natürlich ein Trick ist. Die oberen Frontzähne fehlen ihm, aber die restlichen sind sehr weiß, blendend weiß und er ist sicher sehr lieb. Weil es kalt ist und weil er den ganzen Tag da steht, und weil ich oft vorbeikomme und denke, vielleicht kann er eher Schluss machen, wenn alle Handzettel verteilt sind, nehm ich ihm jedesmal einen ab, einen auf dem Hinweg, einen auf dem Rückweg.

Irgendwann fing er an, mich zu erkennen und anzustrahlen und Freundlichkeiten zu sagen, und ich lächel auch immer nett und husche weg mit dem Handzettel und schmeiß ihn auch immer erst in den Müll, wenn ich um die Ecke bin, aus Takt. Schließlich war ich auch mal im Handzettelgeschäft, man muss sich ja nicht benehmen wie ein Elefant im Porzellanladen. Aber da ist manchmal, in der guten Nachbarschaft, im zwischenmenschlichen Miteinander, der eine kleine Schritt, den einer zu weit geht, und dann ist alles aus. Kennt ihr das?

„Ich heiße Alex", wirft mir der Afrikaner vor einigen Tagen zu, als ich mir einen Handzettel abhole. „Aha", sag ich noch und sehe, dass ich weiterkomme. „Und wie heißt du?", fragt er, als ich zurückkomme. Ich sag notgedrungen, wie ich heiße. Alles andere wäre unhöflich. „Hallo Else", brüllt er nun schon von weitem am nächsten Tag. Einen Tag drauf steckt er mir keinen Handzettel in die Hand, sondern seine Hand und lacht wie irre und freut sich und schaukelt meine und seine Hand hin und her. Ich kühle, während ich mich losmache, merklich ab. Aber das stört Alex nicht. Am nächsten Tag schlägt er vor, wir könnten ja mal was unternehmen. Ich lächle nun schon ein Terzlein weniger, sage aber freundlich, ich hätte leider viel zu tun.

„Heute mehr Zeit, Else?", ruft er tags drauf bereits über die Straße, als ich noch fünfzig Meter entfernt bin. Auf dem Rückweg nehme ich einen Umweg über die Third Avenue. Da gehe ich seitdem immer lang. Oder über die First. Ziemlich langer Umweg. Die Bibliothek muss ich nun wohl auch wechseln. Dabei wollte ich doch nur nett sein.

Warum das Leben schön ist

Eine kitschige, literarisch nicht sehr hochwertige Geschichte

Als ich das Haus verließ, war ich noch bedrückt. Die Sonne stieg mir auf den Kopf und tanzte dort mit solcher Wucht, dass ich ganz krumm gehen musste. So kam es, dass ich am Straßenrand eine Matratze sah, fast neu. Morgen hätte ich die neue Wohnung bezogen. Sie wäre leer gewesen. Ich hätte eine Matratze gebraucht. Ich hätte eine Matratze gehabt. Aber nun habe ich keine Wohnung, was also soll ich mit einer Matratze? Hä?

Dann ging ich zu meiner verhaltensgestörten Japanerin. Ich habe noch einen 5-Dollar-Gutschein und suche Schuhe, denn ich bin zu einer Konfirmation eingeladen und scheue mich ein wenig, dort mit meinen weißen Turnschuhen, meinen einzigen Schuhen, hinzugehen. Ich meine, die Einladungskarten waren mit Goldschrift gedruckt! Jedenfalls such ich so vor mich hin und würdige die Japanerin wie immer keines Blickes, um sie nicht unnötig zu provozieren, da passiert folgendes:

Japanerin (sagt etwas Unverständliches, sie ist sehr schwer zu verstehen, dabei zeigt sie auf das Schuhregal und sieht mich an)

Ich (nicke vorsichtshalber und lächle)

Japanerin: Ich mag deine Lächeln und ich mag deine Gesmacke.

Ich (starre sie an wie vom Donner gerührt, um ein Haar hätte ich mich hinsetzen müssen. Ich komme jetzt seit über einem Jahr her, sie hat mir die besten Sachen für ein paar Bucks abgeluchst und dabei meist ein Gesicht gemacht, als seien das Lumpen, und sie hat so was noch nienienie gesagt)

Ich: Danke!

Japanerin (nickt, wendet sich ab, macht sich in ihrem Laden zu schaffen, knistert mit Tüten, drückt mir was in die Hand)

Japanerin: Hiel, nimm, plobier mal, Leispudding, schmeckgutgibklaftnichsusüß. Iss! Iss!

Ich (immer noch unter Schock, esse den Reispudding, den sie mir hinhält)

Japanerin (erzählt mir, sie habe die obere Etage dazugemietet und plane, Kochkurse zu geben – plötzlich kann ich sie hervorragend verstehen)

Ich: Das ist toll! Da komm ich vielleicht hin! Ich kann nämlich nicht kochen!

Japanerin (fröhlich): Ich auch nicht!

(Wir lachen beide, dann zeigt sie auf meinen Pilzkopf und
sagt:) Du mussen Olive Oil leinmache, Olive Oil, dann nisso
tlocken. Haal bessel dann, viele bessel.

Ich (vollkommen überfordert mit der Situation): Ja, gut, aber ...
ähm ... Ich muss dann los

Japanerin (winkt und ruft mir nach): Olive oil! Nix velges-
sene! Nisso tlocken dann!

Ich ging dann raus, und meine Laune war vollkommen umge-
schlagen, ich war richtig froh, ich freute mich plötzlich des Lebens, obwohl sie mich vermutlich beim nächsten Mal nicht wieder erkennt oder anpflaumt. Trotzdem. She made my day. Und
dann bin ich umgekehrt und zur Second Avenue und Olive Oil
gekauft und bei Alex vorbei. Er hat es doch nicht bös gemeint.
Ich hab einen Handzettel genommen und gesagt, mit ihm und
mir, das würde nix, aber ich bleib natürlich sein Handzettel-
kunde, und wie es ihm so ginge, und er hat gesagt, gut, sehr gut,
great, und er habe mich schon vermisst, und Alex hat gelacht
und sich gefreut (etwas irritiert hat mich die Tatsache, dass Alex
plötzlich oben alle Zähne hat, sie aber dafür unten fehlen ...),
und so wanderte das Lächeln von der Japanerin zu mir, von mir
zu Alex, von Alex sicher sonstwo hin und irgendwo ist dieses
Lächeln jetzt noch unterwegs in Manhattan, es pflanzt sich fort
und fort, übrigens auch virtuell, und jetzt ist es bei dir.

Kurzer Demo-Bericht

Will mitdemonstrieren, führe aber durch falsches Einsche-
ren aus Versehen die Demo an. Na, das gefällt mir natürlich. Ich denk mir so, wenn ich jetzt abbiege, ob dann alle

hinterherkommen? Und ich hab die Idee, was zu skandieren.
Ich brüll also:
   What do we want?
   Und die anderen brüllen:
   Peace!
   Und ich brüll:
   And when do we want it?
   Und die anderen brüllen:
   Now!
Überlege, ob ich Revolutionsführerin werde.

Ein katholisches Wochenende in Marblehead, Massachusetts

Sonntag heute. Komme grade aus der Kirche. Es gab ja so viel zu sehen. Ich war geradezu von heiliger Aufregung befallen, als alle aufstanden, um diese fettlosen, geschmacksneutralen Diätkekse zu essen, die zuckerfreien Oblaten zu empfangen und alle an demselben Rotweinkelch zu nippen. Ich wollte auch, aber man ließ mich wissen, dass ich nicht befugt sei, weil dies und jenes katholische Dings in meinem Leben zweifelsfrei nicht stattgefunden habe, also suchte und fand ich jemanden, der mir schließlich einen halben Keks stibitzte, den ich mir später im Auto verstohlen in den Mund steckte. Ohne große Sensation übrigens.

Schon immer habe ich mich gefragt, ob dieses ganze Aufstehen, Hinsetzen, Hinknien, Nachsprechen, Singen einer inneren Logik folgt oder nur etwas Auswendigzulernendes ist, was bei ständiger Wiederholung eine Art Heimatgefühl schafft, wo immer man hingeht auf der Welt. Wo immer die Juden reisen, sie finden eine Synagoge, wo immer die Hare Krishnas sind, sie werden denselben Ablauf im Morgenprogramm im Tempel vorfinden, wo immer die Katholiken sind, sie finden eine Messe, so wie der Moslem die nächste Moschee.

Die Kirchen hier sind sonntags voll. Gehen die Menschen hin, weil man eben hingeht, weil die Eltern schon hingegangen sind und die Großeltern und die Urgroßeltern? Gehen sie hin, weil sonst der ganze Ort darüber spricht, dass sie nicht da waren? Gehen sie hin, weil sie das innere Bedürfnis verspüren? Schwer zu sagen. Schwer zu erfragen. Manch einer weiß es selber nicht, ob er eigentlich nur seinen Eltern eine Freude machen will. Aber viele scheinen doch mit dem Herzen dabei zu sein. Der Katholizismus stellt sich in diesen kleinen Kirchen, in denen jedes Gemeindemitglied jedes kennt und jeder den Pfarrer mag, ja nicht als das reaktionäre System dar, das es ist, sondern als eine Art Stammkneipe, Frühschoppen, Familientreff, Klatschbörse, als Chorstunde, als Volkshochschule, als Selbstverständlichkeit. Ich habe heute Familien getroffen, die seit Generationen hier leben, Freundinnen, die miteinander zur Schule gegangen sind und dann geheiratet haben und Mütter geworden und Großmütter geworden und Witwen geworden und Urgroßmütter geworden sind, und sie sitzen immer noch in der Kirche am selben Platz und sehen die Menschen um sich herum zur Welt kommen, heiraten, wegziehen, herziehen, geschieden werden, Trinker werden, in den Krieg ziehen, Krebs kriegen, sterben.

Ich hab großen Respekt vor dieser Art von Dasein, das kleine und stetige Kreise zieht, vor dem ich mein ganzes Leben lang schon auf der Flucht bin. Etwas bis zum Ende tun, etwas durchhalten, aushalten, da bleiben, viele von euch leben sicher so, ich habe nie so gelebt, aber ich finde es aus angemessener Entfernung schön, weil man ja oft das schön findet, was einem selber so fern ist.

Wenn ich zurückblicke auf meine spirituelle Entwicklung, sage ich heute, dass ich mein Leben mit Verächtlichkeit über Religionen und Glauben gesprochen hätte (ach, was ließ sich das geschmeidig spotten!), vor einem Jahr, als ich die Tür frisch durchschritten hatte, noch eine Lanze gebrochen hätte dafür, sich für eine Religion zu entscheiden, wennschon dennschon (um die ganze Sache mit der Endorphinausschüttung zu entwickeln, wenn ein Lied gesungen wird, das man kennt, in einer Sprache, die einem vertraut ist, in einer Umgebung, an die man sich gewöhnt hat, umgeben von einem Duft, auf den man sich freut etc.).Inzwischen merke ich die Nähe Gottes, so wie mein Freund, der am Meer aufgewachsen ist, dasselbe schon aus der Ferne riecht, in jeder Art von Kirche, Tempel, Synagoge etc., auch z.B. die Nähe eines spirituellen Menschen, ich spüre und genieße den Holy Place, ich kann auftanken, kann andocken, ohne Brimborium, aber gerne auch mit.

New York

Das ist eben das Aufwühlende, Sodbrennen machende, verwirrende, irre machende, dich kotzen lassende, dich sterben lassen wollende, dich unendlich glücklich machende in New York. Es ist wie überall, nur eben viel, viel stärker und wilder und schmerzhafter und schöner.

Gerade noch sagst du dir: Es geht bergauf. Es wird alles gut. Ich kämpf mich durch. Ich hab schon ganz andere Sachen geschafft. Du riechst ihn, den Frühling. Der Schnee ist definitiv weggeschmolzen, der Winter ist definitiv vorbei. Und du redest mit Freunden, die auch kein Geld haben. Und ihr tröstet euch gegenseitig und lobt euch gegenseitig, Aufmunterung ist das Allerwichtigste in der Fremde, und ihr wollt Projekte zusammen machen und nicht den Mut verlieren und nicht den kreativen Antrieb, den todesmutigen. Und du hast richtig Lust, hier einen Job zu suchen, irgendeinen, Äpfel polieren im Supermarkt oder Waren in Tüten packen oder Videothekar oder Catering oder Kellnern, irgendwas, was tun, was Neues.

Und dann passiert aber vorher etwas anderes, eine klitzekleine Kleinigkeit. Der Winter kommt zurück, aber du hast deinen warmen Mantel schon zum Secondhand gebracht. Dir friert die Hand und das Hirn und das Herz. Na, und der Mut, er zerspringt in lauter kleine feige Wattebäusche. Oder sagen wir mal, also zum Beispiel, nehmen wir mal an, ich mach eine Dienstreise und streng mich doll an und schreibe und nehme auf und frage und interviewe und fotografiere, und dann komm ich wieder, erschöpft und zufrieden, und der größte Teil der Geschichte, das Verwerten nämlich, das Schreiben, das EIGENTLICHE, liegt noch vor mir. Und ich gehe online und erfahre, die Sache ist abgeblasen oder verschoben oder jemand anders, nicht wichtig, nur eine Karteikarte. Die Reise war umsonst, die Anstrengung war umsonst, es wird wieder nicht weitergehen, jedenfalls nicht in diese Richtung, nicht jetzt. Und obwohl das nicht der Untergang der Welt ist, kommt es mir für einige Stunden so vor. Ich fühle mich wie jemand, der nicht an Aids, Krebs, Autounfall, Mord sterben wird, sondern an diesen kleinen Schiefgehungen, den Scheiterungen, den Scheiterhaufen, die meinen Weg dort kränzen, wo eigentlich irgendwelche Blumen stehen sollten und samtige Mooshuckel und Pilze und son Zeug. Ihr wisst schon. Und ich bin unfähig, mich an das Hochgefühl und die Kraft und die Hoffnung zu erinnern, die mich noch gestern unbeschadet durch den Alltagsmatsch getragen haben. Ich denke nur noch, hat doch keinen Zweck das alles, ist doch Mist, und ich hab's verbockt, und alle können mich mal.

Und dann dauert es wieder ein paar Stunden, während ich balanciere, mit meinem Balancierstöckchen, auf meinem Stimmungsgrat, auf dem Kamm, mit den Scheiterhaufen links und rechts oder den Abgründen oder den hohen Bergen, wie ihr wollt, und dann sag ich mir: Diese Reise war nicht umsonst. Keine Reise ist umsonst, keine ins Innere und keine zu anderen Orten. Ich habe viel gelernt und ein paar Deppen getroffen und einen guten Menschen getroffen und an seiner Lebenserfahrung partizipiert, und es ist nie irgendwas umsonst, und vielleicht wird ja doch eine Geschichte daraus, ich werde sie auf jeden Fall schreiben, schon aus Achtung vor diesem Menschen, der mir ja seine Zeit und Aufmerksamkeit geschenkt hat und seine Zuneigung, und der mich wieder eingeladen hat und eigentlich war es doch SCHÖN, egal, was daraus wird.

Lange Löffel

Kennt ihr die Himmel-und Hölle-Geschichte? Wo ein Mann in ein Zimmer kommt und sieht Menschen an herrlich gedeckten Tischen sitzen, vor den allerschönsten Speisen, aber die Menschen sehen nicht glücklich aus? Und als er genauer hinsieht, stellt er fest, dass sie ganz lange Löffel in den Händen halten, dass die Löffel aber viel zu lang sind, um sie zum Mund zu führen?

Dann wird der Mann ins nächste Zimmer geführt, das auf den ersten Blick genauso aussieht, Menschen, Tische, Speisen, lange Löffel. Nur dass dort alle zufrieden und vergnügt sind, weil sie offenbar rausgefunden haben, dass sie sich mit den langen Löffeln zwar nicht selber, aber gegenseitig füttern können.

Was ich damit sagen will, ist, dass einem einzelnen Menschlein (A) manchmal alles über den Kopf wächst, er weiß keinen Rat, er sieht keinen Ausweg. Und dann kommt ein anderes Menschlein (B), das hat auch noch ein Problem. Und wenn A im ersten Moment sagen will, ach, geh weg, ich hab selber genug Probleme, dann sollte er diesen Impuls vielleicht mal kurz bekämpfen, denn wenn er das eigene Problem nicht lösen kann, dann hat er ja Zeit. Dann heißt es noch lange nicht, dass er B.s Problem lösen kann, aber vielleicht hilft es ihm ja, B. zu helfen, oder vielleicht kann B. ihm helfen.

Lange Löffel eben.

Im Zug Leipzig-Eilenburg

Der Schaffner brüllt rum. Ich hätte die Karte nicht entwertet. Das sei schon seit zwei Jahren so. Die Fahrkarten müssten vor Fahrtantritt entwertet werden wie bei der Straßenbahn. Am Bahnsteig. Überall seien blaue Endwerdor. Das wisse doch jedor. Das stünde doch auf der Garde. Das hätte er doch eben noch mal dorschgesogt. Da gömmor geine Ausnahmen mochn. Das wusste ich nicht, sag ich. Kleinlaut. Ich war zwei Jahre weg, sag ich. Bittend. Gein Erbarm. Fürtsch Euro, sagt der Schaffner. Kleine Spuckeseen bilden sich in seinen Mundwinkeln. Kleine Tränenseen bilden sich in meinen Augen. Ich will doch nur meine Omi besuchen, sage ich. Gein Erbarm. Ich hab keine vierzig Euro, sage ich. Gein Erbarm. Raffen Sie sich doch mal auf, sag ich sanft. Da ereilt den Schaffner späte Rührung. Er erlaubt mir, in Taucha rauszuspringen und die Fahrkarte quasi rückwirkend zu entwerten. Ich lege einen erstaunlichen Sprint hin, tief besorgt, er könne mit meinem Gepäck und dem Schaum und dem ganzen Zug auf und davon. Er wartet aber, und ich hätte ihn gern zum Dank auf den Mund geküsst, nur eben der Schaum ...

Ein Obdachloser ...

Vor meinem Hauseingang in Berlin. Schwankt. Starke Fahne.
„Haste mal zwee, drei Mark, Schwester?"
„Nö, Bruder, aber ich bring dir was aus dem Supermarkt mit."
Zehn Minuten später gebe ich dem Mann eine Schale frische Erdbeeren.
„Na ja, danke", sagt er.

Als ich eine Stunde später das Haus verlasse, steht er noch da. Er erkennt mich nicht.

„Hej, Schwester", ruft er. „Willste ne Schale Erdbeeren für zwee, drei Mark?"

Independence Day

Seaport (immer ein Hauch von Ballermann). Da war ich heute. Dort, wo sie alle waren. Platzknappheit, Kloknappheit und überteuerte Snacks. Zugegeben, ich hatte Bedenken. Aber dann war es ein friedlicher und freundlicher, ein schöner und warmer Sommerabend. Am Hafen mit Musik, Fischgeruch und Meeresbrise. Tausende von Menschen. Keine Besoffenen, kein Gedrängel. Heiter, entspannt, harmonisch.

Bis auf die Tatsache, dass alle dreißig Minuten durchgesagt wurde, ein 12-jähriges Mädchen sei vermisst, Lisa Schwartz. Die Abwesenheit von Lisa Schwartz störte die Harmonie des Abends immer massiver, immer besorgter klangen die Durchsagen, immer nervöser wurden die Eltern, immer genauer wurde beschrieben, wie Lisa aussieht, was sie trägt, wo sie sich melden soll oder jemand, der sie sieht. Wir alle suchten Lisa.

Dann das Feuerwerk, hoch über unseren Köpfen, wunderbare Fotos gemacht. Anschließend eine freudige Durchsage. Lisa Schwartz ist aufgetaucht. Tobender Applaus, Gänsehaut, Happy End.

Was vom Leben übrig bleibt

Lebenslang kauft der Mensch Küchenschwämme, Tesafilm, Glühbirnen und Staubsaugertüten. Und wenn der Mensch nachher umzieht, sich auflöst oder stirbt, ist es genau das, was von ihm bleibt, was er hinterlässt, was seine Erben erben werden: Küchenschwämme, Tesafilm, Glühbirnen, Staubsaugertüten. Nichts bleibt von ihm, das Chaos im Kopf, die erwogenen, die wahrgenommenen, die verpassten Gelegenheiten, die Verwirrungen, die Gemeinheiten, die im Lauf seines Lebens angesammelte, verschmähte, dem Verfallsdatum preisgegebene Liebe, nicht sein schluchzendes Lachen und sein ungeweintes Weinen, nicht die vielen Popel und Kackwürste, die Eimer voll Samen, die Säcke voll Damenbinden, die der Mensch, der nun umgezogen ist, sich aufgelöst hat, gestorben ist, produziert hat. Es bleiben nicht die Abdrücke von Sonnenuntergängen in seinem Hirn, die Erinnerung an Urläube (sic!), Kündigungen und Beerdigungen. Vielleicht ist es besser so. Das soll hier nicht entschieden werden, da die Autorin dieses Stückes, welche gerade umzieht, sich auflöst oder stirbt, knietief in ihrer Hinterlassenschaft steht.

Es bleiben von besagtem Menschen nur Küchenschwämme, Tesafilm, Glühbirnen und Staubsaugertüten.

Versehentliche Betrachtung

Ich könnte jetzt sagen, der Mensch soll nicht alleine sein. Ich könnte jetzt auch sagen, der Mensch soll jemanden finden, der ihn ganz einfach liebt und den er auch ganz einfach liebt, aber wiederum nicht ZU einfach und in GLEICHEM Maße, JA nicht mehr, BLOSS nicht weniger!

Ich könnte jetzt sagen, die beiden Menschen sollten einander im Zweifelsfall beistehen, einander (geistig und spirituell!) befruchten, einander respektieren, einander guttttttun (viele Ts können nicht schaden), einander streicheln, einander aber auch in hohem Maße (!) in Ruhe lassen, ihren Bestimmungen nachgehen, ohne den anderen zu beschädigen. Aber, wie Cosima Wagner schon sagte: „Alle 5000 Jahre gelingt es!"

Wunscherfüllung, chinesisch

Manchmal ergeben sich Gespräche in New York, an U-Bahn-Stationen, an Bushaltestellen. Meist in Ausnahmesituationen, wie vorgestern, als es im U-Bahnhof brannte. Nichts fuhr mehr. Immer mehr Menschen kamen an der Bushaltestelle an, um zu berichten, was sie von dem Brand gehört hatten, ich hörte in nur zehn Minuten Dutzende Versionen derselben Geschichte. Sie ergänzten sich, widersprachen sich. Es war ein kommunikatives Fest, solche Situationen markieren als wichtige Pfeiler meinen Aufenthalt in New York, spontan-kommunikative Feste wie dieses.

So traf ich Yan. Er hatte ein Grübchen im Kinn und einen Anzug an. Er war auf dem Weg nach Chinatown, wo er arbeitet, im Import / Export, whatever. Er hatte es eilig, aber es fuhr ja kein Bus. Wir kamen vom Hundertsten ins Tausendste, und selbst als dann wieder Busse eintrudelten, war meiner noch lange nicht da, seiner auch nicht, und wir plauderten. Unter solchen Umständen kann es manchmal vorkommen, dass man wildfremden Menschen Sachen erzählt.

Ehrlich gesagt, erzählte ich, einer emotionalen Aufwühlung gehorchend, Yan mehr Sachen, als Yan mir Sachen erzählte. Yan erzählte mir, wenn ich mir's recht überlege, überhaupt keine Sachen. Ich aber erzählte ihm von einem großen Problem, von dem ich wiederum euch noch nichts erzählt habe und das hier auch unerläutert bleiben soll, was die Geschichte nicht schmälern wird. Ein Problem, dessen Lösung ich dringlich herbeisehnte.

„Nichts leichter als das", sagte Yan, und lächelte ein gewinnendes Import-Export-Lächeln. „Geh einfach zu Guan Gong, der erfüllt alle Wünsche." Leider kam in diesem Moment Yans Bus, und ich blieb mit dem Rätsel Guan Gong allein. Da ich aber schon seit einigen Jahren, spätestens aber seit der Lektüre von „Fliegen ohne Flügel" Hinweise als solche ernst nehme und nichts unerforscht lasse, was sich mir zufällig in den Weg wirft, beschloss ich, besagten Guan Gong zu suchen.

Da Yan, der mir aus dem Fenster mutmachend zuwinkte, Chinese war, warf ich meine geplante Reiseroute um und lief gen Chinatown. Das waren von der 28. Straße / Ecke Lexington über dreißig Blocks downtown.

In Chinatown angekommen, begann ich, Menschen nach Guan Gong zu fragen. Die meisten sahen mich fragend an. Entweder sie sprachen kein Englisch oder ihr Englisch kollidierte mit meinem, oder sie wollten mir nicht helfen. Einer dann doch. Der sagte irgend etwas mit „Tempel" und nickte immerzu bekräftigend. Das war ja schon was.

Als ich in goldenen Buchstaben „Buddhist Association" über einer Tür las, klopfte ich. Die Türen waren verschlossen. Ich klingelte mehrfach. Ein glatzköpfiger Chinese öffnete schließlich mit fragendem Blick. Ich hielt mich kurz: „Wollte nur wissen, wo hier Tempel sind." Er sah mich erstaunt an und trat heraus. „Dort", sagte er. „Und dort. Und dort. Und dort. Und dort."

Er zeigte auf ramschige Betonhäuschen mit chinesischen Zeichen. Ich konnte nichts erkennen und ging in die letzte gezeigte Richtung. Vor einer großen Buddha-Statue machte ich Halt und betrat einen Tempel. Tempel war ja der Hinweis.

Ob Guan Gong ein chinesischer Name von Buddha war? Ich fand mich im Sung Tak Temple of New York, Pike Street 15, wo ich offenbar einen buddhistischen Gottesdienst durch meine bloße Anwesenheit störte. Zwei orange gekleidete Mönche sangen und hauten auf Pauken, abwechselnd warf sich der linke nieder, woraufhin sich die linke Hälfte der Gemeinde nieder warf, dann warf sich der rechte nieder, woraufhin sich die rechte Seite der Gemeinde nieder warf. Man empfing mich langnasigen Eindringling freundlich-reserviert. Niemand sprach Englisch. Vom Guang Gong keine Spur. Aber der Sound war vibrierend und irritierend, fremd und schön, und ich blieb ein paar Minuten stehen und lauschte und schaute und fasste Mut.

Dann lief ich raus und durch Straßen und Gassen und fragte weiter nach Guan Gong, in Geschäften, an Ständen, so lange, bis mir eine Verkäuferin eine kleine goldene Statue eines dicken Mannes hinhielt, der an seinem eigenen Bart zog. Kwann Kunngg, sagte sie immer wieder und klopfte mit dem Finger auf die Statue. Auch, wenn der Name in ihrem Mund ganz anders klang: Ich schien die erste Station meiner spirituellen Schnitzeljagd erreicht zu haben. Es gab ihn, es gab ihn wirklich, das musste er sein.

Ich bezahlte 5,99 Dollar plus Tax und hielt mit einiger Aufregung die potentielle Lösung meines Problems in der Hand. Aber was nun? Als ich fragend die Canal Street auf- und ablief, chinesischen Passanten die kleine Figur entgegenstreckend, stand ich plötzlich vor einem riesigen Tempel mit zwei großen goldenen Löwen am Eingang. Erstaunt musste ich feststellen, dass ich genau vor diesem Tempel einmal auf den Bus nach Boston gewartet, ihn aber gar nicht zur Kenntnis genommen hatte. Diesmal nahm ich ihn zur Kenntnis und betrat ihn, auf der Suche nach Guan Gong, der Lösung meines Problems entgegenstrebend.

Es handelte sich um den Mahayana Temple, 133 Canal Street, und er war wirklich pompös. Guan Gong fand ich nicht, stattdessen einen riesigen Buddha und einen Kasten mit einem Schild, welches mich in englischer Sprache aufforderte, einen Dollar in den Schlitz zu werfen und dann mein persönliches Orakel zu nehmen. Voller Hoffnung kam ich der Aufforderung nach und wühlte nach irgendeinem der gelben Röllchen, die zu Hunderten wie Lose in dem Kasten lagen. Es passierte, was mir mit Losen immer passiert. Niete.

Wahrscheinlichkeit des Erfolgs: schlecht.

Du musst alle Möglichkeiten in Betracht ziehen.
Es ist möglich, dass du oft blind warst.

Du hast dich mit jemandem angefreundet
und findest jetzt heraus,
dass er die schlimmste Art von Dieb ist.

Na, also! Das ist ja! Das gibt's doch nicht! Ich starrte auf Orakel. Es traf mich, aber es löste mein Problem nicht, und Guan Gong war nicht zu finden. Aber ich war erschöpft. Ich war einfach erschöpft. Ich hatte zu tun. Es war heiß. Der Tag war fast vorüber. Ich schwitzte. Ich hatte Durst. Ich lief die Canal Street ostwärts, in Richtung des M15er Busses, der mich nach Hause bringen würde. Ich hatte fast schon aufgegeben, als ich plötzlich dachte, ich seh nicht richtig:
The Guan Gong Temple of USA, stand da überdeutlich. Canal Street 94. In schweißnasser Hand hielt ich meine kleine goldene Statue, als ich die Nase am Fenster platt presste. Chinesen und Chinesinnen saßen um einen großen Tisch herum und klopften in schönster Harmonie, doch ohne ersichtlichen Plan mit kleinen Klöppeln auf etwas, das aussah wie Kokosnussschalen. Ich hatte das deutliche Gefühl zu stören.

Doch dann öffnete sich die Tür, und ein junger Chinese sprach mich auf Englisch an: „Möchten Sie beten?" Ich war schon drauf und dran, den Kopf zu schütteln, als ich ihn sah, Guan Gong, den Mann mit dem Bart, zornig, mächtig und überlebensgroß stand er zwischen mir und dem jungen Chinesen und dem Tisch und den friedvoll klopfenden Gemeindemitgliedern.

Sollte ich etwa so kurz vor dem Ziel aufgeben? Ich nickte schüchtern. Er bat mich hinein, führte mich zu einem kleinen seitlichen Altar und entzündete gut ein Dutzend Räucherstäbchen. Ich fühlte mich recht unbehaglich, nachdem ich mich an den klopfenden Gemeindemitgliedern vorbeigedrängt hatte und dabei auf den kleinen alten Fuß einer kleinen, klopfenden chinesischen Greisin getreten war.

„Was muss ich machen?", fragte ich.

Der Chinese erklärte mir, wie ich die Räucherstäbchen zu halten, was ich zu tun, wo ich zu knien hätte. Ich sollte Guan Gong einfach mein Problem vortragen, sagte er. Er würde es hundertprozentig lösen, wenn ich nach dem Gebet drei der Räucherstäbchen dort und ein weiteres dort und alle weiteren dort und dort hinstecken würde. Nichts leichter als das. Ich tat, wie mir geheißen, während die Gemeindemitglieder unbeirrt weiterklopften.

Und, was soll ich sagen, gestern hat Guan Gong (die Goldene Statue hat inzwischen einen Logenplatz auf meinem Altar) mein Problem gelöst. Leider auf die denkbar ungünstigste Weise, aber gelöst. Gelöst ist gelöst.

Durian...

heißt eine exotische Frucht aus Südostasien. Sie ist kindskopf-groß, stachelig und wiegt ab vier Kilo aufwärts. In Netzen hängt sie über ausgesuchten Gemüseständen hier in Chinatown, tiefgefroren („eingefrostet", wie meine Oma immer sagte) und daher fast geruchlos.

Es gibt Leute, die beschreiben den Duft der Durian als eine „Mischung zwischen Limburger und Kot". Daher hatte ich eine gewisse Ekelschwelle zu überwinden, bevor ich meine erste kaufte (der Hong Kong Market bietet Durian für 85 Cents das Pfund an, die ganze Frucht kostet also zwischen sechs und zehn Dollar).

Noch eine Hemmschwelle galt es zu überwinden. In Thailand und Malaysia ist die Durian in den meisten Hotels verboten, weil ihr Geruch angeblich niemals wieder aus dem Hotelzimmer weicht. Aber ich wollte es wissen. Ich wollte wissen, wie das Ding riecht, schmeckt, sich anfühlt. Also nutzte ich den Zeitpunkt, als ich hierher zog, nach Chinatown, sozusagen in das Zentrum der New Yorker Durians.

Die Frucht wurde, nachdem ich mich pantomimisch verständlich gemacht hatte – die Frau am Gemüsestand sprach kein Englisch – in mehrere lagen chinesisches Zeitungspapier gepackt und in eine orange Tüte gestopft. Sie war schwer und von einem grauen Frostschleier überzogen. Ich schaffte es, sie mit dem Küchenmesser in zwei Hälften zu teilen. Ein Schwapp intensiven Geruchs wehte mich an. Ich würde das nicht mal Gestank nennen. Es roch wie große Mengen angegammelten Zwiebellauchs. In einem hellen zähen Hautbett lagen vier gelbliche weiche Riesenpflaumen. Als ich nach der ersten greifen wollte, erwies sie sich groß, formlos, als matschig, fast schleimig. Sie roch unterm Zwiebellauch-Odem feuchtsüß und schwer. Das Fruchtfleisch ist satt und faserig, geschmacklich ist Vanille dabei, eine Mischung aus Zwiebel und Dessert. Wenn die Durian ein Eisaroma wäre, wäre sie vermutlich ein Vanille-Knoblauch-Eis. Es war eine mittelgroße lohnenswerte Schweinerei, die verruchte Frucht zu essen, der Geruch wird vermutlich tagelang an den Fingern hängen.

Tod durch Durian

Die Hühner, die in Malaysia angeblich am Geruch einer Durian sterben, sterben sie einen glücklichen Tod? Sterben sie, weil ihr Geruchszentrum detoniert? Weil sie etwas erleben, dass ihre Möglichkeiten sprengt, ihren Riecher zerreißt? Erfahren sie ein Geheimnis, das sie nicht weitersagen dürfen, etwas, für das sie keinen anderen Ausdruck finden als den Tod? Oder ekeln sie sich zu Tode? Läuft ihr Leben wie ein Film vor ihnen ab? Von Hähnen gefickt werden, Eier legen, brüten, wieder gefickt werden, wieder Eier legen, wieder brüten, gackern, gackern, immer Angst vorm Schlachter?

Neues von der Durianfront

Ich schrieb einer Bekannten in Malaysia. Diese antwortete mir heute. Von Hühnertod durch Durian habe sie noch nichts gehört, aber sie wisse, dass Menschen Durians nicht mit einem kohlensäurehaltigen Getränk zusammen verzehren dürfen, Cola, Selters oder Bier, da dies eine chemische Reaktion auslöse, an der sie sterben könnten. Sie führte beweisunterstützend einen konkreten Fall zu Buche, einen Bekannten eines Bekannten, bei dem das passiert sei.

Merkwürdigerweise begegnen mir Durians inzwischen auch in der Literatur. Sie werden zum Beispiel als einer der drei wichtigen pflanzlichen Fettzuführer aufgezählt in David Wolfes hochspannendem Buch „Die Sonnen-Diät".

Engpass

Womit wir bei der schlimmsten Lebensplage wären, der Wechselwirkung von Erwartung und Enttäuschung: weg damit! Wo keine Erwartung ist, ist auch keine Enttäuschung. Wenn wir aufhören, etwas von anderen zu erwarten, dass sie uns zuhören, trösten, helfen, lieben, dann werden wir nicht mehr enttäuscht. Und wenn wir aufhören, fast automatisch anderer Leute Erwartungen zu erfüllen, dann finden wir am Ende des Tages vielleicht auch raus, was wir wirklich wollen.

Deshalb gibt es bei mir ab sofort keine Erwartungserfüllung mehr! Ich werde keine Termingeschenke mehr entgegennehmen. Ich werde auch keine besorgen und verschenken. Ich will es ein für alle Mal loswerden: das Gefühl des terminierten Schenkenmüssens, des taktvollen Freudevorspiegelns, des beschämten Luftanhaltens, wenn ich sehe, dass der Beschenkte sich gar nicht freut, aber so tut, ganz Beteuerung wird, den ganzen Mist.

Beschenkt wird der, an den ich denke, wenn ich etwas Bestimmtes sehe, terminunabhängig, unverbindlich, spontan.

Alptraum

Eben ist der Mensch, der einzelne, noch voller Hoffnung, unverwüstlich heiter, durch Atmen verbunden mit dem Rest der Welt, mit allem und jedem, alle Ideen, alle Seelen, alle Erkenntnisse in einem großen Topf. Zuversicht, Heiterkeit, innere Schönwetterwolken, transportabel, leicht, duftend, schneeweiß. Jedem fliegt das Herz des Menschen zu, ganz unverdient, mit der grotesken Selbstverständlichkeit. Projekte wachsen, kommen voran, bestimmen ihre Richtung selbst wie von Zauberhand, es hat sich gelohnt, denkt der Mensch, zu so vielem Nein zu sagen, es wird sich auszahlen, durchgehalten zu haben, ausgeharrt, gehofft, geglaubt. Es hat einen Sinn, weiß der Mensch. Unerschütterlich weiß er das. Er legt sich ins Bett nach einem gelungenen Tag, an dem viel gedacht worden ist und gefühlt und gelesen und geschrieben. Mit einem Seufzer schläft der Mensch ein, in vollkommener Harmonie mit der Welt und sich selbst. Der Kopf ruht schwer im Kissen, der Geist taucht ein in die ewige Nacht, die so dunkel ist, dass es kein Wort dafür gibt. Schon streckt der Alptraum sich dem Schlafenden entgegen, zerrt an ihm, schubst ihn, zieht ihm den Boden weg, tackert sein Hirn, hackt das Selbstvertrauen in Stücke, setzt sich auf sein Herz.

Der Mensch wacht auf und sieht sich um. Er ist nicht mehr, wo er war. Die Perspektive stimmt nicht mehr, die Farben sind weg, alles falsch, alles sinnlos, und am Ende ist man doch nur allein. Mit dieser düsteren Erkenntnis steht der Mensch auf, zerrt seine Knochen aus dem Bett, wie gerädert ist er, übellaunig, und er faucht an, wen er trifft, und ist böse und gemein und unendlich selbstmitleidig, und kein Trost der Welt kann den Menschen trösten, denn da ist kein Trost, da ist nur der Alptraum, der auf dem Herzen sitzt, der Alptraum mit seinem fetten Arsch, obwohl längst Tag ist, und wer sonst sollte daran schuld sein als der Rest der Welt?

Dann lieber nackich

Weihnachten in freier Wildbahn geht so: Ausgeschlafen. Tagsüber gearbeitet. Dann zum Evening Program in meinen Tempel im East Village. Erst waren der Mönch und ich allein, trommelnd und singend (die Bobbsey Twins). Doch dann ging die Tür auf, und eine indische Großfamilie kam rein. Und wieder ging die Tür auf, und eine brasilianische durchreisende kam rein. Und mehr und mehr Leute kamen rein, griffen nach Trommeln und Tamburins und Kartals (Zimbeln) und allem, was halt so rumlag, und machten einen Krach, der schön und irdisch war und weit weg von feierlich.

Der Mönch erzählte nachher die Geschichte von dem Sadhu, die etwa zu vergleichen ist mit dem Märchen vom Fischer und seiner Frau. Ein Sadhu also, ein heiliger Mann in Indien, der der Welt entsagt und keine Besitztümer hatte außer zwei Stoffstreifen, aus denen er seinen Lendenschurz band, wusch jeden Tag die Stoffstreifen im Fluss, legte sie zum Trocknen auf einen Stein und band sie dann wieder um sein Gemächt. Doch eines Tages machten sich Mäuse über die zum Trocknen auf den Stein gelegten Stofffetzen her. Sie knabberten daran und rissen sie in Stücke. Der Sadhu hatte einige Mühe, sie zu knoten und zu flicken.

So ging das wieder und wieder, die Mäuse demolierten sein einziges Kleidungsstück. Einmal kam jemand vorbei und fragte: Na, Sadhu, alles fit im Schritt? Und er antwortet: Naja, bis auf die Mäuse, die meinen Schlüpfer fast aufgefressen haben. Sagt der Mann: Was dir fehlt, ist eine Katze. Wirklich?, fragt der Sadhu, und besorgt sich eine Katze. Die Katze verjagt die Mäuse, alles ist in Butter. Aber dann kriegt die Katze Hunger und schreit. Kommt wieder jemand des Wegs und sagt: Was dir fehlt ist eine Kuh. Die gibt Milch, die kann die Katze trinken. Der Sadhu besorgt eine Kuh. Nun schreit die Katze, und die Kuh schreit auch. Was dir fehlt, sagt jemand, der vorbeikommt, ist eine Frau, die die Kuh melkt und die Katze füttert. Wirklich?, fragt der Sadhu und besorgt sich eine Frau. Aber die Frau will ein Haus. Und einen Garten dazu. Und einen Stall für die Kuh. Irgendwann hat der Sadhu halt die Nase voll. „Dann lieber nackich", sagt er und geht von dannen.

Im Bus

Ich setze mich hinter eine orthodoxe jüdische Familie, der Mann mit fetten Schenkeln und fuchsroten Schläfenlocken, der steife Hut balanciert auf dem Oberkopf wie auf einem Luftkissen, das schwarze Wämslein ist abgeschabt und verschwitzt. Die Frau mit rotblonder Schüttelfrisurperücke, weiter wadenlanger Mantel, hautfarbene Strumpfhose mit Naht. Das Kind, ein Bube wohl, dem schon die Schläfenlocken gezüchtet werden, schläft auf dem Schoß der Mutter. Die Mutter hat ein schönes, ein wenig trauriges Gesicht. Die Auswahl scheint nicht groß gewesen zu sein. Der Mann murmelt ein Gebet.

Es geht nicht los, weil vorne eine alte chinesische Frau auf den Fahrer einkeift. Der, ein schwarzer New Yorker, kaut gemächlich seinen Kaugummi und sieht geradeaus. Er ist nicht unfreundlich. Er spricht halt nicht Chinesisch. Losfahren kann er auch nicht, da die Keiferin direkt in der Türe steht und sich keinen Millimeter vor oder zurück bewegt. Also wartet er ab. Außer mir wird keiner ungeduldig, irgendwann wird es erfahrungsgemäß weitergehen, auch wenn im hupenden Jahresendstau ringsum das Chaos gerade perfekt scheint.

„Raus oder rein", sagt der Fahrer mit tiefer, langsamer Stimme, als nach drei Minuten noch nichts passiert ist. Die alte Chinesin keift nun auf ein chinesisches Mädchen ein, das in der vorderen Sitzreihe sitzt und Anlass zu der Annahme gibt, zweisprachig aufgewachsen zu sein. Gehorsam neigt das Mädchen den Kopf, der Älteren Respekt erweisend. Es geht nach vorne und übersetzt. Der Fahrer sagt kauend: „Nope". Die Keiferin steigt keifend aus. Wir fahren los.

Die chassidische Familie steigt noch oberhalb Delancey aus, die Lower East Side war das traditionelle Viertel der Ostjuden, einige sind noch übrig geblieben, aber Chinatown frisst sich immer weiter nordwärts. Auf Höhe der Canal Street berühre ich die Kontaktschiene. Es ertönt ein Gong. Das „Stop requested" -Schild leuchtet auf. Der Bus hält vor der Tankstelle. „Take care", sagt der Fahrer kaugummikauend, ohne den Blick von der Straße zu nehmen, und ich steige aus.

Mut

Mal abgesehen davon, dass Kredite nur der abbezahlen muss, der sie aufnimmt, und dass Verpflichtungen nur der hat, der sie eingeht, und hohe Kosten nur der, der sie erzeugt – im Grunde ist mir wurscht, wie andere Leute leben.

Von mir aus strampelt euch ab, um euren Möbeln und euren Autos ein schönes Leben zu bereiten! Jedem Tierchen sein Pläsierchen, leben und leben lassen. Der Mensch an sich wacht früher oder später auf, viele erst im Sterbebett, wenn sie schockiert feststellen, dass sie gar nicht gelebt haben, dass sie das Große, das Wesentliche zurückgestellt haben, um die immer wiederkehrenden Kleinigkeiten und alltäglichen Pseudo-Dring-lichkeiten zu erledigen. Sie haben ihre Träume vergessen. Sie sind zu Erledigungsmaschinen geworden, zu Karrieremaschi-nen, zu Eheerduldungsmaschinen, sie werden bitter gegen an-dere, ungerecht, vergrämt, neidisch. Hört auf damit!

Schwuler Duft des Flieders

Woher ich so Gedanken habe? Ganz einfach. Ich hospi-tiere. Ich hospitiere in anderer Leute Leben. Es kommt vor, dass ich einen Nachbarn besuche. Der denkt dann mögli-cherweise, es handele sich um einen Nachbarschaftsbesuch. In Wirklichkeit hospitiere ich.

Ab und zu gehe ich auf eine Beerdigung. Dann unterscheide ich mich formal nicht von anderen Trauergästen. Mit feierlich-andächtigem Gesichtsausdruck, in schwarzen Fräcklein stehen wir da, mit dem unterschied, dass ich hospitiere, und zwar beim Tod persönlich. So würde ich das umschreiben: Beruflich stelle ich Hinweisschilder auf. In meiner Freizeit hospitiere ich.

Mit großem Erfolg für meine Persönlichkeitsentwicklung üb-rigens. Zum Beispiel neulich. Ich war bei Bekannten eingeladen. Man sah gemeinsam fern, doch ich als Gast hatte keinen Zu-griff auf die Fernbedienung. Der schmalzhaarige Schunkelgeiger André Rieu trat auf, und ich langweilte mich sehr. Da plötzlich hörte ich ein Kind sagen: „Boahh, ist der Rieu alt geworden!" Das Kind, das selbst nicht älter als sechs Jahre war, erntete mit seinem Kommentar einen Lacherfolg.

Aber niemand schien die Bemerkung alarmierend zu finden. Offenbar hatte es das geltende Erziehungsprinzip nicht nur ver-standen, sondern setzte es bereits um und fühlte sich nun in seinem Weg bestärkt. Die Urteile waren im Lernpaket enthalten, das Kind selber wurde nicht ermutigt, eigene zu bilden.

Haare im weiblichen Gesicht werden in der amerikanischen Fernsehwerbung zum Beispiel nicht nur „facial hair (Gesichtsbehaarung) genannt, sondern grundsätzlich „embarrassing facial hair" (peinliche Gesichtsbehaarung). So lernt jedes Kind gleich mit, dass Haare im Gesicht einer Frau peinlich sind.

Der Tag dieser Erkenntnis markierte für mich einen Wendepunkt (jeder Tag markiert für mich irgendeinen Wendepunkt). Schluss mit Pauschal-Urteilen, dachte ich mir, Schluss mit Instant-Wertungen, Schluss mit gedankenlosem Kommentarklau. Ich beschloss, meinen Käfig des Dinkels ... Quatsch... Dünkels zu zerbrechen und meine eigenen wie aus der Pistole geschossenen Urteile einer Generalüberholung auszusetzen.

Interessantes Projekt. Plötzlich stimmte nichts mehr. Auf nichts konnte man sich mehr verlassen. Es war schwierig für mich, herauszufinden, was mir wirklich gefällt und missfällt, aber für mein Umfeld war es fast noch schwierigerer. Wenn ich die Antwort nicht wusste, sagte ich fortan nach langer Denkpause: Ich weiß es nicht. Schon bald lud mich niemand mehr ein.

Nicht zu ändern. Was kann ich machen? Die meisten Dinge sind nicht in einem Wimpernschlag zu entscheiden. Wer kann so was ahnen? Gefällt mir dieses asthmatische Pfeifen wirklich, das der kleine hässliche Vogel dort drüben absondert? Bin ich vom schwulen Duft des Flieders wirklich so betört, dass ich anerkennende Geräusche ausstoßen muss? Empört es mich wirklich, ob der nächste reaktionäre Idiot, der sich anschickt, Präsident von Amerika zu werden, vorher Hollywood-Schauspieler war? Tut es mir wirklich leid, dass ich den fläzenden Lulatsch in der U-Bahn getreten habe? Wünsche ich Frau Kasuppke wirklich einen guten Tag?

Das Leben ist eine Lüge. Jeder weiß es, niemand spricht es aus. Wer nicht mehr mitmacht, ist ein Spielverderber. „Und, schon in Partystimmung?", fragte mich Silvester der Postbeamte in Chinatown. „Nein", antwortete ich wahrheitsgemäß. „Ich ziehe es vor zu schlafen." Er machte ein Gesicht, als hätte ich ihn beleidigt. Wen auf dieser Welt interessiert schon, was einer wirklich macht? Ich hatte mich als Spielverderber entpuppt und verdiente nicht mehr als ein dürres Goodbye.

Wer sagt, was er denkt, wer ist, wie er sein möchte, spuckt auf die Etikette, stellt alle Gesetzmäßigkeiten der Gruppendynamik infrage, und wenn er sie nicht infrage stellt, setzt er sie gleichsam außer Kraft, indem er sich entzieht. Er kickt sich selber raus. Aber zieht er sich am eigenen Zopf aus dem Sumpf oder stößt er sich hinein? Das war meine (rhetorische?) Frage zum ... Was ist heute? ... Sonnabend? ... Dann war das mein Wort zum Sonntag.

Brillendieb

Heute hat mir ein Affe die Sonnenbrille vom Kopf geklaut. Ich muss gestehen, die Brille war alt und klapprig und aus Chinatown, und ich hatte es ein wenig drauf angelegt. Ich wollte wissen, wie es sich anfühlt. Wäre es eine massive Attacke? Würde er von der Häuserwand auf meinen Kopf herunterspringen und von dort aus derb sich abstoßen und weiter? Ganz im Gegenteil. Er war sehr zärtlich. Lässig stieg er meinen Rücken hoch, als ich es am wenigsten erwartete, ich dachte, mir legt jemand die Hand auf die Schulter, er nahm die hochgeschobene Brille von meinem Kopf, stieß sich sanft von meiner Schulter ab und setze elegant auf die gegenüberliegende Häusermauer. Entzückt fotografierte ich ihn, wie er unentschlossen am Brillenbügel kaute.

Ich hatte mich schon abgewendet, als eine aufgeregte Horde von Jungs angerannt kam. Mit Stöcken fuchtelten sie dem Affen zu, dem bösen Brillendieb, mit Nüssen versuchten sie, die Brille im Guten zurückzutauschen, als das nicht klappte, mit Steinchen im Bösen. Es half nichts, das ich beteuerte, die Brille nicht zurückzuwollen (fast kam es mir so vor, als seien die Buben ein wenig enttäuscht darüber). Als ich mich schon weit entfernt hatte, sah ich sie mir nacheilen. Sie hatten die Brille zurückgewonnen und hofften nun auf einen Finderlohn. Ein bisschen hatte ich den Eindruck, sie arbeiten mit dem Affen zusammen.

Die Tiere sind sehr stolz hier, nicht nur die heiligen Kühe, auch die Hunde und Schweine und Ziegen und Affen und Pfauen und Papageien und wasesnichhierallesgibt. Ich habe einen Einheimischen gefragt, warum die sich alles rausnehmen können. Ich erfuhr, dass nach dem Glauben der Leute hier Menschen, die spirituell sehr weit entwickelt sind, die also karmisch gesehen am Ende ihrer Geburtenkette, kurz vorm Himmelreich, stehen, nur noch eine einzige Geburt nehmen, egal als was, Hauptsache in Vrindavan. Ich habe sogar schon den Ausspruch gehört: „Ich wär so gern ein Schwein in Vrindavan", also ernsthaft jetzt.

Der Wert des Geldes

Schmeißen Sie das ruhig aus dem Abteilfenster", sagt mein Zugnachbar Mokesh Agraval, als ich nicht weiß, wohin mit dem Pappbecher vom Chai. „Das ist nicht Amerika hier. Wir sind ein freies Land."

„Paisa, paisa", ruft der kleine Junge, der aussieht wie die schwächste Maus eines großen Wurfes. Er scheint heute schon tausendmal abgewiesen worden zu sein. Seine Bettelmelodie ist ein Teil von ihm geworden, wie asthmatischer Atem. Einem Impuls folgend, reiche ich ihm eine Rupie (zwei amerikanische Cents). Als die große schwarzsilberne Münze in sein müdes Pfötchen fällt, erschrickt er, starrt drauf, sieht mich an, starrt drauf, sieht mich an, rennt weg. Weil ich nun erwarte, wie schon mehrmals geschehen, dass er mit zwanzig Kumpels wiederkommt und mir nicht von der Pelle weicht, weil bei der „Gauri" (weißen

Frau) was zu holen ist, drehe ich mich um. Mit großen Hopsern sehe ich ihn wegspringen, er springt, er tanzt, überglücklich. Das Bild behielt ich den ganzen Tag im Kopf, mit einer Mischung aus Rührung und Scham.

Himmel

Will auch auf keinen Fall zu den Leuten gehören, die hinterher sagen: „Ich weiß nicht, Indien, ich konnte die Armut nicht ertragen." Wenn die Armen die Armut ertragen können, dann kann ich es auch ertragen, sie zu sehen. Und auch, wenn es kaum auszuhalten und schwer zu ändern ist, möchte ich nicht davor den Kopf in den Sand stecken. Die Bilder, die sich hier in mein Gedächtnis scannen, werden maßgeblich meine Zukunft beeinflussen. Schade, dass ich nichts Ordentliches gelernt habe. Wäre ich Ärztin, wär ich längst in der Dritten Welt.

Nachdenken auf dem Hockklo ....

Über die Geschichte von der jungen Toten, die am Ufer des Ganges verbrannt wurde? Deren Verwandte nicht genug Geld hatten, direkt am Wasser einen Haufen mit teurem Gut und langsam brennenden Holz errichten zu lassen? Dass der Haufen für die in rote Seide gehüllte Leiche der jungen Frau, die jung verheiratet starb, einige Stufen entfernt mit schlechterem Holz errichtet wurde? Dass ihr Ehemann sich weinend den Kopf scheren ließ und am nahegelegenen Schrein den Göttern seinen Respekt erwies? Dass die Mutter des Mädchens laut klagend neben dem Körper ihres brennenden Kindes saß, bis die schlanken mit Fußkettchen geschmückten Fesseln der Leiche durchbrannten und die Füße herunterfielen und vom

Verbrennungsgehilfen den wartenden Hunden weggeschnappt und wieder auf den Haufen geworfen wurden? Dass die Familie, als der Torso der Toten im Feuer rumpfüber aufs Gesicht gedreht wurde, wobei die langen, noch erhaltenen Haare eine Feuerschleife in den Himmel malten, die Verbrennungsstätte verließ, die Gesichter verhüllt vor den schamlosen Blicken von uns Touristen?

Oder soll ich euch erzählen, wie sich die Hand des Leprakranken anfühlte, auf der ich eine Rupie zu platzieren versuchte? Dass sie hart und schwarz und fingerlos und hornig war, nicht mehr als ein Plateau, viereckig wie ein unbeschlagener Pferdehuf?

Oder wie ich beobachtet habe, dass ein etwa vierjähriges Bettlerkind von einer Sekunde auf die andere vom Ausdruck größter Heiterkeit umschalten kann auf ein wimmerndes Leidensgesicht mit nach unten verzogenen Mundwinkeln und todtraurigen Augen, wenn ich nur in seine Nähe komme?

Mutter Courage und ihre Drückerbande

Sie sitzen hier, Jung und Alt, Mann und Frau, mit gekreuzten Beinen, Stufe um Stufe die Treppe hinauf, den Gang entlang, auf dem Boden, auf Matten, auf Stühlen. Sie warten auf Mata Amritanandamayi, die Mutter der Glückseligkeit, „The Hugging Saint", oder einfach nur Amma. Amma kommt nämlich immer hier lang. So zwischen elf und zwölf normalerweise. Aber nur dienstags, wenn Meditation ist. Zum offiziellen Darshan (dem Sanskrit entlehnter Tarnname für Ammas Umarmungsmarathon) kommt sie andersrum. Dann geht sie hintenlang, direkt auf die Bühne. Morgen zum Beispiel. Morgen ist Darshan, da kommen die Inder von nah und fern hierher nach Kerala, in den tropischen Süden Indiens, der geprägt ist von Fischerdörfern, den berühmten „backwaters", und Palmenwäldern. Da wird der riesige prunkvolle Tempel, der dort steht, wo einst der Kuhstall stand, in dem die zwanzigjährige Amma erstmals predigte, brechend voll sein. Aber heute ist Meditation und inoffizieller Darshan, da kommt sie hier lang. Ich bin auf dem Balkon, gleich neben der Rezeption, habe einen der angeketteten weißen Plastikstühle ergattert und bin fest entschlossen, mich nicht vom Fleck zu bewegen, bis Amma kommt.

Das kommt daher, dass mich seit Jahren alle möglichen Leute ganz verrückt machen mit dieser Amma. Es ist wie beim Märchen vom Hasen und Igel. Wo immer ich hinkomme, New York, Zürich, München, Boston, Amma war schon da, alle sind sie hin und weg. Und auf dem UNO-Gipfel in New York hat sie gesprochen und auf einer Friedenskonferenz in Genf, und den Ghandi-King-Preis für Gewaltlosigkeit hat sie gekriegt. Und DER SPIEGEL hat über sie berichtet, und neulich war ein großer Artikel in der New York Times. Und sie ist eine Frau. Der vielleicht bekannteste weibliche Guru weltweit. Sie baut Waisenhäuser, Wohnungen für Obdachlose, Krankenhäuser und Schulen. Sie äußert sich zu Religions- und Rassenkonflikten („Ist nicht die Milch einer schwarzen, weißen und braunen Kuh stets weiß?"), zu Friedensfragen („Jeder braucht Frieden. Aber die Mehrheit möchte herrschen und niemand dienen. Wird das nicht nur zu Krieg und Konflikten führen?"). Sie ernennt Frauen zu Priestern, ermutigt Witwen zu einer Berufsausbildung und meckert auch schon mal mit den Kerlen („Männer glauben in der Regel an Muskelkraft. Es liegt in ihrer Natur, die Leistungen der Frauen herabzusetzen und zu missbilligen. Frauen sind nicht dazu da, um Männern als Dekoration zu dienen oder von ihnen beherrscht zu werden."), lächelt dazu wie ein Honigkuchenpferd und drückt die Männer ausgleichend an ihren Busen („Auch sie sind meine Kinder!").

Doch während Philosophen seit Jahrtausenden darüber streiten, was zuerst da war, die Henne oder das Ei, steht das für

Amma außer Frage: „Wenn sie darauf bestehen wollen, dass Gott ein Geschlecht hat", antwortete sie einem Journalisten, „dann ist er eher weiblich als männlich, denn das Männliche ist im Weiblichen enthalten." Die Henne war eher da. Als ob ich das nicht immer schon geahnt hätte. Es ist zwanzig vor elf. Hüstelfreie Totenstille. Der Tempelsaal ist mit Meditierenden gefüllt, die schweren Türen sind geschlossen. Moment. Was ist da los? Unten tut sich was. Glöckchen läuten. Die Anwesenden scheinen aus einer langen Ohnmacht zu erwachen. Ist Meditationspause? Ist sie etwa schon da? Ach so. Die Tempeltüren sind geöffnet worden. Noch mehr Inder mit Schnurrbärten und Turbanen, noch mehr Inderinnen mit Sitzkissen und bunten Saris schieben sich herein. Die können heute unmöglich alle drankommen! Obwohl, einmal soll sie dreißigtausend Menschen umarmt haben, in vierundzwanzig Stunden, ohne Pause. Sie wird nie müde, habe ich gelesen. Sie war nie krank. Sie hat keine Launen. Sie macht nicht mal Trink- oder Pinkelpausen. Wie sie das nur durchhält! Ich bin jetzt schon ganz erschöpft. Und wenn mich einfach da unten mit reindrängel? Mit aller Macht reindrängel? Aber meine Platzangst. Und wenn ich mal muss? Und wenn die Umarmung nachher gar nix taugt? Obwohl, die Tochter von Martin Luther King sah eigentlich ganz glücklich aus, als Amma sie umarmte. Ich hab ein Foto gesehen.

Wenn ich nur mehr wüsste über die Details! Wir werden's sicher nicht im Stehen machen, denn sonst müsste Amma ja auf die Zehenspitzen mit ihren unter 1,50. Eine Sitz-Umarmung stelle ich mir schwierig vor, allein von der Logistik her. Werden wir die Wangen aneinanderpressen oder in Ganzkörperkontakt treten? Werde ich meine Stirn in ihre Halsbeuge legen? Wird sie ihre weichen kurzen Arme um mich schlingen? Werde ich zurückschlingen können oder ist das schon ein Sicherheitsrisiko? Ist ein Kurzgespräch inbegriffen? In welcher Sprache? Gibt es ein Abschlussküsschen? Auf jeden Fall gibt es seine Abschluss-Markenpraline, das habe ich schon gelesen, von Amma gereicht als Arasad (geheiligtes Essen).

Ha! Sie kommt! Sie kommt! Alle springen elastisch in den Stand. Ich auch. Sie kommt genau auf mich zu. Sie trägt einen wehenden Baumwollsari, so weiß wie Schnee, und ihr Gesicht ist so schwarz wie Ebenholz, und der Punkt auf ihrer Stirn ist so rot wie Blut. Und wie ich noch in meine Schneewittchensymbolik verliebt bin, falten alle die Hände und raunen und bilden eine Gasse, ich bin erleichtert, dass wir uns nicht hinwerfen. Jetzt strecken sich Dutzende von Händen Amma entgegen. Meine auch. Und sie schwebt, klein, rund, energiegeladen, vergnügt, mit ausgebreiteten Armen vorbei, ihre Statur, ihre Haltung, ihr Lächeln, erinnern mich an den Auftritt von Montserrat Caballé bei „Wetten dass...?", und berührt die ausgestreckten weißen Hände ihrer Jünger, in deren blütenweißem Kleidermeer ich mit meinem schwarzen „Sinner"-T-Shirt wie ein Mitesser wirke.

Amma rollt die Augen, streckt blitzschnell eine hellrosa Zunge heraus, dieselbe Zunge, mit der sie der Legende nach Lapan, den Leprakranken, ableckte, ihm den Eiter aus dem Körper saugte, ihn heilte; die Zunge, mit der sie die gespaltene Zunge der Kobra berührt haben soll, die sie töten wollte und dann gezähmt war. Amma berührt beiläufig und ohne mich anzusehen meine Finger mit ihren Fingern, die innen hell sind, aber an den Falten dunkel. Während ich Notizen mache – Aufnahmegeräte sind im Tempel verboten, – hat sich Amma den Weg nach unten gebahnt, dummerweise scheint sie genau unter meinem Balkon zu sitzen. Ich müsste über die Brüstung klettern, um ihren Satsang (sie erzählt was, und ausgewählte Leute dürfen Fragen stellen) zu sehen, und suche vergeblich nach einem neuen Platz. Ich drängele mich zur anderen Seite des Balkons, muss aber hochspringen, um Amma auf ihrem roten Thrönchen zu sehen.

Sie hockt darauf im Lotussitz, umgeben von ihren gelb-orange gekleideten Swamis (Priestern) und Brahmacharis (Priesteranwärtern); sie sitzt da wie ein Om aus Fleisch und Blut. Sie hält die Augen geschlossen und atmet tief ein und aus, und alle tun es ihr nach. Nur ich nicht, ich hopse, weil ich was sehen will, und erwecke den Missmut der Umhersitzenden.

Eine magere Deutsche namens Ashwimi (= die in die Sonne hineingeht) rückt schließlich zur Seite und gibt mir eine kurze Einführung in die Großmütigkeit Ammas. Halb höre ich Ashwimi zu, halb beobachte ich von schräg oben Amma, die zu sprechen beginnt, mit angenehm heiserer, dunkler Stimme, Malayalam, die Sprache ihres Fischerdorfes. Sie hält ein kabelloses Mikrophon in der Hand. Ihr Tonfall ist melodisch, lebhaft. Die anwesenden Inder, reagieren, prusten, lachen, aber unsereins versteht ja nix, erst, als ein Brahmachari übersetzt. Im Unterschied zu anderen Rednern, die in Übersetzungpausen gerne dösen, mischt Amma sich ein, unterbricht den ernsten bebrillten Jüngling, mehrfach, fuchtelnd, ihm stärkere Vokabeln zuwerfend, die er gehorsam aufnimmt, auch wenn sie für einen Priester ungewöhnlich deftig sind. Unbekleidet, nein: nackt, nein: splitterfasernackt kam die Frau aus dem Badezimmer gerannt, als Krishna sie besuchte, fütterte ihn vor lauter Aufregung mit Bananenschalen anstatt mit Bananen. DAS sei Liebe.

„Amma versteht jede Sprache", sagt Ashwimi, während sie eifrig in ein eng beschriebenes morsches Schulheft kritzelt. Seit sechs Jahren wohnt Ashwimi hier im Ashram, früher war sie Familienpädagogin in Bayern, „wenn ein Übersetzer was falsch sagt, korrigiert sie ihn." zwischen den Darshans und Bhajans und Satsangs und Dingsdas schrubbt Ashwimi in Ammas Auftrag Flure und Böden. Seva nennt sich das, selbstloser Dienst aus Liebe zu Gott (= Amma), unerlässlicher Teil des Ashramlebens. Ashwimi, die in die Sonne hineingeht, sieht blass aus um die Nase und trägt um beide Handgelenke dicke Verbände.

Sehnenscheidenentzündung, vom Schrubben. „Warum heilt dich denn Amma nicht, sie ist doch eine Heilerin?", frage ich. „Es gibt keine Regel bei Amma", flüstert Ashwimi, „und wenn du was erwartest, kommt es meistens ganz anders."

Inzwischen steht der nächste Höhepunkt ins Haus: Amma teilt für ihre Kinder eigenhändig Essen aus. Es herrschen Aufruhr und Gedränge einerseits, straffe Organisation andererseits. Nach nur fünfzehn Minuten bin ich dran. Amma unterhält sich mit anderen und schiebt mir den Blechteller mit Reis, Banane, Gemüsebrei, Chapati (rundes salzloses Taschenbrot aus Mehl und Wasser) hin, ohne mich eines Blickes zu würdigen. Jetzt bin ich eingeschnappt. „Hier, willst du?", frage ich eine Holländerin, die sich nicht angestellt hat, weil sie so aufgewühlt ist, dass ihre Beine sie nicht tragen wollen. Die Holländerin nimmt mir meinen Blechteller ab. „Wenn du allzu sehr willst, dann beachtet sie dich nicht. Hast du wirklich keinen Hunger?" Grimmig schüttele ich den Kopf. Amma kann mich mal. Und die Inderinnen, die mich mit ihren Händen und Hintern aus dem Weg drängeln, auch. Von wegen Weitherzigkeit! Das ist härtester Revierkampf hier! Ich gehe vor die Tempeltür. Dort stehe ich, mit trotzigem Gesicht und verschränkten Armen, das Relief der Gummifußmatte schneidet mir in die Fußsohlen, und mein Magen knurrt, während die anderen ein endlos scheinendes Sanskrit-Gebet sprechen und essen. „Die Person sollte die Haltung eines Beginners haben", sagt Amma. Jaja. Vermutlich müsste ich hier erst mal ein paar Jahre die Böden schrubben, bis mein Stolz gebrochen ist, bis meine Handgelenke sich entzünden wie die von Ashwimi, die in eine Sonne hineingeht, für deren Strahlen ich blind bin.

Erst als alle fertig sind, formen mehrere weiß gewandete ältere Tempelbewohnerinnen drei Schlangen, die der Neuankömmlinge, eine Männerschlange, eine Frauenschlange. Jetzt ist es so weit. Ich drängle mich dazu, schiebe mich näher und näher an

Amma heran, sehe die Frauen vor mir in die Knie gehen und kniend weiterrobben.

Noch fünf Meter. Amma unterhält sich gut gelaunt mit diesem oder jenem Mitglied ihrer Drückerbande, sie gurrt, kichert, wirft kokett den dunklen Kopf zurück, so dass der weiße Schal von ihrem Dutt rutscht. Sie streichelt, tätschelt, gibt Küsschen. „Country?", zischt mir eine grauhaarige Osteuropäerin zu. „Germany", sage ich. Da, während sie den Kopf des dunkelblonden Mädchens vor mir im Schoß hält, sieht Amma mich für den Bruchteil einer Sekunde an. Dann lässt sie das Mädchen los, sagt ihr etwas, tätschelt ihre Wangen und gibt ihr einen Schmatz. Ich werde von mehreren fremden Händen nach vorne gezogen, geschoben, lasse mich wie eine dressierte Robbe in Ammas Schoß plumpsen, mein Gesicht an ihrem Busen, die Arme irgendwo hinter meinem Rücken verwurschtelt, Ammas Mund nähert sich meinem Ohr, aber es ist – ich schwör's – die Stimme meiner Großmutter, die sagt: „Meine Liebe, mach dir keine Sorgen, Ammammamma." Amma lässt mich los und drückt mir ein weiches Etwas in die Hand. Ohne mich noch einmal anzusehen, wendet sie sich der Inderin hinter mir zu. Ich werde aus dem Epizentrum geschoben und drifte durch die Menschenleibermasse nach draußen, stolpernd, verwirrt. In meiner Hand halte ich ein Papiertütchen mit parfümiertem Kreidepulver, das um ein Fruchtbonbon gewickelt ist, Markenpralinen kommen vermutlich nur im Westen zum Einsatz.

Das wars. Das war Ammas Umarmung, mit der sie bereits fast 24 Millionen Menschen von ihrer allumfassenden Liebe abgegeben hat. Bin ich enttäuscht? Bin ich froh? Kurz, bevor ich die Tempeltür erreiche, werde ich angerempelt und falle. Über die mir beim Fall zugezogene harmlose Schramme breche ich in Tränen aus. Ich fühle mich erschöpft und müde und liege eine geraume Weile gedankenleer im Bett. „Das ist normal", sagt ein blonder amerikanischer Hüne, der schon

„sooo lange" in Ammas Dunstkreis ist und der erste Vorberei-
tungen für Ammas Amerika-Tour 2004 trifft, die er von San
Francisco aus organisieren wird. „Amma kann einen so richtig
durchschütteln. Ich hab schon sooo viele Umarmungen von ihr
gekriegt, und jede war anders. Aber eins ist klar: Für meinen
Kopf gibt es keinen schöneren Platz auf Erden als den Busen
der göttlichen Mutter." Er schlingt pantomimisch die Arme
um eine imaginäre göttliche Mutter, verdreht die Augen und
schüttelt sich wonnevoll. „Ich weiß nicht", sagt eine Schwedin
und hebt die Nase aus einer Amma-Biographie. „Ich bin zum
ersten Mal hier, und Amma hat, als sie mich umarmt hat,
sich mit ihren Swamis unterhalten." – „Aber das ist doch der
Segen", ruft der Ami. „Das ist doch das Allerschönste. Wann
immer sie das bei mir macht, denke ich: Ja, red nur, Hauptsache, du hältst mich möglichst lange fest! Ich bin an der Quelle,
wenn ich bei ihr bin. Ich fühle mich im Himmel."

Das nachmittägliche Treiben auf dem Ashram-Gelände hat die
Anmutung eines internationalen Ärztekongresses. 1800 ständige
Ashram-Bewohner würden jede andere Farbe als Weiß entrüstet von sich weisen. Sie essen demütig dreimal täglich dünne
Reissuppe und Gemüsepampe, sie verrichten niedrige Arbeiten,
leben zölibatär und sagen sich von allem los, was sie mit der Au-
ßenwelt verband. „Ich habe meine Familie seit drei Jahren nicht
gesehen", sagt Pushba (= Blume), die finnische Wäscherin, „es ist
einfach so schwer, die Lichtquelle zu verlassen." Die Menschen
hier, Ashwimi, Pushba, der Amerikaner, die lassen sich nicht
mal kurz zwischendurch drücken und gehen dann wieder zur
Tagesordnung über, so wie es inzwischen in Mode gekommen ist
in der westlichen Welt. Die Ashrambewohner haben ihre Leben
in Ammas kleine schwarze Hand gelegt, bedingungslos, das
heißt, ohne eine Bedingung zu stellen. „Nicht viele Menschen
bekommen die Möglichkeit, einem Heiligen zu dienen", sagt ein
Mönch aus Kalifornien.

Auch am nächsten Tag sehe ich Amma Stunden um Stunden Inder und Inderinnen umarmen. Und die packen richtig zu, wenn sie schon mal randürfen. Nach Tagen wie dem heutigen, habe ich gelesen, ist Ammas rechte Wange geschwollen, ihre Kleidung befleckt von Schweiß und Make-up und Tränen ihrer Drückerbande. Aber ich sehe kein Anzeichen von Erschöpfung, keine Müdigkeit, jedenfalls nicht bei Amma. Die anderen sehen müde aus, verhärmt manche, bleich, dünn. Als sei nichts gewesen, sitzt Amma unmittelbar nach dem Darshan beim Bhajan (spiritueller Liederabend) auf der Bühne der Dreißigtausend-Quadratmeter-Halle, putzmunter, im frischen, blütenweißen Baumwollsari, die rechte Hand klopft den Rhythmus aufs Knie. Sie singt, wohlklingend, aus tiefster Seele, mit der Disziplin eines Zinnsoldaten und dem Charme eines Posaunenengels aus Ebenholz. Am dritten Abend, nach dem dritten Bhajan, als ich mich kaum noch auf den Beinen halten kann und die Melodien mir in die Träume folgen, habe ich keinen Zweifel mehr daran, dass diese Frau, die unentwegt gibt, auch unentwegt nimmt. Sie holt sie sich tausendfach wieder, die Kraft, die Energie, die Liebe. Auf ihren internationalen reisen, wenn ihr die Japaner, die Afrikaner, die Deutschen zu Füßen fallen. In den Umarmungsrunden, wenn sie in der Zuneigung ihrer Verehrer wie in Honig badet. Innerhalb der Bhajans, wenn der tausendkehlige Chor folgsam wiederholt, was sie singt, Melodiestück für Melodiestück. Stunde um Stunde. Wenn die Rhythmen schneller werden, fangen Ammas Arme an ekstatisch zu zucken, als gehörten sie nicht zu ihr, als griffen sie nach dem unsichtbaren, geruchlosen, schwer zu erforschenden Element Liebe. Sie steht außerhalb körperlicher Erschöpfung. Sie wird der Gesang. Als zum Schluss die abendliche Puja (Feuerritual) vor der Statue der Göttin Kali zelebriert wird, schreitet Amma, von verzückten Fans begleitet, die mich um ein Haar erdrücken, hinaus, um ihre beiden Elefanten Ram und Lakshmi vor der Veranda ihres Hauses füttern.

Als Amma mit einem letzten Winkgruß ihr Haus betritt, als die Menge sich verläuft, vermutlich Richtung Bett, stehe ich noch lange vor Ammas Haus. Ich wüsste allzu gern, was sie jetzt macht. Schmiert sie sich ein Butterbrot und trinkt dazu eine Flasche „Kingfisher"-Bier? Schmeißt sie sich auf die Couch, kuckt einen Bollywood-Film und lacht über unsere Blödheit? Spielt sie mit ihren Swamis „Monopoly"? Ich weiß es nicht. Ich kann nicht mehr denken. „Ich bin wie eine ständig sich aufladende Batterie, verbunden mit einer Kraftquelle", sagte Amma einmal in einem Interview, und als ich mich ins Bett fallen lasse, weiß ich plötzlich, warum. Die Kraftquelle, das sind wir, die 24 Millionen Menschen, die Amma umarmt haben.

Kleine Indienkrise

Der Inder als solcher fragt ungern. Ich bestelle ein Taxi zum Bahnhof – ein Swami sitzt drin und fährt mit, drei Stunden lang, selbstverständlich kostenlos, ohne zu fragen, ist ja Platz. Ich buche einen bestimmten klaustrophobikerfreundlichen Platz im Flugzeug – da sitzt aber schon jemand, als ich einsteige, war ja Platz. Was macht der Steward? Sagt mir, ich soll mir einen anderen Platz suchen. Naja, klar. Ich bestelle ein „Prepaid"-Taxi, ein vorher bezahltes Taxi, aber die Frau im Büro kann mir kein Wechselgeld rausgeben. Der Fahrer wird mir das Wechselgeld rausgeben, sagt sie. Der Fahrer aber sagt: später, später. Nach der Fahrt sagt er, er hat kein Wechselgeld. Aber eine große Familie. Ich gebe meine Wäsche dem Wäschemann und soll sie morgen wiederkriegen. Ich krieg sie aber morgen nicht wieder. Auch übermorgen nicht, obwohl ich abreisen will. Ich krieg sie einen Tag später wieder, noch feucht. Der Wäschemann fordert den ausgemachten Preis.

Der Inder ist ein von seiner Natur her freundlicher und geduldiger Mensch. Aber warte, wenn er drängelt! Jeder, der nicht wettbewerbswillig oder -tüchtig ist, wird getreten, geschoben, gehauen, umgeschubst. Entschuldigungs- und reuelos.

Nun wisst ihr sicher schon längst, und auch ich habe da so eine Ahnung, dass dies alles mir von meinem Ego diktiert wird, dass mir Indien Lektionen in Demut erteilen will, und warum soll ich denn um Himmels willen nicht einen Swami mitfahren lassen? Warum soll ich nicht meinen Flugzeugsitz mit jemandem tauschen, der ihn lieber mag oder vielleicht nötiger braucht? Warum soll ich nicht meinem Taxifahrer mit der großen Familie das Wechselgeld schenken? Warum nehme ich die Tatsache, dass die Wäsche nicht fertig ist, nicht einfach als Zeichen dafür, länger an diesem Ort zu bleiben? Warum lasse ich nicht erst mal alle Inder drankommen, bei der Essensausgabe, im Zug, im Fall einer Gurubesichtigung?

Begrüßungen

Darüber wollte ich schon länger berichten. Wie armselig mir der feuchte Händedruck meiner „Heimat" vorkommt, wenn ich sehe, wie respektvoll sich die Leute hier einander nähern, wie sie sich grüßen, Fremde willkommen heißen, verabschieden. Das „Namaste", bei dem beide Handflächen vorm Kinn aneinandergelegt, die Hände wie im Gebet gefaltet werden, ist ein schöner, eleganter Gruß, der dennoch distanziert bleibt, niemandem zu nahe tritt.

In anderen Gegenden legt man zur Begrüßung die rechte Hand aufs Herz, wunderschöne Geste, ich hab's die Shiva-Leute machen sehen, aber auch Moslems, das muss eine regionale Sache sein. Am besten hat mir der Gruß in Allahabad gefallen. Hier wurde mit einem „Salam" die rechte Hand zur Stirn geführt, und zwar mit den Rücken der Fingerspitzen zur Stirn, die Handfläche zeigte zum Gegrüßten.

Ein Bettlerjunge hat auf dem Bahnhof Varanasi meine Füße berührt, dann seine Stirn.

Ich habe dasselbe bei ihm getan, seine kleinen schmutzigen Füße berührt und dann meine Stirn, das hat ihn zum Lachen gebracht.

Winken ist den Indern fremd. Es suppt inzwischen vom Westen rüber, aber in kleinen Dörfern ist es noch unbekannt und wird nicht erwidert. Indische Kinder, die Weißen eine Freude machen wollen, kommen zuhauf und schütteln Hände. Sie scheinen fasziniert von diesem Brauch, den ich so albern finde. Es gibt wohl Situationen, in denen ein Händedruck etwas Schönes, Gewolltes ist, nämlich dann, wenn ich einem anderen Menschen spontan die Hand reiche, die Hand nach ihm ausstrecke, zur Untermauerung eines Wohlgefühls, weil es mir ein Bedürfnis ist oder er mir seine Hand anbietet, als Zeichen seiner Quasi-Waffenlosigkeit. Aber wie oft ist uns der Händedruck wirklich ein Bedürfnis?

Der Endhund

Es gibt unzählige indische Hunde (böse Mäuler behaupten, sie liefern das Fleisch für die Lammfleischgerichte, die hier gelegentlich angeboten werden, tatsächlich habe ich im vergangenen Monat in ganz Indien kein einziges Schaf gesehen), aber es gibt in Wirklichkeit nur einen Hund, viele Farbvariationen, von milchkaffeefarben über kuhgefleckt bis granitschmuddelig. Vermutlich gab es mal viele, viele Rassen, und die haben sich alle so lange unkontrolliert miteinander vermehrt, dass sich der Prototyp Promenadenmischung herausgemendelt hat, das Ende der Fahnenstange, der finale Hund, der Endhund, der sich nun nicht mehr ändern wird.

Vermutlich sind alle in Indien existierenden Hunde miteinander verwandt, Cousins und Cousinen, Brüder und Schwestern, Eltern und Kinder, alle gleich, mit schmalem Schädel, flackernden Bettelaugen und vom Müllfressen aufgedunsenem Leib, der Schwanz schleift müde auf dem Boden nach, warum auch wedeln? Es gibt nichts zu bewedeln. Zu bebellen scheint es allerdings einiges zu geben, vornehmlich nachts. Dann knurren und jaulen und heulen die kleinen ungeliebten Kerlchen ohne Unterlass, einzeln, miteinander, gegeneinander, irgendeiner schlägt immer an. Tagsüber streunen sie wortlos und irgendwie ... ich weiß nicht, ob das Wort für einen Hund passend ist, aber: geistesabwesend, ja, geistesabwesend, vielleicht sogar depressiv durch die Gegend, von niemandem wirklich beachtet, niemandem wirklich gehörend.

Katzen sind hier seltener, aber es gibt sie. Sie haben Bonsaistaturen und verwaschene ausgemergelte weiße Leiber. Auch sie sind nicht Haushalten zuzuordnen und halbwild. Ich hab bisher niemanden hier mit einem Hund oder einer Katze spielen sehen, habe auch keinen Hund freudig mit dem Schwanz wedeln sehen, hab auch keinen Hund mit einem Halsband gesehen; man arrangiert sich, geht sich aus dem Weg, überlebt und lässt überleben. Neulich erzählte mir jemand, die Hunde in Indien seien reinkarnierte britische Kolonialisten. Das würde allerdings einiges erklären.

Im Loft

Jedenfalls ging die Sonne unter, schräg vor mir, und wir fuhren und fuhren, und es war dunkel, und plötzlich, ich weiß auch nicht, plötzlich fühlte ich mich wie jemand, der auf der Intensivstation liegt und Gangster hatten die ganzen Kanülen rausgezogen aus seinen Venen und Nasenlöchern und sonstwo, um ihn zu töten oder zumindest zu schwächen, und er ist tatsächlich langsam schwächer und schwächer geworden, und plötzlich fühle ich was großes Starkes auf mich zu rasen, einen Meteoriten oder einen Batzen unfassbar stark aufgeladene Energie, ich kuck nach rechts, sehe das Empire State und das Chrysler und die anderen geliebten Lichtmützen, und es ist, als hätte jemand die Sicherungen wieder reingedreht in mich, ich bin übern Berg, ich bin aus dem Koma erwacht, ich hänge wieder am Tropf.

Es schien im Übrigen nicht nur mir so zu gehen. Es ging ein großer unhörbarer aber spürbarer Seufzer durch den Bus, all die Studenten aus Boston und New York, die dauernd für 10 Dollar one way hin- und herfahren, haben dasselbe gespürt, denk ich mal, sicher kann man da nie sein, aber New York ist unser Kraftwerk, unsere power source, der Traum, in dem wir strampeln und gefangen sind wie Frösche im Milchtopp.

Obdach

Hab ich gefunden. Mann, Berlin, jetzt ist mir grad wieder so... Berlin. Gestern war mir so... Eilenburg. Und noch zwei Tage zuvor war mir so... Leipzig. Ist denn das normal? Sollte sich ein neuer Trend (den Moment leben!!) bei mir abzeichnen? Sollte ich etwa immer dort gern sein, wo ich grad bin? Wär das nicht praktisch?

Ist heute nicht Gründonnerstag?

Abends habe ich lange über die dicke alte komische Frau im Nachthemd nachgedacht. Ich sah sie im Tempel, sie war ein Gast dort. Sie lief mit den kleinen halbrunden Schritten der Dicken hin und her, brachte das Telefon, holte das Telefon. Was für eine komische dicke alte Frau, die da im Nachthemd herumtanzt, dachte ich. Kann die sich nicht was anziehen? Nachher kam ich mit ihr ins Gespräch. Sie kommt aus Ohio, ist mit einem Anwalt verheiratet, der 83 ist und kaum noch was sieht, sie selbst ist 73 und schläft seit Jahren im Sitzen, wegen chronischer Rückenschmerzen. Das interessierte mich, im Sitzen schlafen, eine Szene aus „Leon der Profi" fiel mir ein, da schläft Jean Reno auch im Sitzen, weil er immer seine Feinde erwartet. Beim kleinsten Geräusch schlägt er einfach die Augen auf, seine Hände greifen nach zwei Revolvern auf den Armlehnen.

Die Frau sagte, es sei gar nicht so anders, im Sitzen zu schlafen. Einmal sei sie mit ihrem Mann im Motel gewesen, aber konnte nicht liegen, also verbrachte sie die Nacht sitzend im Auto. Die beiden sind hier, in New York, haben sich hergequält, halbblind er, im Sitzen schlafend sie, um ihre Tochter zu besuchen, die am Broadway ein Ein-Personen-Stück aufführt. Die Tochter hat ein Stück über die Mutter geschrieben, wie sie im Sitzen schläft und so, das führt sie jetzt mit großem Erfolg in ganz Amerika auf. Vorher hat die Tochter ein Stück über ihren Vater geschrieben, wie er Auschwitz besucht, wo seine Eltern umkamen. Die Eltern akzeptieren, dass die Tochter ihrer beider Leben verwurstet und mittlerweile berühmt geworden ist damit. Die Mutter saß also in der Premiere (in meiner Phantasie übrigens im Nachthemd), und auf der Bühne saß eine alte dicke Frau im Nachthemd auf dem Stuhl, und die hieß wie sie, und die war sie, und die eigene Tochter hatte das geschrieben. Nein, einverstanden sei sie nicht, mit vielen Dingen nicht, sagte die Mutter, aber das sei Sache der Tochter, die im Übrigen lesbisch sei und eine tolle Partnerin habe, schon seit 17 Jahren. Nein, Probleme habe der Mutter das nicht bereitet, weder das Lesbischsein der Tochter noch die öffentlichen Indiskretionen, immerhin wolle die Tochter wichtige

Themen öffentlich machen. Sie, die Mutter, sei stolz auf sie, ihre Tochter sei eine wunderbare Person. Da saß ich neben der dicken komischen alten Frau im Nachthemd, einer einfachen Hausfrau aus Ohio, und hatte tiefen Respekt für sie.

Die Kür

Mal gesetzt den Fall, ich stürbe. Kann ja immer passieren, ganz unverhofft und plötzlich und „vor der Zeit", das ist auch so ein irritierender Ausdruck, „vor der Zeit", wo doch immer nur ZUR ZEIT gestorben wird, nie davor, logischerweise. Gesetzt den Fall, es wäre wie in „Deconstructing Harry", wo es an die Tür klopft und ruft: „Mendel Birnbaum, öffne!" Der junge Mann, der sich Mendel Birnbaums Apartment ausgeliehen hat, um dort eine Nutte zu empfangen (der echte Mandel liegt im Krankenhaus), öffnet. Er trägt einen Morgenmantel mit Mendel Birnbaums. Also, der junge Mann öffnet, und draußen steht der Tod, der Sensenmann, mit Schädelfratze und schwarzem Umhang. „Ich komme, um dich zu holen", ruft er mit dröhnender Stimme. „Moment mal", ruft der junge Mann, „ich bin gar nicht Mendel Birnbaum." Aber damit kommt er nicht durch, weil er in Birnbaums Apartment ist, Birnbaums Morgenmantel trägt und weil von weitem die Nutte ruft: „Mendel, wo bleibst du?"

Ich schweife ab. Nehmen wir mal an, ich stürbe. So gesehen hat sich mein Leben längst erfüllt, vor Jahren schon. Die Pflicht ist vorbei. Ich befinde mich nun im Abschnitt der Kür. Ich habe keine Schulden. Es gibt kein Erbe, um das sich jemand streiten könnte. Ich hinterlasse keine ungeklärten Verhältnisse, ich hinterlasse überhaupt keine Verhältnisse. Sollte ich den Tod, klopfte er an die Tür dieses Lofts, anbetteln, mich zu verschonen? Ich wüsste nicht, warum. Ich ginge voller Neugier mit.

Emergency Room

Ich hatte sogar ein Köfferchen dabei, als ich mich in der Not-aufnahme einfand. Hier war ich umgehend vereint mit dem restlichen blutigen Auswurf New Yorks. Und das ist teilweise bildlich, teilweise wörtlich zu verstehen. Im Fernsehen lief „Oprah", neben mir rutschte ein Crackhead alle drei Minuten in sich zusammen und schleuderte dabei einen beachtlich stabilen Rotzfaden durch die Gegend, den er allerdings zwischendurch auch immer wieder einholte.

Hinten in der Ecke saß ein Obdachloser mit vollgeschissenen Hosen. Nachdem er weggebracht worden war, nahm eine ahnungslose Dame auf demselben Sitz Platz und verspeiste mit großem Appetit einen mitgebrachten Cheeseburger. Eine andere Frau war so fett und stand so oft von ihrem Sitz auf und setzte sich wieder hin, dass der ganze Raum einer ständigen Erschütterung unterzogen wurde. Ein Mann in Uniform wischte in losen Abständen das Blut am Fußboden weg, denn es gab jede Menge tropflastiger Schnittverletzungen.

Viertelstündlich wurde hastig ein Unfallopfer vorbeigeschoben. Stündlich wurde ich aufgerufen: zur Vervollständigung meiner Krankenakte, zur Schmückung mit beschriftetem Armbändchen, für andere Nichtigkeiten. Zwischendurch entging nicht das kleinste Detail, nicht der winzigste verkleckerte Blutstropfen meiner Leidensgefährten meinem wachsamen Blick.

Als ich schließlich hereingerufen wurde, um innerhalb der Hilfsmaschinerie auf dem Gang weiterzuwarten, wurde es noch interessanter. Ein junger Mann, der offenbar einen Hirnschaden davongetragen hatte, vollführte die grazilsten Tänze in einem rosa OP-Hemd, wobei er mit seligem Gesicht ab und zu einen imaginären Basketball in einen imaginären Korb versenkte. Jedesmal, wenn er die Arme gen Korb hob, lupfte er sein Nachthemdchen und zeigte stramme tätowierte Waden. Ein weiterer Irrer band sich seine Lederjacke um den Kopf, das Gesicht bedeckend, und lief grunzend im Kreis. Links neben mir saß eine Spanierin, die gemeinsam mit ihrem halbwüchsigen Sohn auf ihren blauen Zeigefinger starrte, als würde er in Kürze niederkommen, rechts neben mir saß ein ganz kleiner, alter, in sich verkrümmter Mann mit einem verbundenen Daumen, der fortwährend seufzte, also jetzt der Mann, nicht der Daumen.

Als ich hereingerufen wurde, erklärte ich dem müden Arzt, dass ich Tuberkulose hätte und sofort in Quarantäne müsse. Immerhin konnte ich ihm ein Lächeln entlocken. Ich wurde zum Röntgen geschickt und nahm wieder zwischen der Frau mit dem Zeigefinger und dem Mann mit dem Daumen Platz.

Da fegte eine dicke Frau herein, New Yorkerin, rot gefärbtes Kraushaar. „Wo ist sie?", herrschte sie den kleinen seufzenden Mann an. „In der Klinik", wimmerte er. „Nein, sie ist nicht da, sie ist nicht in der Klinik." Es handelte sich offenbar um beider Hündin, die der Frau so am Herzen zu liegen schien, dass sie ihren eigenen Mann gar nicht fragte, wie schlimm er verletzt sei, wovon auch immer. Sie war so außer sich, gab ihm die Schuld an allem, fing an, laut und bitterlich den Hund zu beweinen. Und obwohl ich ihr Verhalten unangemessen fand, angesichts des menschlichen Elends vor ihren Augen, angesichts des männlichen Häufchens Elend, das ihr Ehemann war, und obwohl ich die Frau unsympathisch fand bis zum dorthinaus, standen mir auch sofort die Tränen in den Augen, und sogar die Spanierin mit dem schwangeren Zeigefinger weinte mit.

Die Frau begann nun, mit den Fäusten auf ihren kleinen seufzenden Mann einzuschlagen, so lange, bis sie einen Anruf erhielt, dass ihr Hund gefunden worden und am Leben sei. Sie stürzte grußlos weg. Seufzend schämte sich ihr Mann weiter für sein Versagen und seine vollkommen unnütze Existenz. Der arme kleine alte Mann und sein Daumen.

Nun kam eine Krankenschwester und befragte die Spanierin mit dem schwangeren Zeigefinger. Es stellte sich heraus, dass sie eine Näherin war, die sich durch den Finger genäht hatte, dann die im Finger steckende Nadel entfernen wollte, die aber nur links und rechts abgebrochen hatte. Der restliche Teil der Nadel steckte nun unverrückbar in ihrem Knochen.

„Es wird dir wahrscheinlich so gehen wie dem guten Hans Castorp – am Ende waren es nur die Streptokokken", schrieb Gesa. So kam es dann auch. Jedenfalls habe ich keine Tuberkulose, keine Lungenentzündung, nix Tödliches, sondern eine Bronchitis.

Ist Geben seliger denn Nehmen?

Heute durfte ich jemanden beschenken. Darüber bin ich so froh geworden, dass ich über die Kraft des Beschenkens nachgedacht habe, und warum den meisten Menschen das Beschenken leichter fällt als das Beschenktzuwerden. Wie kommt das? Nehmen wir also mal an, ich schenke jemandem, den ich mag, etwas, von dem ich weiß, dass er das gerade braucht. Das ist ein wichtiger Punkt, dass er es braucht, dass er sich nicht ganz falsch beschenkt fühlt nachher, verpflichtet oder verkannt.

Ich schenk also einem was. Aber warum macht mich das so froh? Doch nicht, weil ich ein so wunderbarer, guter und großzügiger Mensch bin. Doch eher, weil es zutiefst befriedigend ist, jemandem eine Freude zu machen. Ist also der eigentliche Ansatz ein egoistischer? Und wenn ja, wird das Beschenken als solches dadurch pervertiert?

Lebens-Erledigungszettel und Tunnelblick

Im Grunde hat mir die Optikerin neulich einen hochphilosophischen Rat gegeben: ab und zu mal aus dem Fenster schauen, damit der Tunnelblick weggeht. Genauso muss man sich mal rausziehen aus dem Pulk, aus der Masse, „go with the flow" heißt es hier, wenn man dorthin geht, wo alle hingehen, wenn man das kauft, was alle kaufen. Aber wenn man sich immer mittreiben lässt, mithetzen lässt, dann sieht man ja gar nix, dann kann man ja gar nix auf sich wirken lassen, denn man ist ja Teil der Sache. In der U-Bahn ist es gut zu beobachten. Nehmen wir mal an, alle Plätze sind besetzt, und es kommt jemand herein. Nur für wenige Sekunden ist der Neuankömmling außerhalb des Stromes, richten sich Augenpaare auf ihn, dann wird er ein Teil des Bühnenbildes, ein Möbelstück in der U-Bahn.

Wer sich von seinem eigenen Erledigungszettel, vom kleinen, dem mit den Alltäglichkeiten, aber auch vom großen, vom Lebens-Erledigungszettel, wer sich von dem hetzen lässt, der wird ihn nicht abschütteln können, den Tunnelblick. Wer Angst hat, was Angesagtes zu verpassen oder dass irgendwann mal das Geld alle ist oder der Geliebte einen verlässt oder dass ein Terroranschlag kommt, der wird ihn eben nicht genießen, den Moment, der wird ihn nicht einmal erleben.

Ist Gott Engländer?

Ich fand mich vor jenem buddhistischen Tempel wieder, der mir schon zwei Orakel beschert hat. Ich also schnell rein, hab schon meinen Dollarschein in der Hand, will einen der zusammengerollten Zettel ergreifen, da rief jemand:
„So nicht!"
Es war eine Männerstimme, britischer Akzent.

„Wie nicht?", fragte ich und drehte mich um. Ein grauhaariger alter Mann mit dünnen Lippen saß auf einem Bänkchen im Tempel und sah mich milde an. „Haben Sie eine Frage?", sagte er, „dann stellen Sie sie ihm vorher. In diesem kleinen Kästchen sind Antworten. Sie müssen eine Frage stellen, nur dann bekommen Sie die richtige Antwort."

„Sie machen das wohl sehr oft, sich ein Orakel holen?", fragte ich.

„Ich mache das nie", sagte der Mann. Er war wirklich sehr alt, so alt, als wär er der Skatbruder von Castro, dem Papst und Johannes Heesters. Hatte ich ein mystisches Erlebnis? War es möglich, dass Gott so dünne Lippen hat und Engländer ist?

Ich betrat also den Hauptraum des völlig leeren Tempels, kniete mich auf ein rotes Kunstlederkissen und sah den riesigen goldenen Buddha an. Mit dem habe ich mich bisher noch nie unterhalten. Ich hatte einige Gespräche mit Krishna, Guan Gong und Jesus, aber bei Buddha hatte ich immer das Gefühl, dass die von ihm hergestellten Statuen ihn postum beelenden, je größer sie sind, desto mehr. Viele Fragen gingen mir durch den Kopf. Die vielen kleinen Fragen, die ein Mensch so hat, der wie ein Fröschlein im Milchfass strampelt. Wird alles klappen mit diesem Plan, jenem Wunsch, mit dem Auftrag, mit dem Besuch, mit den Papieren, mit ...

Und dann verschmolzen die vielen kleinen banalen Fragen zu einer großen. Ich stellte sie, ging zurück, steckte einen Dollar in den Schlitz des Kastens und entnahm ihm ein Papierröllchen.

Der alte Mann saß immer noch auf der Bank. Er schien noch viel älter geworden zu sein. Ich hielt triumphierend das Röllchen hoch, hatte aber Scheu, es in seiner Gegenwart zu lesen.

„Wer sind Sie?", fragte ich den Mann.

„Ich bin ein Helfer", sagte er. „Haben Sie Ihre Frage gestellt?" Ich nickte.

Er nickte auch, sichtlich zufrieden.

„Und, lesen Sie den Vers mehrfach. Lesen Sie ihn mit größeren Zeitabständen. Er wird seine Bedeutung ändern. Sie werden ihn beim ersten Mal vielleicht gar nicht oder falsch verstehen." Ich bedankte mich artig und ging weg. Draußen rollte ich den gelben Zettel auseinander.

Er sagt:

Erfolgswahrscheinlichkeit: mittel bis gut
Schlechtes Wetter kann einen kleinen Vogel nicht aufhalten
Wenn er sich vorgenommen hat, ein Nest zu bauen
unter schlechten oder absurden Bedingungen,
wirst du den Test mit fliegenden Fahnen bestehen.

Boston sucks oder Wie man einen Italiener glücklich macht

Wer von euch schon mal New York bereist hat, der weiß sicher, dass man ständig in irgendwas verwickelt wird. Zur Illustration will ich hier rasch mal die Verwicklungen nur eines einzigen Tages aufzählen. Nachmittags an der Penn Station: Ein junger Mann mit Rucksack fragt mich, ob ich ihm Geld geben könne. Er brauche eine Fahrkarte nach Hause. Ich sag, hömma, das ist ja wohl die älteste Lügengeschichte der Welt. Sagt er: Kann ich auch nix dafür. Mir ist das Portemonnaie geklaut worden, ich brauch siebzehn Dollar fuffzig. Das ist alles ein Alptraum. Er kuckt aus sehr schönen blauen Augen, als wollte er gleich weinen. Ich glaub ihm kein Wort. Er beteuert, er ist wirklich gut im Beteuern. Ich denke, Mann, vielleicht stimmt es hier mal ausnahmsweise wirklich. Man hat schon Pferde vor der Apotheke kotzen sehen. Ich geb ihm drei Dollar. Als er sich überschwänglich bedankt, rieche ich seine Fahne.

Eine Stunde später am University Place. Da steht einer mit einem Stand Billigzeugs. Mir fällt eine schwarze Baseballmütze auf, auf der steht „Boston sucks". Ich frage, wie teuer sie ist. Kriegst sie umsonst, sagt der Verkäufer, wenn du mal kurz meinen Stand übernimmst. Kommt gar nicht in Frage, sag ich, nachher sind die Sachen geklaut oder du hast keine Verkaufsgenehmigung oder kommst nie wieder oder ... Klar komm ich wieder, sagt er, will nur'n Kaffee holen. Sei kein Unmensch, sagt er. Na, wer will schon ein Unmensch sein, ich schon gar nicht. Ich zu allerletzt. So kam es, dass ich in den kommenden zehn Minuten ein Etui mit Manikürebesteck verkauft habe und eine Taschenlampe im Army-Style. Nun bin ich glückliche Besitzerin einer schwarzen Baseballmütze mit der Aufschrift „Boston sucks".

Eben hab ich mirs zum Schreiben gemütlich gemacht, höre laut „Geh zu ihr und lass deinen Drachen steigen" von den Puhdys, tippe vergnügt in die Tastatur, da klopft es an die Tür. „Hallo", sagt ein junger sehr aufgeregter schwarzer Strubbelkopf, „ich heiße Lorenzo, ich wohne bei Lou, dem Fotografen, mein Telefon-Konto ist leer, kann ich mal dein Telefon benutzen?" Ach, aus der Loft-Wohnung also, einer von den Krawallmachern, denke ich, und frage streng: „Es geht wohl um Leben und Tod?" Lorenzo schüttelt den Kopf. „Es geht um ein Mädchen, das ich ... mag." Gut, das läuft langfristig aufs selbe hinaus, denke ich und gebe ihm mein Telefon. „Ortsgespräch, hoffe ich?" Lorenzo nickt, Lorenzo telefoniert, aber das Mädchen, das er so mag, scheint nicht ranzugehen. Lorenzo hinterlässt eine Nachricht. Bedrückt gibt er mir das Telefon zurück. „Wenn Heidi anruft", sagt er, „sagst du mir bitte Bescheid?"

Jetzt bin ich ärgerlich. Hatte grad so einen schönen Gedanken, bevor Lorenzo klopfte, nun isser weg. Mist. Telefon klingelt. Klingelt sonst nie. Unbekannter Teilnehmer. Na, das wird wohl Heidi sein. Heidi Klum vielleicht? „Hallo?" Schweigen am anderen Ende. Ich, mit Faible fürs Kuppeln: „Are you Heidi?"

– „Yes." – „Wanna talk to Lorenzo?" – „Yes" – „One moment,
please." Laufe rüber zu den Loftwohnungs-Krawallern, klopfe,
Lorenzo öffnet mit vor Freude hochrotem Kopf. „Danke viel-
mals", sagt er eben zu mir, als er mein Telefon wiederbringt.
„Jetzt bin ich sehr glücklich."

Am Abend mancher Tage

Da fragt man doch, wo sie hin sind, die Tage. Dieser zum
Beispiel troff mir quasi zwischen den Fingern hindurch.
Aber gut. Ich habe getrommelt, geheult, gelacht, gewütet, auf
dem Kopf gestanden, Durian gegessen, ein Nickerchen gemacht,
auf den Bus gewartet, mich in einer Matrosen-Parade verhed-
dert, fast eine Idee gehabt, fast Coco angerufen, ich habe mir
von Marc zeigen lassen, wie man sich eventuell im Notfall über
die Faxline im Loft einwählt, ich hab ein wunderbares Päckchen
von Miriam gekriegt und den lang erwarteten, schwer erhältlichen Malle-Film „Calcutta", ich hab einen schönen Brief von
Donata gekriegt ein Lächeln von Remy, der sich über die CD
freut, die ich ihm neulich unter der Tür durchgeschoben habe...
Musik, mein neuer Freund, Gesundmacher, Freudenspender
und Tagedieb.

Der Tour-Guide Tim „Speed" Levitch ist einer von den Menschen, die man entweder liebt oder hasst. Hasst man ihn – und
er gibt mit seiner nöligen Stimme, seinem im Namen schon
angedeuteten extrem beschleunigten Sprechtempo, seinen kru-
den Gedanken einigen Anlass dazu, dann wird dieses Portrait
zur Folter.
     Wenn man sich aber einlässt auf den jungen Mann, der stock-
schwul klingt und hetero tut, der ein zerschlissenes Sakko trägt
und gerne Hut, dem die Tatsache, dass der Mensch arbeiten

muss um zu leben, mehr auf die Nerven geht als seine Akne, der angesichts von Terracotta-Fassaden Brunstschreie ausstößt, der die Pfeiler der Brooklyn Bridge seine Freunde nennt und umarmt, der schon im Gefängnis gesessen hat, weil er auf Dächer fremder Wolkenkratzer steigt, um seine geliebte Stadt von oben zu betrachten, wenn man sich mit ihm im Kreis herumdreht, auf dem Platz zwischen den beiden Türmen des World Trade Centers, dreht und dreht und dreht mit ausgebreiteten Armen, um sich dann hinzuwerfen und die Türme schwanken zu sehen (wie gern ich ihm das nachtun würde, aber zu spät), dann ist es, als hätte man seinen persönlichen Tour-Guide gefunden. Levitch wirkt wie eine Droge: bewusstseinserweiternd und ätzend. Er ist einzigartig, genau wie New York.

Trocken-Shoppen

Ich hab ja ein Helfersyndrom. Da muss nur ein Schild an einem Geschäft hängen mit „Everything must go", und ich geh rein und will helfen. Und genauso passierte es. Ich war gerade in der Baxter Street unterwegs, die Blutkirche suchen, für den Fall, dass mal wieder ein Mafia-Gottesdienst ins Haus steht. Da war es, das Schild: „Everything must go". Es war ein Klamottenladen, Secondhand, mit langen leichtmetallenen Kleiderstangen, an denen unzählige halbranzige Altkleider auf gut gleitenden Leichtmetall-Kleiderbügeln hingen. Nun spielten die im Laden gaaaanz langsame Musik, und es stellte sich bei mir der Impuls ein, im Takt gaaaanz langsam Kleidungsstück für Kleidungsstück von hier nach da zu schieben.

Was übrigens Spaß machte. Es schiebt sich auch gut und befriedigend, Metall auf Metall: Schrrrooob. Schrrrooob. Schrrrooob. Dann wurde aber die Musik schneller, und ich konnte mir nicht helfen. Ich musste im Takt bleiben. Schroob. Schroob.

Schroob. Dann legte die Musik noch einen Zahn zu, und ich wurde praktisch gezwungen – ja, nennt es gerne Zwangshandlung, liebe Psychiaterhasen -, immer schneller zu schieben: schrob, schrob schrob. Schließlich ging es schrchpschrchpsch rchpschrchpschrchp. Ich kam kaum noch nach. Frechheit, so schnelle Musik. Eine alte Frau ist kein D-Zug.

„Was soll denn das?", fragte die Verkäuferin, die herbeigeeilt war, und wies streng auf die wie besoffen auf den Bügeln hin- und herwackelnden Kleidungsstücke, von denen auch schon einige zu Boden gesegelt waren. Ich schämte mich sehr, aber nicht lange. Glücklicherweise begann ein neues, langsameres Lied. Nun fühlte ich mich genötigt, etwas auszusuchen. Es war ein langes mit Blumen überfrachtetes Kleid, das gestern vermutlich von Nancy Reagan hergebracht wurde, die ihre Garderobe ja jetzt auf Schwarz umstellen muss, obwohl sie sicher recht erleichtert ist. (Es folgt: „Der Blusenkauf" von Otto Reutter.)

„Wie viel kostet das denn?", fragte ich die Verkäuferin, um sie mit meinem Kaufinteresse ein wenig aufzumuntern. Nun ist aber der Satz „Wie viel kostet das denn?" eine Art Code. Er weckt meinen inneren Volkspolizisten auf, meinen Freund und Helfer, der mich stets vor dem Bösen bewahrt, zum Beispiel vor übereilten, unüberlegten, dem Wahnsinn entspringenden Kaufaktionen. Kennt ihr die Filme mit den Schläfern, den Killern im Wartezustand? Die sind Tankwart oder Gärtner oder sonst was fürn Familienvater, und plötzlich rezitiert jemand eine Zeile aus einem Gedicht, „Wenn der volle Römer kreist" oder so, und sie holen die Knarre aus der Buchse und schießen alle tot, und zuletzt sich.

So ist das bei mir mit dem Satz „Wie viel kostet das denn?", egal, was für eine Antwort ich kriege, 5 Dollar, 10 Dollar, 100 Dollar, 500 Dollar, es ist zu spät. Denn sobald der innere Vopo aufgewacht ist, meiner, fragt er mich: „Brauchst du denn das?", und da fällt es mir wie Schuppen von den Augen. Ich brauch das ja gar nicht! Das ist eine so schöne, ungemein erleichternde Erkenntnis. Und dann häng ich es weg und ziehe hinaus in die weite Welt. „Zwanzig Dollar", sagte in diesem Fall die Verkäuferin, und als ich daraufhin ohne Kleid gen Tür ging: „Fünfzehn Dollar". Als ich an der Tür war, rief sie: „Zehn Dollar". Und noch draußen hörte ich sie mit sich überschlagender Stimme kreischen: „Fünf Dollar. Alles muss raus!"

Barfuß durch New York

Die Hare Krishnas beten mit Gebetsketten, die 108 Perlen haben. Ein Hare-Krishna-Mantra wird auf eine Perle gebetet, was ich anstrengend finde. Die Finger wollen weiter, aber die Zunge ist noch nicht fertig, sozusagen. Die Mönche beten 16 Runden à 108 Perlen täglich (die gaaanz Fleißigen und Erleuchteten beten sogar 64 Runden!), d.h. sie sprechen das Hare-Krishna-Mantra 16 mal 108 ... Ich muss mal eben den Taschenrechner suchen ... Find ihn nicht ... Also schriftlich ... Du meine Güte ... Acht mal sechs ist achtundvierzig, merke vier... Sie sagen es, wenn ich mich nicht verrechnet habe, 1729-mal am Tag. Das Ergebnis ist nach ihrem Glauben geistiger Stillstand, innere Versenkung und Läuterung, nach der Theorie der Sektenforscher aber Gehirnwäsche. Beides ist wahr, und beides ist falsch. Die Wahrheit liegt vermutlich in der Mitte, denn da liegt sich's bequem.

In meiner Japa-Chanting-Praxis, die sich nun schon über zwei Jahre in der Erprobungsphase befindet, habe ich auch die Mantras „Om tat sat", „Om mani padme hum" (Tibet) und „Om nama Shivaya" (für die Shiva-Anbeter) zum Einsatz gebracht, da sie die mir sehr liebe Silbe „Om" enthalten, die Ursilbe, über die ich in „Siddhartha" und „City of Joy" zusätzlich lernte und die außerordentliche Resonanz im

Körper erzeugt. Aber die Mantren sind mir zu kurz, um in einen schwingenden Rhythmus zu finden. Geschmacksfrage vermutlich. Für mich hat es sich bewährt, in einer abgedunkelten Ruhesituation (möglichst morgens, möglichst mit anderen) das Hare-Krishna-Mantra zu chanten (allerdings auf freiwilliger Basis, nicht, wie die Hare Krishnas, als täglich zu absolvierende Pflichtübung), während die Perlen durch die Finger der rechten Hand gleiten, wobei ich das Mantra durch zwei dividiere, also zwei Perlen auf ein Mantra. Das ist mein Rhythmus. Jeder hat einen anderen. Ich mag diese Form der Meditation, muss aber sagen, dass ich nie eine andere gelernt habe. Das kommt alles noch.

Lebensqualität – Einblicke in Elses irre Gedankenwelt

Da saß ich nun, nach außen ganz ruhig, aber innen durchgeschüttelt, gebeutelt, halb zerrissen. Gebirgsschläge spielen sich da ab in so einem durchschnittlichen kleinen Menschlein, das gleichzeitig Kämpfer und Versager ist, Flüchtling und Eroberer. Lawinen rollen von A nach B, Steinschläge haun alles kurz und klein. Und doch steht er, der kleine Zinnsoldat, ramponiert, angeschmolzen, aber er steht. Und immer, immer wieder geht die Sonne auf. Und weiter geht's, keine Sau weiß, wohin. Und wie ich mich so vorbeuge, vorsichtig, auf der Feuerleiter, da sehe ich genau unter mir ein Pferd kotzen, genau vor der Apotheke. Und dann – pling – denke ich, wenn Fassbinder noch leben würde, dann wäre ich sein irrer Fan. Ich würde mich nackt vor seiner Haustür anketten und ihm parfümierte Briefe schicken. Aus diesem Blickwinkel gesehen, kann ich froh sein, dass Fassbinder tot ist. Aus diesem Blickwinkel gesehen, kann sogar Fassbinder froh sein, dass er tot ist.

Wer soll das bezahlen?

Ich bestelle in einem der italienischen Restaurants, die verblasste signierte Frank-Sinatra-Fotos in den Fenstern haben, Rigatoni und eine Schorle. Vom Nebentisch dringen in Puertorico-Englisch Gesprächsfetzen an mein Ohr: „40 Dollar ... Bin doch kein Idiot ... Mich gefickt." Ach, denk ich, das ist ja mal ein aus dem Leben gegriffenes Liebesdrama. Vierzig Dollar hat das Dinner für die Dame gekostet, und jetzt darf er kein Rohr verlegen. Der arme kleine Fickhamster. Aber so war das gar nicht. Der junge Mann erwies sich als ehemaliger Busboy (das sind die ungelernten Jungs, die das Geschirr abräumen und den Tisch abwischen, die das Essen karren und andere Zureichungen machen), dem der Restaurantbetreiber offenbar noch 40 Dollar schuldete. Und „mich gefickt" heißt in dem Zusammenhang so was wie „mich beschissen".

„Wie lange arbeitet man für 40 Dollar?", frage ich den freundlichen Mexikaner, der mir gerade ein Glas frisches chlorhaltiges Leitungswasser gebracht hat. „Ich arbeite bis zu 14 Stunden täglich für 20 Dollar plus Trinkgeld", sagt er. „Am Wochenende geht es manchmal bis 2.30 Uhr morgens. Dann muss ich zurück in die Bronx, dafür brauche ich anderthalb bis zweieinhalb Stunden."

Hier wird unser Plausch vom Gebrüll des Ex-Busboys unterbrochen, der den Laden stürmt, aber gleich darauf von mehreren Angestellten vor die Tür expediert wird. Der Ex-Busboy ruft die Polizei, die drei Minuten später in Gestalt einer schwer bewaffneten dicken Frau und eines schwer bewaffneten dünnen Mannes erscheint. „Die Vorstellung ist gratis", sagt der Kellner zu mir. Der Ex-Busboy gibt erregt zu Protokoll, dass er zwei Tage hier gearbeitet habe, dass er mit der Bezahlung auf nächste Woche vertröstet worden sei, heute da war und vom Manager einfach hinausgewinkt wurde.

„Er hat mich zweimal in den Bauch getreten", sagt der Ex-Busboy, hebt sein Sweatshirt und zeigt einen stark behaarten, leicht geröteten Bauch.

„Machen Sie das Shirt runter", knurrt der dünne Polizist, „ich bin nicht daran interessiert, ihren Bauch zu sehen."

„Aber ich, aber ich", rufe ich, schwenke fröhlich mein Schorle-Glas und wühle nach meiner Brille. Warnender Blick des Polizisten. Aber was will er machen? Wegschicken kann er mich nicht. Ich war zuerst da.

„Ich wollte hier offiziell arbeiten", sagt der Ex-Busboy, „ich habe Papiere. Alle anderen, die Mexikaner hier, die arbeiten nämlich schwarz. Und das passt denen nicht, dass ich Papiere habe. Denn wer Papiere hat, der hat auch Rechte."

Mehrere Dutzend Augenpaare heften sich nun an den kleinen Mexikaner, der neben mir steht, ohne Papiere, ohne Rechte, und errötet. Dann sagt die dicke Polizistin tadelnd: „Das ist aber jetzt nicht sehr nett von Ihnen und geht Sie auch gar nichts an." Wir Restaurantgäste stimmen zu, manche klatschen Beifall. Sie aber verzieht keine Miene und lässt ihre dicke Hand auf der dicken Knarre ruhen.

Zwei weitere Polizisten treffen ein. Sie vernehmen den Ex-Busboy erneut und drohen ihm mit Arrest. Dann gehen sie ins Restaurant und vernehmen den Manager, der sich angeblich nicht traut, raus auf die Straße zu kommen. Stattdessen kommt die blondgefärbte italienische Besitzerin, die sehr ärgerlich herumfuchtelt. „Dieser Mann ist irre. Er hat meinen Manager angegriffen, und der Serviererin hier hat er fast den Arm gebrochen." Die Polizistin betrachten den dünnen Arm der Serviererin, der etwa aussieht wie nach dem Brennessel-spiel.

„Haben Sie keine Zeugen", frage ich den Mann, denn ich helfe gern.

„Die stecken doch alle unter einer Decke", sagt er.

Die dicke Polizistin macht beschwichtigende Gesten in seine und meine Richtung.

Der dünne Polizist macht sich Notizen. Der Ex-Busboy schnorrt bei dem freundlichen Mexikaner, den er eben noch wegen Schwarzarbeit verpfiffen hat, eine Zigarette.

Zwei weitere Polizisten treffen ein. Dienstagabend um sieben. Offenbar ist sonst nix los in Little Italy. „Zeigen Sie mal Ihre Verletzungen", sagt einer der neue Polizisten, ein Chinese. Der Ex-Busboy hebt erneut sein Sweatshirt und zeigt seinen stark behaarten, leicht geröteten Bauch. „Brauchen Sie einen Krankenwagen?", fragt der Chinese mit unverhohlenem Zynismus. Der Ex-Busboy zögert kurz und schüttelt dann den Kopf.

„Haben Sie Schmerzen?" – „Ja. Beim Luftholen." – „So schlimm scheint's nicht zu sein, sonst könnten Sie nicht rauchen."

Stille. Die dicke Polizistin wirft dem Chinesen einen missbilligenden und dem Ex-Busboy einen sympathisierenden Blick zu.

„Die sind so reich", ruft er ermutigt, „und wollen mir meine 40 Dollar nicht geben!"

„Wenn man die Polizei ruft, muss man das nachher bezahlen?", frag ich. Die dicke Polizistin verzieht keine Miene. Der Ex-Busboy zuckt mit den Schultern. „Ich will nur mein Recht." die dicke Polizistin nickt. Der Chinese lacht verächtlich. Die vier anderen Polizisten kommen wieder heraus und ziehen sich zur Beratung zurück. „Werden Sie mich arrestieren?", fragt der Ex-Busboy die dicke Polizistin. „Das ist eine der Möglichkeiten", sagt sie. Ein Zivilpolizist kommt vorbei, grüßt seine Kumpels mit nicht auf Deckung bedachter Unverhohlenheit und bleibt als Zaungast stehen.

Der dünne Polizist kommt zurück.

„Wie genau war denn das mit dem Manager?", fragt er den Ex-Busboy.

„Er hat mich nicht mal angesehen", sagt der. „Dann hab ich noch mal gefragt, wann ich mein Geld kriege. Dann hat er nur ...', er macht eine abwinkende Handbewegung, „so gemacht und gesagt: Komm nächste Woche. So hat er gemacht." Der Ex-Busboy macht die Handbewegung des Managers noch zweimal vor. „Und dann?", fragt der Polizist.

„Ich bin auf ihn zugegangen..."

„Wie sind Sie auf ihn zugegangen, bedrohlich? In Angreifermanier?"

„Nein, einfach so."

„Warum sind Sie überhaupt auf ihn zugegangen?"

„Ich ... ähm ... stand so weit weg."

„Und dann?"

„Hat er mich zweimal in den Bauch getreten."

Unter Beifallsjubel von uns Restaurantgästen hebt der Ex-Busboy erneut sein Sweatshirt. Einige Restaurantgäste tun es ihm nach. Die dicke Polizistin verzieht keine Miene. Der Kellner steht kopfschüttelnd da und kratzt sich den Bart. Nach längeren Verhandlungen im Restaurant und außerhalb wird beschlossen, dass dem Ex-Busboy die geforderte Summe ausgezahlt wird. „Eigentlich", murrt er im Weggehen, „wären es mit Trinkgeld 50 Dollar gewesen."

Grundlos gelacht

Auf dem Weg zur Penn Station fing ich einfach an zu lachen, irgendwo zwischen 14th Street und Harald Square musste ich lachen, mitten in der U-Bahn. Es hat mich richtig geschüttelt, so wie früher, in der Schule, ein nicht enden wollender Lachkrampf. Und praktisch ganz ohne Grund. Ich hatte gerade an verschiedene Leute gedacht, und warum ich mich überhaupt nicht für sie interessiere, so wenig, dass ich lieber aus dem Fenster springen würde als mit ihnen gemeinsam eine Treppe hinauf- oder hinunterzugehen und zur Konversation gezwungen würde bzw. zum desinteressierten, aber feindselig klingenden Schweigen. Da kam mir folgende Szene aus dem „Stadtneurotiker" in den Sinn:

Alvy: Sie beide sehen wie ein sehr glückliches Paar aus. Sind Sie es auch?
Junge Frau: Ja.
Alvy: Ja, und worauf führen Sie das zurück?
Junge Frau: Jaaa, ich bin einfältig und oberflächlich, und ich habe auch keine Ideen und an nichts auch nur das geringste Interesse.
Junger Mann: Ich bin das genaue Ebenbild.
Alvy: Ach nein, ist ja außerordentlich interessant. Und damit sind Sie weit gekommen?
Paar: Richtig, sehr richtig!

Ein ganzer Kerl

Eine geraume Weile habe ich heute am Times Square den Naked Cowboy beobachtet, einen blonden Hünen, der seit Jahren im Schlüpfer mit Gitarre vor dem „Marriot" steht und sich sein Brot verdient, indem er sich mit Touristinnen ablichten lässt. Der gute Junge hat es mittlerweile zu internationalem Ruhm gebracht, er trat bei Stefan Raab auf, soll ein beliebter Gast im japanischen Fernsehen sein und unterhält eine bilderlastige Website inklusive Merchandising. Ich beobachtete ihn, seine unverwüstliche gute Laune, seine Willigkeit, seine Unermüdlichkeit, und ich fand, dass er Format hat. Er hat etwas, was unzählige Stars dieser Welt nicht haben. Sie sehnen sich nach Ruhm, sie gehen über Leichen für Ruhm, und ist er mal da, dann geht er ihnen auf den Geist.

Nicht so der Cowboy. Der gibt, was er kann, was er hat, damit jedes Foto bestmöglich gelingt. Gott weiß, wie viele

Schlüpfer er schon verschlissen hat, auf deren Gesäßteil mit Filzstift sein Label „Naked Cowboy" stand, wie oft er seine mit Dollarscheinen gefüllten Cowboystiefel schon in seiner Kaschemme ausgeleert hat, wie viele Saiten ihm schon geplatzt sind, wie viele kreischende Hausfrauen ihm schon Geld in den Schlitz gesteckt haben, nachdem er ihnen „grab my butt" zugeraunt hat und „you get both sides" (er besteht darauf, sich sowohl von vorn als auch von hinten ablichten zu lassen) – er ist immer heiter. Er ist der leutselige König vom Times Square. Er stellt seinen bulligen Körper den zahllosen Gaffern und Spannern zur Verfügung. Nicht der geringste Zweifel überschattet seine Stirn, seinen Weg, sein Dasein. Er ist in sich absolut stimmig, auch wenn er an sich irgendwie falsch ist. Ich kann mir nicht vorstellen, dass je der Tag kommt, an dem er sich dafür schämt, was er macht oder gemacht hat. Er kennt seinen Wert. Er mag sich. Er ist, was er ist – auf eine patente und zugleich perfide Art perfekt. Er ist banal und ist zugleich ein Unikum. Er ist ein Fake, und er ist zugleich umwerfend echt. Das gefällt mir an ihm.

Gutkirschen essen

Vier Dollar für ein Pfund Kirschen ist aber ganz schön teuer, sag ich zu dem Straßenverkäufer aus Bangladesch.
Jaja, sagt er, aber Gutkirschen, Gutkirschen. Ich immer nur nehmen eine Box für 36 Dollar, manchmal sogar 58 Dollar. Ander Verkäufer nehmen 26 Dollar Box. Kann Hälfte wegschmeißen. Nix gut. Nix gut. Meine jede Kirsche gut. Gutkirschen. Kommen Kunden, sagen: zu teuer. Wollen gehen nebenan, Neunte Straße, der verkauft Pfund für 1.99. Sag ich: bitte! bitte! Gehen doch! Werden schon sehen! Nix gut Kirschen essen.

Wo die Liebe hinfällt

Vorm Kino sah ich den hübschen jungen Mann. Er stand da wie Amor selbst und wartete, und ich dachte so bei mir, auf wen wird er wohl warten? Auf einen anderen, genauso hübschen jungen Mann? Auf eine hübsche junge Frau? Und wenn ja, wird der / die andere kommen? Es dauerte geraume Zeit. Er wartete. Ich wartete. Immer, wenn sich jemand näherte, auf den er warten könnte, wurde ich ganz nervös vor Neugier. Aber war nix. Schließlich sah ich von weitem, hinter seinem Rücken, dieses fette Mädchen kommen. Sie hatte X-Beine, eine dicke Brille und Schweißflecken auf dem ausgeleierten T-Shirt. Ich zog sie nicht für den Bruchteil einer Sekunde in Betracht. Aber er drehte sich um, der hübsche junge Mann, und sein Gesicht zerfloss in Liebe. Sie liefen aufeinander zu, der Zierpudel und der Elefant, umarmten sich, küssten sich, schauten einander tief in die Augen und verschwanden Arm in Arm im Kino.

Mal ein Spiel

Ich habe heute, weil ich so gern Listen mache, mal eine Liste gemacht mit allen Sachen, die ich machen würde, wenn ich wüsste, dass ich in zwei Monaten tot bin. Aber garantiert tot. (Wie ich neulich in der Zeitung las, hat in Amerika ein Mann seine Ärzte verklagt, weil er nicht, wie prognostiziert, nach zwei Monaten tot war.) Also. Da stand nicht viel. Eigentlich stand da erst lange nichts. Und dann hab ich Mitleid bekommen mit dem leeren Zettel und hab im Internet Movie Database alle Filme rausgeschrieben von Fassbinder, Kurosawa und Satyajit Ray, die ich noch nicht gesehen habe. Die würde ich mir anschauen, in Endlos-Schichten. Und turbomäßig das Buch, an dem ich gerade schreibe, beenden. Sonst nix.

Ich hab ja die Theorie, dass bei Thomas Mann die Liste richtig dolle lang gewesen wäre, bei Fassbinder vermutlich auch eher leer. Fassbinder wäre kein guter Kandidat gewesen für Rudi Carells „Lass dich überraschen". Ich gebe zu, dieses Spiel ist nicht ganz unmakaber, es gibt auch nix zu gewinnen diesmal, aber was wäre auf euren Listen? Sollten sie alarmierend lang ausfallen, dann könnt ihr ja mal schon ein paar Wünsche „erledigen", rein prophylaktisch.

Ich ertappe mich in letzter Zeit häufig beim Lügen, und ich hätte mir gestern fast eine Kette gekauft mit dem Anhänger „Tell Your Truth". Nur, weil ich hoffte, auf diesem Wege könnte ich mich ermahnen, das auch immer zu machen. Die Truth tellen, also meine. Aber dann fiel mir ein, dass ich gar keine Ketten trage. Und dann fiel mir ein, dass ich das ja selber nie lesen würde, sondern vielmehr die Leute, die mir gegenüberstehen, und dass es dann so etwas Predigendes hätte. Und dann fiel mir auf, dass sowieso jeder seine Wahrheit sagt, auch wenn es falsch ist, was er sagt ,oder dumm oder unpassend, sogar wenn es gelogen ist, denn es hat nun mal jeder seine eigene Wahrheit. Das gibt dem Spruch „Tell Your Truth" schon fast eine diabolische Komponente, als sei er ein Euphemismus für das, was wir hier „White Lies" nennen. Als sei er nahezu eine Aufforderung zu lügen. (Die Wahrheit brauchste nicht sagen, sag einfach deine persönliche Version davon!) Andererseits, wie sonst? Über Wahrheit lässt sich genauso wenig streiten wie über Geschmack. Wenn wir mal annehmen, dass es unzählige relative Wahrheiten gibt und eine absolute, dann kann über wahr und falsch nur richten, wer sich im Besitz der absoluten Wahrheit befindet (Rudi Carell? Krishna? Michael Moore?).

Randnotiz für Großstädter

Meine Yoga-Lehrerin heißt Jessica. Sie ist Mitte 20, und sie hat das glatte, zuversichtliche Gesicht der Jugend. Wenn ich der Jugend ein Gesicht geben sollte, das uns die Angst vor der Zukunft nimmt, sie trüge Jessicas Gesicht, glatt, mit kurzer Oberlippe und Augen, die nicht wegsehen, so lange, bis sie Antworten haben. Also, Jessica sagte heute, und zwar tat sie das, kurz bevor ich mir die Hüfte verrenkte, um Jessica zu imponieren, sie erzählte ihren schlanken, schönen, jungen Yoga-Studentinnen (und mir) von ihrem Italien-Urlaub. Sie habe, sagte Jessica, einige Tage gebraucht, um in das „italienische Tempo" „zu verfallen", da ihr inneres Metrum noch nach New Yorker Tempo schlug. Als sie also aus Italien wiederkam, geschah das Gegenteil. Jessica war recht verlangsamt, wie jeder Urlaubs-Rückkehrer, der sich ins Nichtstun, ins Schlendern, ins Schauen eingetaktet hat, und sie brauchte einige Tage, um „back on track" zu kommen, was im Fall von New York heißt: wieder hektisch zu werden. Man muss in Eile sein hier, sagte Jessica, weil die U-Bahn nicht kommt, weil Stau ist, weil irgendwas ist, was in New York immer ist. Alle schönen und jungen und schlanken Schülerinnen nickten, und ich auch.

Aber als sie sich ertappte, erzählte Jessica, nach der Arbeit nach Hause zu hetzen, um sich dort zu entspannen (sie wiederholte den Satz langsam, während ihre zu kurze Oberlippe strahlend weiße Hasenzähne freilegte, was ihr ungebrochene Sympathie verschaffte), sie hetzte sich tatsächlich ab, um rechtzeitig zu Hause zu sein, um sich dort zu entspannen. Bis sie feststellte, dass das Unsinn ist, weil man ja zum Entspannen schwerlich zu spät kommen kann.

Das fand ich gut beobachtet.

Wäre das nicht schön?

Wäre das nicht schön, wenn man alles Krankmachende, Wütendmachende, Ärgerliche einfach rausschmeißen könnte aus seinen Leben? Wenn man einen Schlussstrich ziehen könnte unter alle menschlichen Kontakte, die man aus unerfindlichen Gründen aufrecht erhält, obwohl sie weder einem selbst noch dem anderen guttun? Wäre es nicht schön, wenn man sich nur noch mit Menschen umgeben könnte, die einen mögen und respektieren? Wäre es nicht wunderbar und noch dazu klug gelöst, wenn man alles, was in einem frisst, gleich mit ausniesen könnte und auskacken? Mehrfach täglich seelische Müllentsorgung auf bereits vorhandenen Entsorgungswegen? Wäre das nicht schön, wenn man dort leben könnte, wo man wirklich leben will, einer Arbeit nachgehen, die man wirklich mag, wenn man mit den Menschen eine Verwandtschaft haben könnte, denen man sich zuneigt? ... Ich glaube, ich wiederhole mich, aber ... verstehen Sie mich nicht falsch ... verwandte statt verwandtschaftliche Gefühle? Denen man sich zuneigt, seelisch und überhaupt, die sich einem zuneigen, seelisch und überhaupt, so dass jeder in der Lage ist, sich das ideale menschliche Umfeld zu schaffen, auf dass er erblühe und wachse? Wäre das nicht schön?

Schulterblick zurück

Ich unterhielt mich neulich mit einer jungen Frau, einer Amerikanerin, 24 Jahre alt, klug, selbstbewusst, attraktiv, die gerade ein Jahr in Japan gelebt und gelehrt hatte. „Und, wie war's denn so dort?", fragte ich erwartungsvoll, wie einer, der janz dolle Geschichten hören will, und ich war erstaunt, vielleicht auch ein bisschen enttäuscht, als sie etwas wegwerfend antwortete: „Japan ist just another place", nur irgendein Ort. Das ist die neue Generation von Weltbürgern, die da heranwächst, dachte ich, unsere Töchter und Söhne, die Kinder der Globalisierung, die Starbucks-Generation, die keine großen Stauneaugen mehr hat, just another place, Mönsch, und dann fiel mir ein, dass ich auch 24 war, genauso alt wie sie, als um mein Land herum die

Mauer fiel und als ich meine ersten Schritte in die große weite Welt machte, im engen Minikleid, mit bunten Strumpfhosen, in schrillgrünen klobigen Westschuhen, mit gelbgefärbtem Pferdeschwanz und mit zu Ohrringen umfunktionierten Weihnachtsbaumkugeln, eine Mischung aus Zonen-Gabi (ohne Banane) und Nina Hagen (ohne Singen).

„Noch ein Wunsch?",

fragt die Kassiererin kaugummikauend.
„Ja", sage ich, aus fernen Gedankenwelten auftauchend, „ich wäre so gern ein besserer Mensch."

Action und Election

Plötzlich kommt vor meinem Fenster Leben auf. Eine Action-Szene für „Law and Order" wird gedreht. Ich könnte etwas mehr sehen, wenn nicht zwei weißhaarige Männer, die wie Regisseur und Produzent aussehen, mit ihren Trenchcoat-Rücken an meinem Fenster lehnen würden. Ich bin der Filmcrew dankbar. Sie lenkt mich von der Wahldepression ab. Freilich halte ich alle Politiker für Deppen, die darüber hinaus von immer denselben Beratern beraten werden. Aber es gibt Abstufungen.

Huch, jetzt steigen hier grad die Hauptdarsteller aus einem schwarzen Auto, hochgewachsen, kahlköpfig, einer schwarz, einer weiß, mit teuren Anzügen und Schlipsen, Anwälte eben. Ich würde kleine spitze Schreie ausstoßen, wenn ich jemals „Law and Order" gesehen hätte, aber so?

Wo war ich? Was macht also einer am Wahltag, an dem er nicht wählen darf? Er sitzt im „Veniero's" und kuckt sich an, wie fünfzig Männer in Lederjacken und Sonnenbrillen und

Walkie-Talkies eine Action-Szene drehen, wie nichts auf der Welt in diesem Moment wichtiger ist für die Männer mit den Jacken und den Brillen und den wichtigen Ich-bin-beim-Film-Gesichtern als die Action-Szene. Und Action-Szenen werden immer gedreht werden, egal, welcher Präsident welches arabische Land grad in die Grütze bombt.

Veganer Creamcheese

Nun erzähle ich die Geschichte von der verlorenen Tasche. Ich kam also an Halloween von meiner zweimonatigen Kalkutta-Reise zurück, zwei Flugtage auf dem Buckel. Traf am Metrocard-Automaten Howard Beach eine Touristengruppe Russen, Helen, Lehrerin für russische Literatur und sieben Schüler aus Moskau. Ich half ihnen, Dollarscheine in die Maschine zu stopfen. Dann kam ein Mann in roter Livree und sagte, es könnten nicht alle auf eine Karte fahren, nur vier auf einmal. Den kurzen Moment der darauf folgenden Irritation nutzte die Maschine, die bereits ausgestellte Karte wieder einzusaugen und einen lakonischen Beleg auszudrucken. „Pech", sagte der Mann in roter Livree. „Müssen Sie noch mal bezahlen."

Die müde Russin sah mich bittend an. Ich blies die Backen auf, stellte meine Reisetasche ab und hub an zu protestieren. Eine halbe Stunde später hatten wir von zwei Supervisoren rivalisierender Zuständigkeitsbereiche abschlägige Antworten gekriegt. Helen, die nur drei Tage in New York sein würde, sollte die Quittung einschicken und auf Rückerstattung (nach Moskau?) warten. In der Zwischenzeit müsse sie, um mit ihren Schülern vom Flughafen zur Columbia Universität zu gelangen, weitere 68 Dollar bezahlen. So ist das immer, wenn ich helfen will. Es geht in die Hose.

Ich hatte mich bereits von Helen verabschiedet, die sich in ihr Schicksal ergeben hatte, ich saß bereits in der Subway, die anfuhr, als mir die Lösung einfiel. Jawoll, ich würde Helen 68 Dollar geben und selbst die Quittung einschicken und auf den Scheck warten. Ich stand auf, wollte meine Reisetasche nehmen und umdrehen ... aber da war keine Reisetasche. Ich fuhr zurück, traf Helen noch auf dem Bahnsteig an, gab ihr das Geld, nahm die Quittung in Empfang und suchte meine Reisetasche. Nix. Ob ich sie vielleicht woanders verloren hätte, fragte man mich. Nein, sagte ich, ich weiß es genau, hier hab ich gestanden, die Backen aufgeblasen, die Tasche abgestellt und protestiert.

Auf dem Rückweg – Carlos wartete bereits mit dem Schlüssel auf mich – dachte ich, dass die verschwundene Reisetasche eine Lektion sei dafür, dass ich Helen mit meinem ersten Weggang im Schlamassel hatte sitzen lassen. Ich versuchte, zu rekonstruieren, was in der Tasche ist. Sechs Bücher, die ich um die halbe Welt geschleppt hatte, zwei Parfüms, die ich im Duty Free gekauft hatte in der Absicht, sie zu verschenken. Ein nagelneuer giftgrüner Schal, zu dem ich noch keine Beziehung hatte, weil er neu war und wir noch keine Freunde. Ach was, dachte ich. Auch gut. Muss ich die Bücher nicht lesen, wo sie vielleicht gar nicht lesenswert sind. Muss ich die Parfüms nicht verschenken, wo sie vielleicht den zu Beschenkenden gar nicht gefallen. Scheiß auf die Tasche.

Erst als ich bereits im East Village angekommen und bei Carlos eingecheckt war, fiel mir ein, dass auch mein Adressbuch mit Fotos, an denen ich hänge, in der Tasche war. Und ein Manuskript, an dem ich zwei Monate lang handschriftlich gearbeitet hatte. Ich stürzte aus dem Haus und griff mir im Gewimmel der Halloween-Transvestiten den nächsten Cop. Der war nett. Er steckte einige Quarters in ein öffentliches Telefon und rief seinen Kumpel Hank am Howard Beach an. Er fand heraus, dass meine Tasche sich zwar nicht auf der Airtrain-Seite vom Howard Beach angefunden hätte (Zuständigkeit Port Authority), sondern auf der Subway-Seite (Zuständigkeit MTA). Ich müsse aber sofort hin, denn morgen würde sie an die zuständige Stelle überführt (die offenbar nicht ich bin). Nur anderthalb Stunden brauchte ich, um zurückzufahren. Ich küsste Melissa, das Mädchen aus der Ticketbude, das meine Tasche wie einen Schoßhund gehütet hatte, zum Dank auf den Mund (ich glaub, 20 Dollar wären ihr lieber gewesen) und fuhr zurück. Nun muss ich die sechs Bücher doch lesen. Und die Parfüms verschenken. Und die lakonische 68-Dollar-Quittung abschicken, zur Zentralstelle der MTA, damit es wieder beginnt, das in New York so verbreitete warten auf den Scheck ...

Dann lieber ohne Kuckucksuhr!

An diesem stürmischen, etwas lieblosen Tag, an dem sich der heimatlose fast 40-jährige Mensch wie ein Unkrautsamen umhergeweht fühlt, stellt er doch die eine oder andere Überlegung an. Wie schön wäre es, eine Adresse zu haben. Ein kleines Häuschen mit einer Kuckucksuhr, einem Mann, sieben Kindern und einem stabilen, nicht von Wind und Wetter abhängigen DSL-Anschluss. Egal, in welchem Land, unter welchem Präsident, zu welcher Jahreszeit (im Kali-Yuga ist es allemal), einfach etwas, was meins ist, eine Konstante, an deren Existenz mich das stündliche „Kuckuck" des Kuckucks meiner Kuckucksuhr erinnern würde.

Doch dann erzählt mir Jette, die das alles hat, von der Müllpolizei. Wie ihr sorgsam getrennter, aber in die falsche Plastiktüte gepackter Müll wieder vor ihrer Tür landet, von Hausbesitzers Hand zurückgetragen, weil Papier und Pappe zusammen sind, bzw. weil die Tüte, in der alles ist, nicht durchsichtig ist, nicht beschriftet, wie einem die natürlich symbolische Kuckucksuhr zum schrillen Störgeräusch werden kann. Und dann läuft es letztendlich vielleicht doch darauf hinaus, dass man sich die gute Laune von einem duseligen Hausbesitzer vermiesen lässt. Dass Gartenzwerge auf die Lebensqualität spucken. Dass man den Möbeln ein schönes Leben macht.

Dann lieber keine Möbel, denke ich, neinnein, und ich erinnere mich an die Geschichte vom Sadhu, der auf einen Wanderer hörte und sich eine Katze anschaffte, um die Mäuse zu verjagen, die seine einzige Unterhose auffressen wollten. Und dann eine Kuh, um der Katze Milch zu geben. Und dann eine Frau, um die Kuh zu melken, und dann hat der Sadhu ein Haus um die Frau gebaut. Und und und. Bis er am Ende sagte: „Dann lieber nackich" – und ging. In diesem Sinne sage ich heute, den Laptop auf der Herdplatte von Carlos' Gemeinschaftsküche: Dann lieber ohne Kuckucksuhr!

Das war die DDR

Ein harmloser Kinoabend wurde zum Alptraumproduzenten (in diesem Zusammenhang könnte ich direkt die neue Schreibweise „Albtraum" verwenden, die klingt so schön sächsisch). Im Albtraum also saß ich in Thälmannpionierkluft auf dem Schoß von Schalck-Golodkowski. Er diktierte mir seine Dissertation, als Schreibunterlage diente mir Egon Krenz. Walter Ulbricht kam herein, küsste mich auf die Stirn und sagte : „Gute Nacht, Lotte!" Mit einem Schrei erwachte ich, stürzte in Carlos' Gemeinschaftsbad und dort schrie ich erneut, da eine pflaumengroße auf mich zuflitzende Kakerlake mich in der New Yorker Realität begrüßte.

„Wir sind das Volk" hieß die Dokumentation. Walli dachte, das wär was für mich. Und wie soll ich sagen? Es IST ja auch was für mich, ich war ja dabei, ich komm daher, ich bin ein Kind der DDR, auch wenn ich mich sonstwo rumtreibe und ach-so-weltbürgerisch unterwegs bin. DAS hat mich geprägt, SO haben die ausgesehen um mich herum, So habe ICH ausgesehen, SO habe ich mich angezogen. SO haben wir gesprochen. Die Gesichter. Der Tonfall. Die Melodie. Der Satzbau. Der fatale Hang zur Substantivierung. Alles. Alles ...

Mir war ganz schwindelig. Und heiß und kalt. Und zum Weinen und Lachen. Die vielen mir bekannten Gesichter. Die tapferen Vokuhilas, wie sie die Wende herbeidemonstrierten. DIE EIGENEN VERSÄUMNISSE! Das verdutzte Gesicht Schabowskis, als er aus Versehen die Mauer öffnete. Mielke. Gauck. Bohley. Schorlemmer, Biermann. Markus Wolf. Die Erinnerungen. Als die Szene kam, in der Genscher auf dem Balkon steht und die Ausreise der Botschaftsflüchtlinge verkündet, musste ich heulen. Da muss ich immer heulen. Ich saß vor meinem abgenudelten Schwarzweiß-Fernseher in Berlin-Wilhelmsruh und hatte zwei Gefühle: Freude und scheiße-und-ich-mach-hier-das-Licht-aus.

Überwachungsfilme der Stasi. Von der Raststätte Michendorf, wo ich mich damals auch herumgetrieben habe, aus der Bar des Palasthotels, wo ich auch mal war. Eine von den Uschen hätt ich sein können. DA BLEIBT EINEM DIE LUFT WEG! Wie sollen andere Leute verstehen, wie sich das anfühlt? Wie sollen Menschen mit unterschiedlichen Sozialisationen einander wirklich verstehen können? Kann man so etwas vermitteln? Was fühlen die wenigen Amis, die sich notizenmachend in diesen Vorführraum verirrt haben?

Manchmal hab ich mich selbst im Verdacht, vor meiner Vergangenheit abzuhauen. Ich verdächtige mich, verhafte mich, verurteile mich und sitze meine Strafe ab. Meist jedoch hab ich das Gefühl, ich nehme nur einen Umweg, einen wörtlich und symbolisch zu verstehenden Umweg, einen gaaaanz langen Anlauf, um zurückzukommen, um anzukommen.

Aber bloß keine Eile! Ankommen heißt sterben. Und sterben müssen wir alle. Früher oder später. Da beißt die Maus keinen

Faden ab. Das muss aber nicht unnötig beschleunigt werden. Rede ich wirr? Ja, und ich mach's gern. Im Vertrauen: Am wohlsten fühle ich mich, wenn ich ungestraft wirr reden kann.

Vergängliches & Totales

Nachdem ich im Fernsehen (es lebe das Sonntagsnachmittagsprogramm!) nach langer Zeit mal wieder „Und täglich grüßt das Murmeltier" erwischt habe, heute abend mal ein Hoch ... *hebt ihren Granatapfelsaft* ... auf alles, was schön ist und dann verblüht und schmilzt und zerfällt und verdaut und vergessen wird und vergeht: Kirschblüten, Sandburgen, Eisskulpturen, Hühnersuppe, Heißhunger, Jugend und – der heutige Tag.

Das gruselige Märchen von Mausi und Igeli

Es gibt hier inzwischen Fernsehshows, die „Swan" heißen oder schlicht „Extreme makeover". Gibt es solchen kranken Mist in Deutschland auch? In „Swan" (Fox) werden zwei „hässliche Entlein" zu „Schwänen" umoperiert – das betreuende „Expertenteam" sieht aus wie geklont, nur die Psychologin, die einzige, die sich drei Monate lang um das Innenleben der Patientin kümmert, hat noch Mut zur naturkrummen Nase.

„Extreme makeover" (ABC, glaub ich) ist brutaler, prosaischer. Da wird zum Beispiel ein Ehepaar mit bereits erwachsenen Kindern „generalüberholt". Der Mann, ein moppeliger Brillenträger mit eisgrauem Igelschnitt und Vollbart. Die Frau, eine verhuschte Mausi mit losen blassblonden Zöpfen, Rundrücken und „Reiterhosen". Ein sympathisches, durchschnittliches in die Jahre gekommenes Paar. Drei Monate wird nun getrennt an den beiden herumgeschraubt, -geschnitten, -gesaugt, -gelasert, -gepolstert, -gefärbt. Beim Finale schreiten Ex-Mausi und Ex-Igeli solarium-gebräunt und blondgesträhnt wie Frankensteins Geschöpfe eine Showtreppe der kreischenden Familie entgegen, mit falschen Stupsnasen, falschen Zähnen, falschen Kinns und Silikonkissen in allen Weichteilen, „ein neues Ich" ist ihnen ein- und aufge-schwatzt und vom netten TV-Sender bezahlt worden. Ex-Mausi und Ex-Igeli wenden einander das maskenhafte Dauergrinsen überdehnter Gesichtshäute zu und stecken die (rot angemalten?) Zungen ineinander, so wie sie es aus Pornofilmen kennen.

Interaktion und Kausalität

Und immer wieder reißen mich filmreife New Yorker Inter-aktionen aus der von Palmen angeschubsten Träumerei. Zum Beispiel, als jenes japanische Paar, der Mann langhaarig, die Frau ein Yoko-Ono-Double, Hüte anprobierte in diesem Thriftstore am Union Square. Sie stülpte ihm die Hüte über. Er sah mich bittend an, ich schüttelte den Kopf. Dann schüt-telte er den Kopf, und sie stülpte ihm den nächsten Hut über. Oder in einem anderen Thriftstore auf der Second Avenue, die beiden Freundinnen, die über Beziehungen sprachen. „Luke ist so cheesy", sagte die eine. „Er sagt immer, ich sei die schönste Frau der Welt." – „An sich noch kein Trennungsgrund", mischte ich mich ein. „Ja, aber", sagte die New Yorkerin, nunmehr zu gleichen Teilen mir und der stummen Freundin zugewandt, „er will mir ein neues Bett kaufen. Er will eine Putzfrau zahlen für mein Apartment." – „Er installiert sich", sagte ich. „Sie sollten ihn so schnell wie möglich loswerden", sagte ein kahlrasierter Lederschwuler, der in den Hosen wühlte. Das mag ich in New York, diese Selbstverständlichkeit der Einmischung.
Und dann trennt man sich grußlos.

Pik-Sieben

Angela hatte mir auf St. Marks zwischen First Avenue und Avenue A die Tarot-Karten gelegt. Ich war auf dem Rückweg von „Kim's Video", wohin ich knapp vor Toresschluss zwei DVDs („Batmans Rückkehr", „Terminator II") zurückgebracht hatte. Angela saß vor ihrem Kabäuschen, mit rundem rotfleckigen Gesicht, silbernem um den Kopf gewickeltem Schal und lila Nagellackresten auf den kurzen Schaufelfingern. Ich hatte den Eindruck, dass sie sich vorgenommen hatte, vor Feierabend noch einen Kunden aufzureißen.

Da hilft man gern.

Von Zeit zu Zeit lasse ich mir in den Augen, in den Handflächen, in den Karten lesen, auf der Suche nach etwas, dass ich nicht benennen kann. Nachdem wir handelseinig geworden waren – 10 Dollar ohne Fragen, 20 Dollar mit mehreren Fragen (klingt wie Handmassage oder französisch beidseitig, dachte ich und entschied mich für Handmassage), ließ mich Angela dreimal abheben. Dann deckte sie schniefend mehr als ein Dutzend Karten auf. Der Tod war nicht dabei. Im Groben bewegte sich alles um die Karten „Ruin" und „Star", die Enttäuschungskarte, sagte Angela, schließt den zurückliegenden 5-Jahres-Zyklus ab. Da sich zwischen ‚Ruin" und „Star" so ungefähr alles hindrehen lässt, was sich dreht, wurde ich rasch ein wenig unaufmerksam. Ein Zittern in Angelas Stimme jedoch, das auf fortschreitende innere Auskühlung schließen ließ, ermahnte mich zur Vortäuschung von Aufmerksamkeit. Da ich im Vortäuschen von Aufmerksamkeit unschlagbar bin („Really?? O my god! Shut up! Get outa here! No kiddin'?") und zudem am brachialen Agieren meines „Prince of Swords" Gefallen fand, belohnte mich Angela mit einer Frage, obwohl sie im Preis nicht inbegriffen war. „Frage" bedeutet, ich durfte eine stellen.

Wird meine unmittelbare Zukunft, fragte ich also, sich in New York, in Indien oder in Deutschland abspielen? Angela nickte verzittert, breitete die Karten wie einen Fächer aus und wies mich an, drei für New York zu ziehen, dann drei für Indien, dann drei für Deutschland. Es stellte sich heraus, dass ich etwas in Deutschland erledigen müsse, dass ich immer wieder nach New York zurückkehren würde, dass aber der Mann meines Leben in Indien sich aufhalte. Zum Schluss kritzelte sie mir mit klammen Fingern ihre Telefonnummer auf eine Pik-Sieben-Karte, räumte ihr Tischchen ins Haus und zog die Rolläden herunter.

Peace?

Als ich abends meinen Schirm, der sich im Sturm die Gräten brach, weggeworfen hatte, als ich einen neuen Schirm gekauft und innerhalb von 10 Minuten in einem Geschäft vergessen hatte (wo ihn offenbar jemand stahl, jedenfalls war er nicht mehr da, als ich zurückkam – das wiederum bestätigt meine Theorie von den nicht vorhandenen Banden zwischen neuen Dingen und Besitzern, der Schirm ist quasi „entlaufen"), stand ich plötzlich vor einem Hutgeschäft. Da meine Ohren bereits vereist waren, trat ich ein und probierte warme Strickmützen auf, mit denen ich abwechselnd wie ein trauriger Königspudel oder wie ein giftiger Schirmpilz aussah. „Sie kaufen sowieso keine", knurrte schließlich die Hutverkäuferin, die meiner Aufprobiererei mit scheelem Blick gefolgt war. Ihr Hund knurrte auch.

„Sie sind eine von diesen Kundinnen, die alles durcheinanderbringen, aber nix kaufen."

„Meinen Sie?", sagte ich, noch heiter.

„Steht Ihnen gut", fauchte sie ungeduldig und zeigte auf mein

Spiegelbild, das mich mit fragendem Blick und einem wie mit Schimmel überzogenen Kopfputz zeigte.

„Wie viel kostet die denn?", sagte ich, entschlossen, die Hutverkäuferin Lügen zu strafen und das schimmelige fusselige wollige Tier zu kaufen.

„42 Dollar", sagte sie, und fügte drohend hinzu: „ein Klacks".

Der Hund näherte sich mir und bellte bekräftigend.

„Von 42 Dollar kann ich einen Monat in Indien leben", entfuhr es mir versehentlich. Da riss ihr die Hutschnur. Sie zerrte mir die Mütze vom Kopf und sagte: „Ja, gehen Sie nach Indien, da brauchen Sie auch keine Mütze. Sie stehlen ohnehin sich und mir die Zeit."

Ich stahl mich hinaus, mit Ohren wie Eisklumpen, mit den Tränen kämpfend, aber vielleicht war es auch Regen, der mir ins Gesicht drosch, jedenfalls fand ich mich nach einer Weile vor einem der Geschäfte, in denen ich damals meine Postkarten in Kommission gegeben hatte. Stammhasen erinnern sich sicher, den anderen erzähl ich es hiermit, dass ich eines Nachts PEACE in die Schneemützen der Autos geschrieben hatte, ich weiß gar nicht mehr während welches Krieges, und dass ich davon ein Foto gemacht hatte. Aus diesem Foto ließ ich auf eigene Kosten eine Postkarte herstellen, schön und besonders, wie sie die Welt noch nicht gesehen hatte, so dachte ich damals, und voller Tatendrang beschloss ich, auf dem Weg zur Weltrettung einen Umweg über das Postkartenbusiness zu machen.

In jenem Laden, dessen Name mir gerade nicht einfällt, ein schrilles Lädchen mit Lacklederbarbies, Fünfte Straße und Erste Avenue, gab ich vierzig meiner Peace-Postkarten ab. Tage, Wochen, Monate später musste ich beschämt feststellen, dass sie alle noch da waren. Irgendwann ging ich nicht mehr hin.

Jedenfalls betrat ich nach etwa einem Jahr den Laden, zum einen einem spontanen Impuls folgend, zum anderen, weil ich nass und schirmlos war. Ich fasste mir ein Herz und fragte nach meinen Postkarten, ja, forderte sie zurück. Der kahle freundliche Ladenchef erinnerte sich. Er hatte die Karten zwar ein halbes Jahr zuvor wegen Ladenhüterei aus dem Verkehr gezogen, aber nicht weggeworfen. Stolz präsentierte er mir die verbliebenen 37 Stück und zahlte mir 1.50 Dollar Gewinn für drei verkaufte Karten aus. Das ist hart erarbeitetes Geld und, wenn man bedenkt, dass die Herstellung der Karten 50 Dollar gekostet hat, eines der zahllosen Verlustgeschäfte meines Lebens, ich Hans im Glück. Nichtsdestotrotz befinde ich mich nun im Besitz von 37 wunderschönen, originären, originellen Peace-Postkarten, deren Existenz ich fast schon vergessen hatte und von deren Existenz die Welt nie erfuhr. Obwohl ... Welches Schicksal die drei verkauften Peace-Postkarten genommen haben, das würde mich schon interessieren.

Mitternacht

Verstehen Sie mich nicht falsch, aber ... das Paar aus Manchester nebenan hat grad Sex. Diskreterweise versuchen sie, die Geräuschkulisse klein zu halten, so dass ich nur das leise Seufzen des Mädchens höre – und ab und zu knallt ein Kopf gegen die Wand, hoffentlich seiner.

... Aua, jetzt ist grad wieder ein Kopf gegen die Wand geknallt, die Abstände zwischen den Seufzern werden kürzer ...

... Jetzt ist im Zimmer nebenan Afterglow. Gemütliches Schnaufen sowie leise Gespräche. Die Hellhörigkeit rührt daher, dass es eine Verbindungstür zwischen den Zimmern gibt, die aus recht dünnem Gipskarton besteht ...

... Jetzt schnarcht der dicke Typ nebenan schon, und das hübsche Mädchen starrt sicher mit brennenden Augen in die Nacht ...

Morgens um fünf

Meine Bummelei durch Chinatown, die zum Zwecke hatte, ein Burberry-Fake-Portemonnaie für jemanden in Deutschland zu besorgen (und die also keine Bummelei war, denn die gemeine Bummelei hat weder Zweck noch Ziel), verlief ergebnislos. Wie von Zauberhand waren alle Burberry-Produkte, die sonst in Gestalt von Mützen, Schals, Taschen, Uhrarmbändern, Schuhen und sonstwas überall rumliegen, weg. Chinesische Händler, die ich zur Brust nahm, schüttelten verstockt den Kopf. Nur einer wurde laut. Er sprach gut Englisch und war wütend:

„Nix Burberry. Weil sie dauernd Razzias machen. Weil sie uns wie Kriminelle behandeln. Dabei gehen Millionen über den Tisch beim Verkauf der Fake-Lizenzen. Warum kommen die Menschen aus aller Welt nach Chinatown? Richtig, um Fakes zu kaufen. Chinatown ist weltberühmt für Fakes. Und nun behandeln sie uns wie Schwerverbrecher. Als ob sich die Leute die teuren Originale kaufen würden, wenn es die Fakes nicht mehr gibt! Das ist doch auch Werbung! Da kann man doch drüberstehen! Louis Vuitton steht drüber, Dolce&Gabbana steht drüber. Aber Rolex, Calvin Klein, Burberry – schlimm! Die machen uns das Leben zur Hölle! Nein, Sie werden in ganz Chinatown kein Burberry-Design finden, das kann ich Ihnen versichern!"

Fand ich ne interessante Ansprache. Fake-Linzenzen werden auch verkauft? Nicht geklaut? Aber wer kauft sie wem ab? Wer erlaubt wem, ein Produkt zu fälschen? Meist macht ja keiner der Händler den Mund auf in diesen Dingen, und alle werden schlagartig taub und stumm. In der Tat scheinen die goldenen Zeiten der Imitate vorbei. Es wird also nix mit dem Burberry-Fake-Portemonnaie.

Anti-Bush-Sockenkette

Gestern habe ich einen neuen Laundry-Chinesen ausprobiert. Der ist gut! Als ich die Wäsche sauber zurückkriegte, hatte ich ein Stück mehr: ein durchlöchertes, ganz und gar mit weißer und schwarzer Farbe bekleckertes graues Tankshirt. Das ist doch endlich mal eine Variante! Sonst ist es meist eine Socke zu wenig. Aus den Socken, die ich bei den Wäschechinesen New Yorks gelassen habe, könnte man eine Sockenkette von der Erde zum Mars und zurück knüpfen (oder, auf newyorkerisch: eine Anti-Bush-Sockenkette). Diesmal also ein neues Kleidungsstück! Und ein so ein beredtes, das von Motten, Zerteilung und mehrfacher Wandmalerei mir sprach! Heute versuchte ich, das Hemdchen zurückzugeben, ahnend, dass es von seiner Besitzerin sehr vermisst wird. Denn warum hat sie den Lumpen sonst nicht längst weggeschmissen? Ich blieb erfolglos. Die Wäschechinesin erklärte mir wortreich, ja, sie überzeugte mich, dass es sich um mein persönliches Kleidungsstück handele. Kein Irrtum möglich. Also gut. Zieh ich es eben morgen an. Bin gespannt, wo es mich hinführt.

Gucci, Pucci, Nike

Die letzten Worte der sie (meine Anwältin) seit Wochen hartnäckig verleugnenden Sekretärin waren: „Watch your language, Ms. Buschheuer." Offenbar hatte ich alte Saubohne schon wieder geflucht.

Um wenigstens was auf die Reihe zu kriegen, begab ich mich, immer noch fluchend, nach Chinatown, um das besagte Burberry-Fake-Portemonnaie endlich zu erwischen (auf dem U-Bahnsteig aß ich vorher mit Stäbchen „to go" gekaufte Sushi

– New York ist die einzige Stadt auf der Welt, in der so was vollkommen natürlich ist, neben mir aß ein Opa Erdbeer-Sorbet mit Plastiklöffel).

Jedenfalls, nix da. Kein Burberry. Auch kein Prada, Gucci, Pucci, nix. Nach langem Wühlen konnte ich ein Portemonnaie finden, das die zu beschenkende Person erst für ein Prada-Portemonnaie halten wird, wenn ich sie vorher betrunken mache. Das hab ich dann für sieben Dollar gekauft. ... Huch, ich muss grad mal in Deckung, weil der Obdachlose, der sich neben mir (Starbucks, Astor Place wieder) an seinem leeren Kaffeebecher festhält, mit Asthma-Spray um sich sprüht ... Dann betraten drei lässig laufende, schwerst gestylte Rapper mit ihren nach Parfüm duftenden Miezen den Laden in der Canal Street.

„Haben Sie Gucci oder Prada?", fragten sie die kleine verhutzelte Chinesin. Die riss die Augen auf, stopfte mir den Arme-Leute-Fake in die Tasche und schüttelte heftig den Kopf, als hätte sie die Worte „Gucci" und „Prada" noch nie gehört. „Die Fake-Zeiten sind wohl vorbei", sagte ich leutselig zu einer der duftenden Miezen. Die musterte mich von oben nach unten, von unten nach oben. Dann sagte sie langsam: „Die Fake-Zeiten werden nie, niemals vorbei sein, Bitch."

Weil ich immer das letzte Wort haben muss, erwiderte ich: „Watch your language, honey", und machte, das ich wegkam.

Jetzt ruft der Obdachlose neben mir seine Textnachrichten vom Handy ab. Er hat nagelneue Nike-Schuhe an und ist ein typischer New Yorker Homeless, kälte- und alkoholgeschädigt, in Wohlstandsmüll gekleidet und, wie mir neulich ein Student aus Bombay sagte, eine Schande für das Klischee von Armut, das er aus Indien mitgebracht hat. Armut ist selbstverständlich relativ, und ein Obdachloser in New York mit nagelneuen Nike-Schuhen und Funktelefon ist unter Umständen genauso arm wie ein Bettler in Indien, vielleicht sogar – relativ – ärmer.

Schnösel und Schnitte

Im Storage habe ich meine Taschen und Koffer wie besemmelt nach einem deutschsprachigen Thailand-Führer durchgewühlt, den ich einst besaß – vergeblich! Auf dem Weg zu meinem Storage-Kabüffchen sah ich eine Chinesin Sachen in ihren Koffern packen, na, sieh mal einer an, hier waren sie also, die Burberry-Fake-Produkte! Neben mir wühlte Boomer in seinem Kram. Boomer ist ein extrem freundlicher, erstaunlich schwulenfeindlicher Demokrat, der so spricht, wie Eminem singt, und der demnächst für Ex-Bürgermeister Giuliani das Weihnachtsfest ausrichtet. Baum und Blumen und so, sagt er. Giuliani selber sei ein unfreundlicher und eingebildeter Gesell, aber seine Freundin, die sooo groß sei (er zeigte bis an sein Kinn), brünette Haare hätte und „perfectly in shape" sei, die sei sehr nett, eine richtig scharfe Schnitte, vermutlich halte sie es mit dem Schnösel aus, weil sie hoffe, eines Tages First Lady zu sein. Giuliani wohne an der 64. Straße Ecke Madison (nur falls ihr dem Schnösel und der Schnitte einen Weihnachtsbesuch abstatten wollt).

Auch ansonsten hielt Boomer nur von Wenigem was. Er sei auf dem Weg nach Arizona, wolle aber lieber nach Spanien. Er sei Blumendesigner, wäre aber lieber Schauspieler. Er wohne in Brooklyn, aber da seien zu viele „faggots". Und der Dollar ist auch nicht mehr, was er mal war. Nee, klar.

Ich sitze inzwischen im Starbucks, Canal und Centre Street, teile mir den Tisch mit einer Chinesin, die ein Buch liest, bei dem sie jede zweite Zeile orange markiert, und habe bestialischen Heißhunger auf einen Kohlrabi. Eben kommt eine Starbucks-Mitarbeiterin vorbei und verteilt keine Kohlrabis, das wäre ideal und den Idealzustand möchte ich ja nur ersehnen, nicht wirklich erreichen, nein, sie verteilt kostenlose Cranberry-Nuss-Häppchen an Kunden. Ich kriege eins. Die neben mir sitzende Chinesin wird ausgelassen. Die Starbucks-Mitarbeiterin ist schwarz. Wir sind in Chinatown. Ist das Rassismus oder hat die Chinesin schon ein Häppchen gehabt? Ich frage sie. Sie hatte noch keins. Ich will mein Cranberry-Nuss-Häppchen mit ihr teilen, aber jetzt will sie auch nicht mehr, sagt sie. Draußen regnet's. Vor dem Fenster springt zu Aufwärmungszwecken ein junger Mann auf uns ab, der eine gelbe Plane trägt, auf der „Wir kaufen Gold und Diamanten zu Höchstpreisen" steht. Jetzt hört der Regen auf, aber mein Fuß ist eingeschlafen. Irgendwas is immer.

Schlechtes Karma

Die New Yorker Wahrsagerin neulich sagte, ich habe schlechtes Karma. Natürlich müssen die Biester das sagen, denn nur dann können sie den (in meinem Falle fruchtlosen) Vorschlag anbringen, für 200 Dollar eine Nacht lang darüber zu meditieren und Kristallkugeln über die Dielen zu kullern. Aber als ich so zurückflog neulich (wer macht eigentlich die Texte im Lufthansa-Worldshop-Magazin? „Diese edle Multifunktionsuhr aus beschichtetem Messing sieht edel aus. Gehäuse mit Edelstahlboden..." Edeltraut? Bist du das?) und zum x-ten Mal ein dicker Mann neben mir saß, der über die Lehne suppte, als zum x-ten Mal vor mir jemand saß, der seine Lehne gleich nach dem Start zurückstellte und sieben Stunden nicht bewegte, als zum x-ten Mal jemand hinter mir saß, der sieben Stunden lang die Knie in meine Lehne rammte, als ich schließlich zum x-ten Mal die letzte Wartende am Kofferband war, dachte ich immer wieder an die Sache mit dem Karma zurück.

Und heute, als sich mir wieder einige Deutsche mit unheilvollen Prognosen über die Zukunft des Landes näherten, wobei sie die Stimmen senkten und die Sätze unvollendet ließen, als ich schließlich in einer Notlage vorm Karstadt-Kundenklo wartete, so lange, bis ich merkte, dass in den drei besetzten Kabinen offenbar phlegmatische Dauerscheißer saßen, da befand ich auf einmal die Karmatheorie für die schlechteste nicht. Was soll ich machen? Ich kann nichts dafür. Hab halt schlechtes Karma.

Ode an den Waschsalon

Auftritt Karl-Heinz Klottke. Zugführer im Ruhestand. Fuffzich Jahre jeden Tach uff Reisen. Jetzt Rentner. Watt ick den janzen Tach mache? Schlafen. Fuffzehn Stunden täglich. Und Glotze. Jede Nacht bis ein Uhr morjens vor de Glotze. Denn wieda schlafen, fuffzehn Stunden, bis nachmittachs. Meine Frau issja nu schonn fümf Jahre dot. Sohn ha'ick ooch. Der is schon 55. Hatn eijenet Zahntechnikerlabor. Seine Frau is reich. Hatn eijenet Reisebüro. Aba die jehm mir nüscht ab von ihr Reichtum. Sojar an meem Jeburtstach mussick det Essen im Restaurant von meine Rente zahln. Abgang Karl-Heinz Klottke.

Auftritt Anowar aus Bangladesch. Angestellt im Imbisswarenbereich, sagt er. Verdient nicht genug, um zu heiraten, sagt er. Eltern leben in Bangladesch. Schwester ist Anwältin in Los Angeles (mit großem Stolz erwähnt). Anowar ist seit elf Jahren in Deutschland. Es gibt nur 2000 Bangladeshis in Deutschland, sagt er. Und sehr oft „ssseissse" sagt er. Sonst ist er ganz nett. Hilft mir, die 50-Cent-Stücke in die Maschine zu stecken, die zentral Waschmaschinen, Schleudermaschinen und Trockner betreibt. Zeigt mir die Trockner, die ich nicht nehmen soll, weil sie „sssseisse" sind.

Auftritt Knut Lehmann. Berliner Knautschgesicht mit Thälmann-Mütze. Ossi. Zeigt mir die neuen 10-Euro-Münzen in Silber. Die sammelt er im Strumpf für schlechte Zeiten. Knut hofft auf Fehlprägungen, die sind eine gute Geldanlage. Leider habbick allet wegjeschmissen, 50 Karl-Marx-Münzen, nachde Wende, sagt Knut. Knut hat hinterm Auge eine Nadel, die bei einer Operation vergessen wurde. Daher ist er Rentner. Früher Jerüstbauer. Jeden Abend saufen mitde russsche Mafia. Deutschland hat een Problem, sagt Knut. Und zu Anowar gewandt: „Ick hab ja nüscht jejen Ausländer, aba wenn eena nur det Wort Asyl aussprechen kann hier..." Anowar sagt nichts, ihm steckt „Sssseisse" im Hals quer.

Montage

Neulich sprach ich mit einer jungen Frau, einer Berlinerin, die ihre Kindheit und Jugend in Ungarn und Rußland verbracht hat. Sie sagte, nach ca. sechs Jahren, das sei ihre Erfahrung, habe man zunehmend Schwierigkeiten, sich anderswo zu integrieren. Mir fällt die Neu-Integrierung anderswo (Indien zum Beispiel) weniger schwer als die Rück-Integrierung in mein Geburtsland. Was größtenteils damit zu tun hat, dass mich Menschen, die mich schon lange kennen, nicht mehr erkennen, nicht mehr verstehen. Weil ich „fremd" geworden bin in der Fremde, und keiner glaubt, da man mich besser zu kennen glaubt, dass ich mir nähergekommen bin in der Fremde. Und falls ich mir nähergekommen bin in der Fremde, ja, das wär ja noch schlimmer, denn dann wär ich ja nicht die, die sie zu kennen glauben, sondern praktisch jemand anders, jemand Neues ... jemand Fremdes. Es ist nicht leicht, ein Homo spiritualis zu sein.

Spermazählung

Verschroben bin ich ja. Angeblich, hör ich immer wieder. Wenn ich zum Beispiel ein Nutellaglas kaufe, dann mach ich das gleich am selben Tag weg, also leer, ich kann nichts übrig lassen. Wenn jemand anders im Zimmer ist, dann kann ich nicht schlafen, jedenfalls nicht zuerst. Wenn ich eine Rechnung bekomme, bezahl ich die, umgehend, egal von wem, egal wie hoch ... obwohl ... wenn ich mir diese so ansehe ... Neulich war ich bei meinem Hautarzt. Der hat Routine-Untersuchungen gemacht. Leberfleck-Beschau, Bluttest wegen Medikament-Nebenwirkung, solche Sachen. Heut hab ich die Rechnung gekriegt, 163.71, und umgehend bezahlt, wie immer (in Amerika wäre das vermutlich dreimal so teuer gewesen). Aber was les ich denn da? 4 Euro und 69 Cents für die Zählung von Sperma berechnet mir dieser Schlingel? Wessen Sperma hat er denn da gezählt? Sein eigenes am Ende? Und warum muss ich das bezahlen? Ist das eine Errungenschaft der Gesundheitsreform?

Betriebsblind

Charlottenburg / Tag / außen
„Ick fahr imma järne weck", sagt ein Passant zum anderen.
„Klar, Mann, bloß weck, wot bunt is!", sagt der andere.
„Hia in Berlin issja allet grau in grau", sagt der eine.
Der andere nickt traurig.
Beide passieren trübsinnig die knallgelbe Wurstbude, die knallorangen Bauarbeiter, den knallroten Rucksack.

39 Stufen

Warum gratulieren Menschen einander zum Geburtstag, hab ich mich immer gefragt. Wird gefeiert, dass man vor soundsoviel Jahren dem dunklen Mutterleib entkroch, oder wird vielmehr gefeiert, dass man es bis dahin geschafft hat? Wieder ein Jahr um? Wieder dem Tode ein Stück näher? Und ist das etwa mein Verdienst? Was um Gottes willen bedeutet, man habe sich gut gehalten? Bin ich Kompott? Sülze? Fallobst, das reif ist und zu Boden fällt? Oder bin ich Fallobst, falle auch, aber bleibe mitten im Fall hängen und schwebe und schwelge und steige am Ende wieder auf?

Ich saß heute jedenfalls nichtsahnend mit Franz Josef und Brigitte in einem Lokal, und um Mitternacht wurde „Happy Birthday" gespielt. Ich drehte mich um. Da hat noch so eine arme Sau Geburtstag, sagte ich, komisch, ich hab heute auch Geburtstag. Aber der Kellner steuerte auf mich zu, genau auf mich, er brachte eine improvisierte Torte und Champagner, und die Überraschung war so vollends gelungen, dass ich mich über und über gefreut habe. Sogar die Zornesader schwoll mir an, die gleichzeitig angeblich ja auch Freudenader ist, sogar ein bisschen rot bin ich geworden. Ich, die nie feiert, ließ mich befeiern, pustete Kerzen aus, prustete wildfremden gratulierenden Restaurantgästen zu.

Man wird wunderlich.

Geistige Mittesser

Vivekananda hat mal gesagt, relatives Wissen sei vonnöten, um absolutes anzuhäufen. Das wäre mal ein gutes Beispiel für gedankenloses Nachplappern von Ideen. Klingt griffig, klingt schlüssig, in die nächste Diskussion kann ich es einwerfen und erwecke mit ein bisschen Glück den Anschein, als hätte ich gedacht. Dabei hab ich gar nicht gedacht, denn wenn ich mir die Mühe mache, zu denken, dann glaube ich eher, dass relatives Wissen den Kopf verstopft, so dass sich absolutes gar nicht kristallisieren kann. Absolutes Wissen entsteht nicht aus der Addition von relativem Wissen. Absolutes Wissen entsteht nach der Eliminierung von relativem Wissen.

Zum Beispiel muss sich jemand, der im Sinne Kafkas neue Wege gehen will, ganz schrecklich vorsehen, sich nicht von Ideologien und Religionen assimilieren zu lassen. Da kommen nämlich andere vorbei, die sagen, lauf mit uns, mach es so, wie wir es machen. Wir greifen da auf jahrzehntelange Erfahrung oder jahrhunderte- oder jahrtausendealtes Wissen zurück. Wir haben es, das Wissen. Oder der Einzelgänger als solcher wird der Einzelgängerei müde, kriegt diese nebulöse Sehnsucht, irgendwo dazuzugehören, klopft bei den Organisierten an und ruft: „Kann ich bei euch mitmachen?", und dann rufen die Organisierten von drinnen: „Ja, aber sag das Codewort!", und der Einzelgänger sagt: „Knut!", und die Organisierten sagen: „Falsch! Heinz! Und wenn du reinkommst, sagen wir dir, wie man die Welt rettet nach Heinz, denn Heinz hat dafür das ultimative Konzept, und Knut ist ein Schuft und ein Schwindler."

Jedenfalls ... Wo war ich? ... Relatives Wissen verstopft den Kopf, und wenn der nicht durchlüftet, wenn der keinen Seelenanschluss hat, denn steigt da nie ein Gedanke auf, also ein einigermaßen edler.

Hollerididudeldö

Torkel schon den ganzen Tag, mit Taschen beladen, zwischen PO-Box und dem Storage umher (mein Taxi-Budget für 2004 und 2005 ist ausgeschöpft), fühle mich aber mächtig gewaltig gestärkt. Die New Yorker Wintersonne brennt mir auf den Pelz, und niemand ist ein Ausländer.

Ihr wollt ein Beispiel für relatives Wissen?

Kürzlich traf ich einen deutschen Journalisten, der den ganzen Tag abwechselnd deutsche Zeitungen liest oder in ihnen schreibt. Wer in den Zeitungen steht oder für die Zeitungen schreibt, beginnt für ihn zu existieren.

„Kennst du schon das neue Buch von Bernd Kasuppke?", fragt er.

„Nein", sach ich.

„Du kennst das neue Buch von Bernd Kasuppke nicht?", fragt der deutsche Journalist.

„Nein", sach ich, „ich kenne nicht mal Bernd Kasuppke."

„Du kennst nicht mal Bernd Kasuppke?", fragt er.

„Nein, wie gesagt, ich kenne Bernd Kasuppke nicht", sach ich. „Muss ich den kennen?"

„Den solltest du kennen, du als Journalistin."

„Ich bin keine Journalistin", sach ich.

„Du als Deutsche..."

„Warum muss ich als Deutsche Bernd Kasuppke kennen? Was soll das eigentlich heißen ‚ich als Deutsche'?"

„Allgemeinwissen", sagt der deutsche Journalist und schlägt sich auf die Stirn. „Bernd Kasuppke ist ein berühmter Berliner Journalist".

„Vielleicht ein in Berlin bekannter Journalist", sach ich. „Vielleicht auch nur ein dir als Berliner bekannter Journalist."

Aber mein Gesprächspartner winkte nur ab. Wegen schadhaften relativen Wissens meinerseits hielt er eine Fortsetzung des Gesprächs für untragbar.

*Name des berühmten Berliner Journalisten von der Redaktion geändert

Geschenke – eine vorweihnachtliche Betrachtung

Wem muss das Geschenk gefallen? Dem Schenker oder dem Beschenkten? Wen macht schenken glücklicher? Den Schenker oder den Beschenkten? Was will Schenken? Meint es, dass ich Schenker mich um etwas erleichtere und den Beschenkten um etwas beschwere? Möchte ich mit einer CD, an der ich mich berauschen kann, gleich die Gefühle mit verschenken, die sie bei mir auslöst? Und wenn ja, warum frag ich vorher den zu Beschenkenden, was er will? Wenn der sich etwas wünscht, kann ich als Schenker befinden, dass er beim Wünschen das Thema verfehlt hat? Nach dem Motto: Was hier geschenkt wird, das bestimme immer noch ich! Dann lieber keine Geschenke.

Die Stadt der suizidalen Schirme

Natürlich kann man sagen, dass etwa die Schirme in New York von ausgesucht schlechter Qualität sind oder dass der Wind in den Häuserschluchten stärker weht, aber das glaub ich nicht. Ich glaube, dass diese Schirme ein angepasstes Leben gelebt haben. Sie haben widerwillig an Familienfesten teilgenommen, zu denen der rote Schirm kam, den keiner mag, der grüne, über den hinter vorgehaltener Hand alle tuscheln, der gelbe mit dem Flachmann und der schwarze, jedes Jahr mit neuer Frau, sie haben Geschenke verschenkt, die keinem gefielen und Geschenke erhalten, die sie nicht mochten. Sie haben Lieder gesungen, auf die Uhr geschaut und die Augen verdreht. Sie haben die Gans gefressen, den Finger in den Hals gesteckt und sie ausgekotzt. Und sie haben darunter gelitten, ein Teil der termingerechten Verlogenheit zu sein. Dann irgendwann haben sie gedacht, nein, ich fliege lieber durch die Welt, ganz allein, und suche die Wahrheit. Und sie flogen durch die Welt, kamen nach New York, gerieten in eine massive Weihnachtsdepressionsfront, in all die schlechten Energien, die runtergeschluckten, weggedrückten, die um die Welt gehen zu Weihnachten, um die Weihnachtsflüchtlinge aufzuspüren. Und dann schlugen sie sich die Stirnen an Wolkenkratzern auf, brachen sich die Gräten, sind kaputtgegangen auf dem härtesten Pflaster der Welt. Wie Ikarus, nur eben prosaischer.

Ob das Lesen jemals aus der Mode kommt?

Spontan gefragt, das. Und weniger aus Eigennutz, sondern weil es, gelingt es einmal, die Verlockungen der lauten Welt auszusperren, kein schöneres, stilleres Vergnügen gibt, keines, das die Phantasie mehr herausfordert und den Hunger gleichzeitig stillt und größer macht, keines, das mehr Träume sät als das Lesen. Nur wenn man in eine Geschichte schlüpft oder in eine andere Identität, kann man sich selbst vergessen, all dieses Kreisen um die eigene Besinnlichkeit. Wohnt man in einem Buch, dann wird das eigene Kabüffchen nebensächlich. Oder zum Schloss. Oder zur Wohnung des Buchhelden. Manchmal kann man ihn sehen, den fremden Blick derjenigen, die in U-Bahnen und Zügen und Bussen dieser Welt in Bücher eintauchen, und die plötzlich herausgerissen werden von der Angst, die richtige Station zu verpassen, vom Schubsen des Nebenmannes, vom Fahrkartenkontrolleur. Es dauert einige Sekunden, bis sie sich wieder zurechtfinden in der wirklichen Welt, bis sie die Enttäuschung überwunden haben, dass sie hier zu leben haben und nicht dort, zwischen den Buchdeckeln, wo es viel spannender zugeht als im Leben, wo die Menschen Gesichter tragen, die unsere Phantasie ihnen gibt, wo wir uns identifizieren mit Helden, obwohl wir selber Feiglinge sind, mit Leidenschaftlichen, obwohl wir selber lauwarm sind, mit Klugen, obwohl wir selber dämlich sind.

An Zana Briski

Liebe Zana. Ein Dokumentarfilm läuft in diesem Kino. „Born into Brothels". Der Titel hat mir nicht gefallen. Aber als ich las, dass der Film in Kalkutta spielt, wusste ich, dass ich hingehen muss.

Dein Film hat mich angerührt. Vor Deiner Idee, ihrer Umsetzung, Deiner Courage und Inspiration ziehe ich den Hut. Du hast mit dem Film, der fast ausschließlich in Bildern spricht, die meisten Fragen beantwortet. Die Hauptfrage ist; was kann der Einzelne tun? Jetzt haben wir die Flutkatastrophe, und überall inserieren die großen Hilfsorganisationen: Spenden Sie hier! Spenden Sie da! Ich kann davon nur abraten, Geld zu geben, mit dem Fremde irgendwo irgendwie machen, was sie für richtig halten. Lieber hinfahren oder rausfinden, welche Hilfe konkret vonnöten ist, vor Ort, direkt und personengebunden helfen.

Und genau das ist, was Du tust. Damit führst Du den Beweis, dass es möglich ist, dass es wichtig, ist, dass es hilft. Offenbar hast Du allein zwei Jahre gebraucht, um in ein Bordell im Rotlichtbezirk Kalkuttas einzuziehen und die dort lebenden Kinder zu porträtieren. Ich war schon nach zwei Monaten Dünnschiss in Kalkutta halbtot. Du hast alle möglichen Krankheiten gehabt, Gelbsucht, Malaria, sonst was, Du hast kein Geld gehabt und bist manchmal fast verzweifelt, aber Du hast es geschafft, dass die Augen des verwöhnten New Yorker Filmpublikums feucht werden. Du hast diese Kinder nicht ausgebeutet, sondern Du hast sie ermutigt, das Fotografieren zu lernen. Du hast es sie gelehrt, sie gefördert, Du hast ihre Arbeit respektiert und kritisiert, sanft gelenkt und beobachtet, Du hast schließlich den Kindern ermöglicht, ein Internat zu besuchen. Überwältigendes Bildmaterial, unter Gefahren gedrehte Szenen aus dem Rotlichtmilieu, beachtliche fotografische Leistungen der Kinder, und das Aufzeigen Deiner endlosen Bemühungen um Pässe, Bescheinigungen, Genehmigungen. Das Aufzeigen ihres Kampfes, ihrer Hoffnung, ihres Scheiterns. Jedes Bild, jedes Wort, jedes Lied saß. Ich saß im Publikum und hab gelacht und geheult. Gelacht, als einer der jungen Proppenstolz nach Amsterdam flog, wohin er seiner ausgezeichneten Fotografien wegen eingeladen wurde, und in die Winterluft hauchte und sich des fremden kalten Dampfes freute, der aus seinem Mund kam. Geheult, als im Nachspann gesagt wurde, wie viele der Kinder nachher doch nicht in das Internat durften oder es nach kurzer Zeit verlassen mussten.

Draußen erfuhr ich, dass Du in der nächsten Vorstellung anwesend sein würdest. Ich brauchte drei Minuten, um zu beschließen, dass ich noch eine Karte kaufen und den Film noch einmal sehen würde. Der Film hatte auch beim zweiten Mal dieselbe Wirkung auf mich, nur dass die ganze Zeit über mein Herz bumperte, weil ich wusste, dass ich mich danach zu Wort melden würde. Nun bin ich aber eine Schreiberin, keine Rednerin, außerdem ist Englisch nicht meine Sprache, und ich hatte keinen Teleprompter dabei, also fiel meine Wortmeldung kurz aus. Ich sagte, ich sei in Kalkutta gewesen und habe nach und nach angefangen, das, was man Charity nennt, zu beargwöhnen. Dass ich nicht mehr glauben konnte, dass man als Einzelner etwas tun kann und dass ich froh bin, in Deinem Film zu sehen, dass das geht.

Du lachtest, zeigtest mit dem Finger auf mich und riefst: „You're hired!"

Na, jedenfalls danke.

(Anmerkung beim Korrekturlesen 2006: Zana Briski bekam ein halbes Jahr später einen Oscar für „Born into Brothels")

Ode an die Freunde (& Co.)

Meinung ist Zwischenergebnis, wie beim Taschenrechner. Wahnsinn plus Erfahrung plus Wahnsinn plus Erfahrung. Und immer mal zwischendurch klickt man auf „ist gleich". Das ist das Leben: aufs Maul fallen und aufstehen. Aufs Maul kriegen und schämen. Maul zu weit aufreißen – Maulsperre. Maulfaul sein – Anfeindungen. Maul ganz halten – Anfeindungen. Wer sich exponiert, löst bei anderen Gefühle aus, gute und ungute, denn man kricht die Banane nich ohne Schale.

Gemeinschaftsküchenphilosophie

C.G. Jung schreibt, dass jeder erlebte Moment in irgendeiner Weise im Unbewussten weiterwirkt. Wenn man sich das vorstellt, JEDER Moment! Da kann man doch nur schreien: Hupen Sie nicht so laut! Zeigen Sie nicht so schreckliche Bilder im Fernsehen! Streiten Sie nicht mit mir! Kratzen Sie sich nicht auf offener Straße die Eier! Das alles wird mein Leben unwiederbringlich verändern. Und dennoch: Auch schreckliche Ereignisse, die unser Leben unwiederbringlich verändern, können es langfristig zum Guten verändern. Interessanterweise sind es nicht die tollen Sachen, die passieren, die uns verändern, denn tolle Sachen, die passieren, bestätigen uns ja scheinbar darin, dass das alles richtig ist, was wir machen. Also machen wir so weiter.

Der Bumstourist als solcher

Das ist eben das Schöne an Klischees. Sie treffen zu. Es besteht eine Wechselwirkung zwischen dem Gegenstand des Klischees und dem Klischee selber. Natürlich kleidet sich der angehende Bumstourist im Bumstouristenlook, trägt brav die für ihn mit Bierflaschen und Ficksprüchen bedruckten T-Shirts, besucht brav die für ihn gebauten Kneipen. Der Bumstourist ist selten gutaussehend. Er hat selten guten Kleidergeschmack. Er ist selten von gutem Wuchs. Er läuft durch die Einkaufscenter, in schlabberigen Shorts, auf behaarten krummen Beinen, mit Glätzchen, mit Bauch, in jeder Hand fünf Einkaufstüten, genau wie man es sich vorstellt, und vor ihm stöckelt seine kleine Sexkatze, das Thaimädchen, das ihm drei Wochen lang, manchmal auch mehrere Urlaube lang, das Gefühl gibt, jemand besonderes zu sein. Ein heißer Stecher sozusagen.

Diesem Vorwurf setzt er sich aus, wissentlich und willentlich, dass er einer ist, der zu Hause keine abgekriegt hat. Fragt man ihn selber, formuliert er es so: „Hier kann ich mir das allerschönste Mädchen aussuchen. Wenn ich es will, geht sie mit mir ins Bett." Am nächsten Tag laufen sie durch besagtes Einkaufscenter. Sie kauft ein, er bezahlt. Das macht sie anschmiegsam und willig. „No Money, no Honey", steht auf T-Shirts hier. Es wird der Eindruck einer Liebesbeziehung erweckt, die mit Geschenken warmgehalten wird. Es hagelt Taxifahrten in Einkaufscenter, in Juwelenläden, in Designerstores. Nonverbal besteht eine klare Absprache. Die junge Frau hält die Zügel fest in der Hand. Sie ist nicht das Opfer. Sie ist Täterin. Wenn er nicht zahlt, das lässt sie durchklingen, dann muss sie sich eben einen neuen suchen. Der Bumstourist ist selber schuld, und ich begrüße, dass er wesentliche Geldspenden für die Familie der jungen Frau, für ihre Eltern, Großeltern, Kinder leistet. Die Entschädigung für das Ungleichgewicht kann gar nicht groß genug sein. Man fragt sich natürlich, gibt es vielleicht echte Liebespaare unter ihnen? Die haben es bestimmt nicht leicht. Man stelle sich vor, ein Thaimädchen verliebt sich in einen mittellosen Deutschen. Ihre Freundinnen werden ihr den Vogel zeigen. Und wenn er sie mit nach Deutschland nimmt, denkt sowieso jeder, er hat sie gekauft.

Es soll hier irgendwo einen Club geben, wo via Vaginalkraft Pfeile abgeschossen werden. Den Trick hätte ich schon zwei-, dreimal im Leben gut gebrauchen können.

Die Fremde und die Wörter

Der Mensch, der sich aufmacht in die Welt, erhebt sich über sein Niveau, er breitet sozusagen die Schwingen aus und fliegt ins Ungewisse. Wenn er die Welt sieht, kann er seinen Horizont erweitern, er muss es quasi tun, er kommt nur zurecht, wenn er seine Kleinheit einmottet. Am Ende steht Steve McCurrys Schluss: „Die Menschen sind überall gleich".
Lieschen Müller würde das entrüstet von sich weisen. Lässt der Mensch sich aber anderswo nieder, dann wird sein großer Radius wieder klein und eng, denn er richtet sich sein „zu Hause" woanders ein, egal wo, in New York, auf Mallorca, Indien, Ibiza, Thailand. Dadurch, dass er meist anders aussieht, bleibt er zwar immer der Fremde, muss sich aber anpassen, manchmal sogar überanpassen (und egal, wie lange er bleibt, in Indien wird der Weiße immer der Sahib sein, in Thailand immer der Farang). Das geht nur, wenn er seine Kleinheit wieder aus der Mottenkiste holt. Er war groß, er war frei, als er reiste, und schrumpft, sobald er sich niederlässt, wieder auf Normalmaß zurück. Dann hat er seinen Briefkasten, seinen Steuerberater, seinen Lebensmenschen, er schlägt Wurzeln, geht einkaufen und kriegt eine Supermarkt-Kundenkarte. Er hat das Nest, auf das die meisten Menschen konditioniert sind, eben in einem anderen Baum gebaut, in einem anderen Wald, in einem anderen Land. Deswegen möchte ich nicht sesshaft werden. Man verliert den Überblick übers große Ganze.

Kommunikation fatale

Ich bin verhaltensgestört und möchte das auch ausleben. Da aber die meisten meiner freunde ebenfalls verhaltensgestört sind, kreieren wir untereinander sozusagen den Eindruck der

Normalität. Der Eindruck der Unnormalität kehrt naturgemäß nur dann zurück, wenn sich der Verhaltensgestörte in der Minderheit gegenüber Nicht-Verhaltensgestörten befindet. Wie aber definiere ich meine Verhaltensstörung? Der Umgang mit nicht verhaltensgestörten Menschen fällt mir schwer. Auch wenn ich zuweilen den Eindruck ausgeprägter Geselligkeit mache, kommt diese nicht natürlich aus mir heraus, ist mir also kein Bedürfnis, sondern wird von mir künstlich hergestellt, was den Nebeneffekt der Erschöpfung hat. Da ich meine Verhaltensstörung gegenüber nicht verhaltensgestörten Menschen nicht zum Thema machen will, besagte Menschen mit meiner Verhaltensstörung also nicht belasten will, versuche ich, den Umgang mit ihnen wenigstens drastisch einzuschränken, wovon auf lange Sicht beide Seiten profitieren. Eine therapeutisch wirksame Kommunikationsmöglichkeit ist, andere Menschen mit meiner Verhaltensstörung zu konfrontieren, ihnen aber keine Möglichkeit der Erwiderung zu geben (Internet-Tagebuch ohne Kommentarfunktion).

Internetlose Nächte

Und plötzlich wird mir wesentlich zumute. Neulich fragte mich jemand, warum ich diesen „spirituellen Fimmel" hätte, ich mache doch sonst einen ganz vernünftigen Eindruck. Wie könne ein vernunftbegabter Mensch an eine höhere Macht glauben? Über diese Frage habe ich länger nachgedacht, weil ich inzwischen weiß, dass es dafür eine Antwort gibt. Wenn man zum Beispiel Wahrnehmungen hat oder Gefühle, die größer sind als einer selbst, die mit der eigenen Vernunft nicht zu fassen und zu erklären sind, kann es sein, dass man ihr (der Vernunft) zu misstrauen beginnt. Wenn der Verstand nicht folgen kann, dann ist er zu klein für das Große, egal, wie dumm oder schlau einer ist. Und die Sehnsucht wächst, sich dem Großen anzuvertrauen. Ganz. Doch wie kann ein Mensch vorbehaltlos sein, wenn er lebenslang Vorbehalte gesammelt hat? Wie kann einer vertrauen, wenn man ihn Misstrauen gelehrt hat? Wie kann einer glauben, wenn alle um ihn herum im Kreis stehen und ihm unisono den Vogel zeigen? Vernunft und Verstand, die eigenen und vor allem die der anderen, haben also jede Menge einzuwenden. Aber die Sehnsucht bleibt. Und die Sehnsucht wächst, und man entwickelt einen regelrechten Ungehorsam gegen die eigene Vernunft. Und jeden Tag findet ein Kampf statt, zwischen dem Weltlichen und dem Geistlichen. Und mal hat dieses, mal jenes die Oberhand. Daraus resultiert zum Beispiel das Ungleichgewicht meiner Tagebucheinträge. Gerade an Tagen, an denen mich das Große wegträgt, sehe ich mich außerstande, in meinen Postings über Tageskram hinauszugehen, weil das Unbeschreibliche unbeschreiblich ist.

Ein 9-Dollar-Posting

Irgendwo zwischen Bangkok und Singapur. Mein Nachbar im Flugzeug hat einen langen Blick auf meinen deutschen Pass geworfen.

„Darf ich Sie mal was fragen zum Thema Deutschland?"

Nur zu.

„Es gibt 5 Millionen Arbeitslose in Deutschland. Viele davon haben keine Lust zu arbeiten. Und das alles auf Kosten der Zukunft."

Und die Frage?

„Warum ist das so?"

Tja, sag ich. Was soll ich auch sagen? Alle Amerikaner, die ich kenne, arbeiten wie verrückt. Manche haben zwei Jobs und machen am Wochenende irgendwas ehrenamtlich. Meine drei besten deutschen Freunde sind arbeitslos. Nur einem von ihnen ist es unangenehm, die beiden anderen leben ein Leben von Privatiers. Aber warum ist das so?

„Wie ist das denn in Singapur?", frage ich.

„Wir glauben an die Arbeit", sagt mein Nachbar.

Ich verstumme über der Religiosität dieser Aussage. Glaube ich an die Arbeit? Er wird mich sicher gleich fragen. Mein Nachbar heißt Randy. Er hat eine Frau und einen neunjährigen Sohn. Er arbeitet als eine Art Firmenkontrolleur. Er besucht, wenn ich das richtig verstanden habe, Filialen in Bangladesch und Indien, um zu kontrollieren, ob die gut genug arbeiten. Oder ob die Arbeitsbedingungen gut sind. Oder beides.

„Manchmal macht mir das keinen Spaß", sagt er. „Aber muss ja sein." Und dann fragt er auch schon: „Glauben Sie an die Arbeit?"

„Kurz geantwortet: nein", höre ich mich sagen.

„Dann ...", sagt er, „woran glauben Sie denn?"

„Ich glaube daran, dass der Mensch in der Lage sein sollte oder wenigstens anstreben sollte, für sich selbst sorgen zu können. Es hat sonst so etwas Unmündiges."

Randy stimmt zu. „Wir glauben in Singapur auch nicht, dass der Staat für unsere Arbeitsunwilligkeit zahlen sollte."

Hier fällt mir auf, dass ich mit steigendem Alter zur Relativierung von Parolen neige. Ich hätte auch Ja sagen können. Wenn ich relativieren dürfte, etwa:

Ich glaube an die Arbeit, wenn ...

... sie nicht nur der Anhäufung von persönlichem Wohlstand dient.

Oder

... wenn sie in einem ausgewogenen Verhältnis zum Privatleben steht.

Oder

... sie mich nicht daran hindert, mich menschlich und spirituell weiterzuentwickeln.

Ich sage was in der Art. Randy wirkt nachdenklich.

Einmal, in Indien, erzählt er, er war in einem 4-Sterne-Hotel, weil es in dem Ort kein 5-Sterne-Hotel gab, blieb seine klimatisierte Limousine in einem Stau stecken. Mitten in einem Slum. Er war gerade unzufrieden und vermisste seine Familie und verwünschte seinen Job, und nun steckte er auch noch im Stau. Und als er so aus dem Fenster blickte, sah er neben sich, im Straßenstaub, eine Familie sitzen. Eine junge Frau mit einem Baby, und daneben ihr Mann. Und der Mann spielte mit dem Kind, und das Baby lachte, und die junge Frau lachte auch, und die drei waren so ineinander vertieft, dass sie Randy in seiner klimatisierten Limousine gar nicht sahen. „Mir standen die Tränen in den Augen", sagte Randy. „Ich dachte, eigentlich sollte ich diese armen Menschen bedauern, aber jetzt gerade, in diesem Moment, beneide ich sie."

Cherub & Duke, die beiden Schlawiner

Man sieht aus wie jemand, der im Bus sitzt, aber drinnen läuft's rund. Tausend Sachen gehen einem durch den Kopf. Werde ich die Steuer bezahlen können? Wird mein Geld reichen bis zum Sommer? ... O du Cherub mit flammender Klinge... Wo kommt denn nur die Liedzeile her?... Wo machen denn die anderen Frauen in meinem Alter die extra Haut hin, die sich um die Augen bildet? ... Soll ich aus dem Bus aussteigen und einen Harmless Ham kaufen? ... Muss den Filofax-Locher aus dem Storage holen ... sind das zwei Frauen da vorne oder eine mit zwei köpfen? ... Steuerberater anrufen nicht vergessen ... Was würde ich machen, wenn Wladimir Iljitsch Lenin jetzt in den Bus stiege? ... etc. pp.

Gratwanderung

Ich dachte plötzlich an die Lehrer meines Lebens. Also, jetzt nicht nur meine Lehrer in den vier Schulen, die ich besucht habe, oder während des Studiums, sondern auch an die Menschen, denen ich begegnete und von denen ich hätte lernen können. Ich weiß auch nicht, wie mir das plötzlich in den Sinn kam! Diese armen Menschen! Einer von ihnen, Herr Pichler, soll sogar in der Klapsmühle gelandet sein. Was da alles an Kraft, Zeit, Bildung, Erfahrung, Ratschlag an meinen tauben Ohren abgeprallt ist! Hier raus, da rein!

Ich gelobte innerlich Besserung. Im Alter wird man ja auch lernwilliger. Früher dachte ich immer: Mist, was ich alles noch lernen muss! Und heute bringt mich alles, was ich nicht weiß, in einen Zustand höchsten Entzückens: Was ich alles noch lernen darf! Und da ich so viel vergesse, kann ich es immer und immer wieder lernen, und es klingt, als hörte ich es zum ersten Mal! Und keine Vokabelkontrolle, keine Klausur, keine irgendwie geartete Prüfung! Alles ist Option. Denn ich befinde mich ja in der Kür meines Lebens (laut einem Meinungsforschungsinstitut gehöre ich in die Gruppe der kaukasisch-weißen 35-49jährigen, der reifere Jahrgang also).

Und dann habe ich gedacht, wie viel Fluch doch in der Freiheit liegt. In den vergangenen Tagen habe ich mit drei Bekannten, die in Mutterschaft und Familie verstrickt sind, gesprochen. Und die wünschen sich so sehr, mal das eine oder andere zu machen, was ich permanent mache. Aber es ist jetzt hier nicht das Paradies, mein Lebenskonzept. Ich habe kein Regulativ. Ich reibe mich an niemandem. Alles ist erlaubt. Das klingt so ideal, aber nachher endet man wie einer, der sich Beulen stößt im Spiegelkabinett und panisch wird und hin und her läuft und nicht mehr rausfindet. Oder man schlägt sich die Rübe am Nachttisch ein und stirbt, im Vollsuff, wie William Holden. Oder man knutscht sich durch Äthiopien wie Karl Heinz Böhm. Oder man wird ein Einpack-Routinier wie Christo. Das kann ja nicht die Lösung sein. Dann lieber Verstrickung, Reibung und Konflikt, aus denen wiederum Energie geboren wird. Dann lieber suchen und bloß nicht finden. Oder haben und nicht wollen. Oder nicht haben und ersehnen. Rede ich wirr?

Zungenkuss von Dschieses

Den Sonntagmorgen sollte man nicht verschlafen. Der ist in Harlem am schönsten. Wenn die Leute sich für den Kirchgang schick machen. Sie wollen am Tag des Herrn in ihrem schönsten Kleid in den Gottesdienst gehen, sie wollen singen und tanzen und beten für Dschieses. Yeah. Ich bin heute mal wieder zum Gottesdienst in die Abyssinian Baptist Church gegangen, von der damals Dietrich Bonhoeffer auf seinen beiden New-York-Reisen schon so begeistert war. Grandiosen Gottesdienst gehört. Und diese Tüllhüte. Und die Hände fliegen nach oben gen Himmel. Und die Männer und Frauen stehen auf und rufen: „Yeah, Dschieses, Dschieses!", und der Gospelchor macht es schwer, auf dem Stuhl still zu sitzen. Die Akustik ist wunderbar. Die Kirche ist tipptopp in Schuss, die Gemeinde wirkt auf den Außenseiter wie eine intakte Familie.

Und jedesmal sitze ich da, denke an die furztrockenen Gottesdienste in deutschen Kirchen, und wie man da hingeht, weil man eben da hingeht, in irgendwelchen zernudelten Sachen, verpennt und gelangweilt, und NICHTS spielt sich ab, nicht im Herzen, nicht in der Seele, nichts passiert. Aber in dieser Kirche, während dieser Predigt hing jeder an den Lippen des Pfarrers. Jeder war aufmerksam und mit dem Herzen dabei. Diese Leute tanken sonntags auf und holen sich Kraft und Zuversicht für die ganze Woche. „Egal, wie schlimm die Situation aussieht, ob ihr keinen Job habt, ob ihr aus eurer Wohnung rausfliegt, god can flip the script", wiederholte der Pfarrer refrainartig. „God flips the script." Gott wendet das Blatt. Er kann aus Unglück Glück machen. „Ja", murmeln die Gemeindemitglieder. „Das kann er, das kann er. oh Dschieses, der kann das."

Und ihre Augen leuchteten, und ihre Haare waren frisiert, als hätten sie sich für die Oper hübsch gemacht, und die kleinen Jungen trugen Anzüge, und die jungen Männer hatten ihre roten Lackschuhe angezogen, die guten Ausgehschuhe, und ihre Hüte und Spitzenhäubchen wippten, und die Bügelfalten saßen, und die Hände klatschten im Takt, und die Körper wiegten sich, und ich bin danach noch in einige viel familiärere kleine Gospelkirchen gegangen, die sich hier zu Dutzenden in jeder Straße finden, und ich war infiziert mit dem Dschieses-Bazillus, ich war richtig ein bisschen verliebt in Dschieses, und ich habe die Refrains, die Rhythmen, die Zuversicht, die Freude den ganzen Tag durch Manhattan getragen, denn es erschien mir schlüssig und wunderbar und sonnenklar, was immer auch passiert, god flips the script, oh Dschieses, the savior, yeah, oh well, der kann das.

Schlamassel

Mein Wort zum Donnerstag ergeht zum Thema Feigheit. Ihr denkt ja immer, ich bin mutig. Weit gefehlt. Ich bin nur in Überlebensfragen mutig (und das ist der Mut der Verzweiflung). Neulich rutschte ich aus, in meinem hübschen, ruhigen, überheizten Zimmer in Harlem und warf einen Stuhl um, welcher wiederum eine Kerze umwarf. Diese Kerze ergoss sich blutrot auf eine von Lydias babyblauen Tischdecken. Im ersten Impuls legte ich einfach ein Manuskript auf den riesigen Fleck und tat so, als sei er nicht da. Zeit gewinnen. Im zweiten

Impuls, am nächsten Tag, als ich das Manuskript brauchte und erschrak, kratzte ich unentschlossen daran herum. Im dritten Impuls nahm ich die Decke vom Tisch, um kompetenten Rat bei einer chemischen Reinigung einzuholen. Darunter jedoch befand sich dann der größere Schlamassel. Das blutrote Kerzenwachs hatte den größten Teil seiner Farbe in Lydias unlackierten hellen schicken Schreibtisch abgegeben. Die Farbe war nicht nur tief eingesickert, nein, die Oberfläche des Holzes schien sich darüber geschlossen zu haben. Das Holz hatte das Pigment verschluckt und wollte es nicht mehr hergeben. Während die Decke für 12 Dollar von einem alten Asiaten in der 121. Straße, der mir zum Abschied fingerdrohend sagte, ich solle das nie wieder tun, gereinigt werden konnte, halfen bei der Schreibtischoberfläche weder Papier-Bügel-Aktionen noch Fön-Aktionen, noch panisches Gerubbel mit Nagellackentferner, noch eine ausgedehnte Google-Recherche. Die nun wieder tadellose Decke verbirgt den schäbigen Schandfleck meines Hierseins, und ich bin zu feige fürs Geständnis. Lydia ist zwar cool aber resolut, und wer weiß, vielleicht lässt sie mich nicht wiederkommen? Vielleicht muss ich den Schreibtisch bezahlen oder die Abschleifarbeiten? Vielleicht schimpft sie ganz schrecklich oder straft mich mit Verachtung? Vielleicht kriege ich Hausarrest oder muss den Flur mit der Zahnbürste putzen?

Vielleicht aber ... man baut sich da immer so Sachen zurecht ... nimmt Lydia die Decke nicht vom Tisch, wenn sie nach meinem Auszug das Zimmer putzt. So dachte ich.

Zu meinem Schreck musste ich gestern, als die angehende Schauspielerin ausgezogen war, Lydia in deren Zimmer treffen, wo sie alle Decken und Teppiche herausnahm und gründlich putzte, bevor die nächsten Gäste, zwei Schweizerinnen, kämen. Sie wird das Desaster also sehen, sobald ich weg bin. Nun stehe ich vor der Entscheidung jedes unehelichen Vaters: Werde ich mich zu meiner Frucht bekennen?

Warum schreibt der Mensch Romane?

Ich meine, warum schreibt er nicht gleich die Wahrheit? Zwischendurch, wenn man den Stoff entwickelt, wenn man Reporterfragen empfängt und abwehrt, kommt dieser Gedanke immer wieder. Also, warum schreibt der Mensch Romane? (Und warum wird er trotzdem gebetsmühlenartig gefragt, wie es wirklich war?)

Vielleicht, weil sich Romane besser verkaufen, weil sie nicht frisch von der Kuh gerissene blutige Häute sind, sondern gegerbte, gefärbte, solche, die sich jeder umlegen kann, die jedem stehen, die jedem passen, die jeden wärmen, nicht nur die Kuh (Else) selbst.

Vielleicht, weil der Romanschreiber die Wahrheit nicht sagen will. Oder nicht sagen kann. Oder nicht weiß. Wie oft habe ich – auf beiden Seiten – erlebt, dass einer über jemanden (die Wahrheit) schreibt und der andere sich verkannt und missinterpretiert sieht. Was also ist die Wahrheit, wenn jeder von uns sie nur durch seinen persönlichen Filter sieht? Wer ist der Richter über die Wahrheit? Und wie hängt sie mit der Wirklichkeit zusammen?

Oder schreibt man die Wahrheit nicht, um selbst nicht nackt dazustehen? Oder um andere nicht nackt zu zeigen? Um andere nicht zu verletzen? Aus Feigheit? Aus Verantwortungsgefühl? Oder kann die Wahrheit, wenn sie pur geschildert wird, nicht Literatur sein, nie, weil sie zu prosaisch ist, kurzlebig und mangelhaft, mit allen Makeln unbehandelter Früchte.

Ich glaube, dass die meisten Schriftsteller viel näher am eigentlich Erlebten bleiben als sie zugeben. Klar, sie verpflanzen das Geschehen an einen anderen Ort, in eine andere Zeit, sie geben den handelnden Personen einen anderen Beruf, ein anderes Geschlecht vielleicht sogar, sie vermischen ihnen bekannte Personen miteinander. Sie reißen die eigene Lebensgeschichte und die anderer in kleine Stücke und setzten alles wieder zusammen. Sie verschleiern, überspitzen und denken sich natürlich hier und da was aus. So entsteht etwas Neues. Aber ist es so stark wie die Wahrheit? Ist es so gültig wie die Wahrheit? Menschen lesen Romane, weil sie wissen wollen, was los ist. Sie suchen nach Allgemeingültigkeit in menschlichen Beziehungen. Aber echte Beziehungen zwischen Menschen sind nicht abbildbar. Sie müssen Fiktion werden, um Raum für Identifikation zu bieten.

Bahnhof Trier. 11 Uhr. Bewölkt. Haare stehen zu Berge

Als ich den Bahnhof betrete, sehe ich in der Wartehalle eine Bank, auf der eine junge schwarze Frau sitzt, neben ihr zwei lateinamerikanisch aussehende junge Männer. Kleidungsstil und Sprache lassen auf eine Großstadt in den USA schließen. Neben ihnen sitzt ein mickriger blasser Skinhead mit einer Bierflasche in der Hand. Er redet auf die jungen Leute ein. Sie lächeln ihn verständnislos an.

„Sprechen Sie Englisch?", fragt mich die junge Frau. „Ja", ich rolle mein rotes Ungetüm von einem kaputten Koffer näher.

„Können Sie übersetzen, was er sagt?"

„Sag ihnen, ich bin Rassist", lallt er mir zu.

Ich beuge mich über ihn. Er stinkt nach Bier und Schweiß. Ich würd ihm gern in die Fresse haun.

„Du kleiner besoffener Schleimsack ...", flüstere ich.

„Ich bin Rassist", wiederholt er lächelnd, zeigt mit dem Finger auf sich und schaukelt mit dem kleinen kahlrasierten Kopf, auf dessen Kalotte eine runde Haarinsel steht. „Sag denen das."

„Was will er?", fragt die schwarze junge Frau beklommen.

„Er sagt, er sei Rassist", übersetze ich. Die drei sehen sich an.

„Hab ich also doch richtig verstanden", sagt einer der Latein-amerikaner.

Sie stehen auf und laufen raus, laufen auf den Bahnsteig, die Köpfe schüttelnd.

Ich folge ihnen. „Ich würde das nicht verallgemeinern", sage ich, wenig überzeugend, da dieser Vorfall mehrere Gespräche zusammenfasst, die ich in den vergangenen Tagen hatte (ein Arzt begründete seine Vorurteile gegen „Pigmentierte", ein Taxifahrer in Hamburg beschwerte sich, weil niemand in Deutschland ungestraft von der „Auschwitzlüge" sprechen dürfe, und ein Mann in Berlin, ich kann mich gerade nicht erinnern, wer, hielt mir einen Vortrag über die Notwendigkeit ausländerfreier Schulen für die effiziente Erziehung deutscher Kinder).

„Die Deutschen sind nicht alle so", rufe ich.

Mein Zug fährt gleich.

Als ich meinen Koffer schrobschrobschrob die Treppe runterzerre und einen Bahnsteig weiter schrobschrobschrob wieder hoch, fällt mir auf, dass ich nicht gesagt habe: „WIR sind nicht alle so."

Haken schlagen

Wie hab ich das damals gehasst, in der Schule, im Studium, den Kopf zu füllen mit Lehrplanmist, abgehört zu werden, abgefragt zu werden, Hausaufgaben, Spickzettel, Kurzzeitgedächtnis, dumme Phrasen dreschen und dafür Einsen hamstern. Dennoch war ich immer fleißig, gute Noten, Pflichterfüllung, Planerfüllung etc. pp. Nur mein Betragen ließ von Anfang an zu wünschen übrig.

Nojo.

Erst als Jugendliche lernte ich, mich zu verweigern, nach dem Warum zu fragen, zu provozieren, zu polemisieren, zu schwänzen, zu schwindeln. Keine guten Eigenschaften, höre ich euch empört zwischenrufen, aber was ist gut, was ist schlecht, es gab nicht viel Grauzone zwischen Pflichterfüllung und Verweigerung. Und eine lebenslange Dressur sitzt tief. Mein Betragen ließ immer noch zu wünschen übrig und gab zuweilen Anlass zur Besorgnis. Meine schulischen Leistungen ließen nach. „Lass dich nicht VER-biegen", hört man Leute manchmal sagen. Ich würde weitergehen: „Lass dich überhaupt nicht biegen." Das Nicht-biegen-Lassen, das Verweigern ist eine Kunst. Man muss den antrainierten Impuls überwinden, zu nicken, zu befolgen. Der Mensch (böse Zungen sagen: der deutsche) ist so konzipiert, dass er lieber Befehle annimmt, Ratschlägen folgt, als selbst abzuwägen und zu entscheiden. Hat er einmal eine Entscheidung gefällt, wagt er nicht, sie zu revidieren. Wer ist schon gern wankelmütig? Ich glaube jedenfalls, dass man jede Entscheidung jederzeit hinterfragen können und revidieren können sollte. Sonst erstarrt man zur Larve, zum Dogma.

Binse geworden, aber unabdingbar für jede Entscheidung: der „Bauch". Manchmal ist es nur so ein Gefühl, eine gewisse Unbehaglichkeit oder, im Gegenteil, etwas, das sich gut anfühlt. Jedenfalls bereitet uns keine Scheißschule jemals darauf vor, unseren eigenen Weg zu finden. Er kann geradewegs von A nach B führen. Er kann sich kringeln, Haken schlagen, umkehren, im Kreis verlaufen. Was ist gut, was ist schlecht? Und wer darf darüber befinden? WESSEN ERWARTUNGEN WILL ICH ERWECKEN / ERFÜLLEN? Und, um Himmels willen, warum?

Zäh wie Leder

Wenn ich Jazz nicht schön finde, dann will ich wissen, warum. Warum ich ihn nicht schön finde, ob man ihn „schön finden" muss, ob ich ihn „schön finden" muss, was „schön finden" überhaupt meint, was es für andere Zugangsmöglichkeiten gibt als Jazz „schön zu finden", ist Jazz in bestimmten Varianten zum Beispiel für die Weltrettung einsetzbar, im weitesten sinne? Muss man ein musikalischer Mensch sein, ein guter Mensch, ein Mensch auf Drogen, ein manisch depressiver Mensch, ein Musiker, ein Mann, ein Angeber, ein Artist, um Jazz zu mögen? Wie zum Teufel komme ich eigentlich plötzlich auf Jazz? Ist das Harlem, das mir Jazz reindiffundiert?

Die Welt ist ein Konstrukt aus Fragen. Wenn ich die gegenständlich darstellen müsste, die Welt, würde ich die auf dem zentralen Postamt erhältlichen beigefarbenen Gummiringe hundertfach übereinander als Knäuel zusammenfriemeln, das wäre mein Modell der Welt als Fragenkonstrukt. Und das wäre noch harmlos.

Großstadtvampirismus

Diese Stadt schafft mich! Dieser blutsaugende, geldzockende Moloch New York. Diese größenblöde teure, bis an die Halskrause korrumpierte Stadt.

Nicht nur, dass ich eine Monatsmiete zahle, für die ich in Limbach-Oberfrohna einen Monat lang im Siebzehn-Sterne-Hotel wohnen könnte, mit Room-Service, rundem Bett, vergoldetem Klo und hausangestelltem Latin Lover, sondern ich sitze auch nachts stundenlang an U-Bahnhöfen rum, warte auf U-Bahnen, die nicht kommen oder woanders hin fahren oder gar nicht erst anhalten, um dann nach einer Stunde doch noch ein Taxi nehmen zu müssen, obwohl ich bereits zwei Dollar für die U-Bahn gezahlt hatte. Das Taxi fährt aber meist ganz und gar woanders hin oder zu weit, weil der Fahrer, ein Afrikaner oder Araber oder Pole, telefoniert oder übermüdet oder ortsunkundig oder alles zusammen ist. Bezahlen muss ich trotzdem, plus Tip, versteht sich, selten weniger als zehn Dollar, egal, wie weit, obwohl in diesem Fall der Fahrer nicht mal beim zweiten oder dritten Anlauf vor der Tür hält, sondern an der diagonal gegenüberlegenden Ecke, so dass ich noch an ein paar lungernden Kapuzengestalten vorbei durch Harlem muss.

Nojo. Is doch wahr!

Getrennt leben

Als ich heute in jenem Haus war, in dem Frida Kahlo und Diego Rivera gelebt haben (die haben wie Taylor und Burton zweimal geheiratet, 1929 und 1940), zwei Häuser sind das genaugenommen, die nur durch eine spillerige Brücke verbunden sind, die Quadratur des Kreises also: Wir leben zusammen, und trotzdem bleibt jeder ganz, wurde mir schwummerig. obwohl es ja ausreichend Beweise dafür gibt, dass Künstler, die sich paaren, sich nur gegenseitig das Herz rauszureißen brauchen, um anschließend signifikante Sachen zu schaffen.

Frida hat sich unterbuttern lassen, auch wenn sich da ein anderes Image durchgesetzt hat, ein glanzvolles, kämpferisches, wildes, so wie die Augenbrauen. Aber man braucht sich bloß die Hausaufteilung ansehen. Diego hatte ein riesen Angeberatelier, ein geräumiges, großzügig eingerichtetes Haus mit ultrahohen Decken und vielen Fenstern, von Fridas Haus sieht man nicht mehr viel außer der Küche (richtig lecker musste sie für Diego kochen, weil da stand er drauf) und das Bad mit jener legendären Badewanne, in der sie mit ihrem Gestell saß und kaputte Sachen malte, während er sie vermutlich betrog oder rummaulte, weil noch nix zu essen auf dem Tisch stand.

Gut ... Sie hat zurückbetrogen. Aber hat er zurückgekocht?

Samtbraune Männerärsche

Heute habe ich an Ampelkreuzungen Feuerschlucker gesehen, gestern lange Reihen samtbrauner Männerhintern. Mein Führer Arnoldo Pedroza Escalera sagt, der Mexikaner als solcher demonstriere gern mit heruntergelassenen Hosen. Man kann diese Demonstranten angeblich auch bestellen. Ich hätte solche gern mal auf einer Lesung.

Heute habe ich Frida Kahlos Geburtshaus gesehen. Ihr Bett (mit dem sie sich einst auf eine Ausstellungseröffnung karren ließ, weil ihr Bettruhe verordnet war, und das auch Salma Hayek für den Hollywood-Film „Frida" benutzen durfte), ihre Bücher, ihre Krücken, ihre Korsetts. Mich beschäftigt immer noch die Frage, ob Leidensdruck für die Qualität von Kunst entscheidend ist (wobei mir natürlich klar ist, dass viele mittelmäßige Kunstwerke mit Riesen-brimborium geschaffen wurden). Oder vielmehr, da die Qualität von Kahlos Bildern kunsthistorisch umstritten ist, inwiefern Leiden, Schmerz, Trauer, Wahnsinn, unerfüllte Sehnsüchte, das Wissen um frühen Tod der Kunst zum AUSBRUCH verhelfen und sie zuspitzen. Radikalität kann (genau wie Resignation) aus Verzweiflung entstehen.

wie hätte Kahlo gemalt, wenn ihr Rückgrat nicht so geschmerzt hätte (32 Operationen in 29 Jahren!), wenn sie hätte schwanger werden können, wenn sich Diego nicht über ihre eigene Schwester hergemacht hätte? Wäre sie nicht eine gesunde, glückliche, kinderreiche Ehefrau gewesen, die „Frau an seiner Seite", die Blümchenwiesen malt, wenn überhaupt?

Im Museum von Dolores Olmedo Latino, der geschäftstüchtigen Langzeit-Geliebten und Erbin von Rivera, einem Vicky-Leandros-Look-alike, 2002 gestorben, habe ich die späten Bilder von Rivera gesehen, Acapulco-Mist, Sonnenuntergänge, infantiles Gekritzel. Die letzten Jahre vor seinem Tod hatte der Mann, der sich selbst mit einem hässlichen Frosch verglich, Frida nicht mehr, den politischen Konflikt nicht mehr, die künstlerische Auseinandersetzung nicht mehr, vielleicht kaum noch Manneskraft (WIE WICHTIG SIND ZORN UND GEILHEIT FÜR DIE KUNST?). Der Effekt: nur noch Murks.

Schlaflos in Harlem

Erst hat die Ratte geknabbert (und tut es immer noch), dann wurde auch ich hungrig. Es war aber schon weit nach Mitternacht, und weit nach Mitternacht hab ich in Harlem weniger Lust rauszugehen als zum Beispiel früher im East Village, wo ich meine Einkäufe grundsätzlich morgens um vier erledigt habe. Schließlich fand ich unter der Spüle in einem schwarzen Schuhkarton mehrere Dutzend bekleckerter Menues von Essenslieferanten, die ich eine Stunde lang studierte. In die engere Auswahl kamen, Hana Sushi, 3141 Broadway. Bei denen kostet ein Regular Sashimi Dinner 11.95 Dollar, und bis zur 145. Straße, also mich inbegriffen, gibt's Free Delivery. Allerdings kein Sake auf der Karte.

Oder Bayou, Slice of Harlem mit New Orleans Style Cooking. Eine der wenigen Speisekarten, die auch Weinlieferung versprechen, allerdings eine Pulle ab 22 Dollar aufwärts, da muss die Not oder der Ohrenschmerz oder das Budget schon größer sein. Dazu würde ich dann, sollte ich dort bestellen, ein BBQ New Orleans Style Shrimp in Lemon Pepper Marinade auf einer Risotto-Pancake essen. Und sollte es mir gelingen, für die Bestellung vier weitere Personen um mich zu scharen (rein theoretische, der Not gehorchende Überlegung), gibt's zwanzig Prozent Ablass ... Nachlass ... Wie sagt man auf Deutsch? Discount. Genau.

Ein anderer Japaner, Hunan Balcony, ist 2596 Broadway, aber da kosten die Regular Sashimi 14.95 Dollar. Auch weder Sake noch Pflaumenwein auf der Karte. Ollie's Noodle Shop & Grille sitzt wenige Blocks weiter nordwärts, 2957 Broadway, an der Ecke 116te Straße, der hat bis morgens um zwei auf. Da gibt es viel Fisch, Dumplings und Hongkong Style Cooking, aber keine Ente. Crispy Bamboo Village, 2526 Frederick Douglas Boulevard, gleich hier um die Ecke, hat gute Lunch Specials, um die vier Dollar. Ich kenne Leute, die lassen sich das Lunch Special kommen, essen aber erst abends, mikrowellenaufgewärmt, denn abends bestellen, kostet das Doppelte. Mehrere tausend einsamer Menschen greifen vor der Glotze zum Telefon.

Mein Favorit, schon des Namens wegen, ist die Nasa Pizzeria – No swine on my mind. Dort, auf der Lenox Avenue, gibt es moslemfreundliches Fleisch ab sechs Uhr morgens, also in anderthalb Stunden (Frühstück?). Ich hab nachher doch nirgends was bestellt, da ich im sottigen Gefrierschrank noch sechs koshere Hotdog-Würstchen fand, die ich vorsichtshalber sehr, sehr lange kochte. Die hab ich dann gegessen, mit dem Erfolg, dass sie mich im Abgang jetzt noch wach halten, ohne dass ich da ins Detail gehen möchte.

Die Lenox Avenue, die seit einigen Jahren gleichzeitig "Malcolm X" heißt und in deren unmittelbarer Nähe ich nun schon zum zweiten Mal wohne, hat mich heute dazu ermuntert, Teile des gleichnamigen Spike-Lee-Films mit Denzel Washington (kriegte dafür Oscar-Nominierung) anzusehen. Der Film „Malcolm X" wiederum, den ich mit gemischten Gefühlen sah, hat mich neugierig gemacht. Ich habe einige Stunden über Malcolm X recherchiert und die Zeit und die abzuhakende Liste vergessen.

So kann's kommen.

Hat jemand einen Tipp gegen Ohrenschmerzen? Altes Hausmittel?

Malcolm-Nachklapp & Wechseljahre

W as willst du denn mit diesem frauenfeindlichen Moslem?", fragt mich eine deutsche Brieffreundin. Schwer zu sagen. Schwer auf den Punkt zu bringen. Ich kann mich am besten interessieren für meine unmittelbare Umgebung, deswegen müssen Leute wie ich reisen, um zu kapieren. Ich kann nur lernen, wo ich es erfahre. Also, am eigenen Leibe. In Israel und beim „Aufbau" habe ich am eigenen Leib erfahren, dass ich von den deutschen Tätern abstamme und von nix eine Ahnung habe und nix nachvollziehen kann und mich von Haus aus schon für eine Meinungsäußerung disqualifiziere, und habe mich damit beschäftigt, nicht nur mit Schuld und ob und inwiefern sie – bewusst und unbewusst – vererbt wird, sondern auch damit, wie andere mich wahrnehmen. Was prägt ihr Bild? Was für ein Film läuft ab in ihrem Kopf? Was sind ihre Reizworte?

Hier in Harlem erlebe ich mich als Sprössling von Sklavenhaltern, auf den ersten Blick erkennbar, und durch Spike Lees „Malcolm X" habe ich besser verstanden, wie ich gesehen werde. Klar, das Harlem des dritten Jahrtausends ist nicht mehr das Harlem der 40er oder der 80er, aber was wusste ich über Malcolm, über Martin Luther King, ich meine jetzt, über dürftiges Allgemeinwissen hinaus? Kann ich mich reinversetzen in das, was mein Nachbar fühlt, wenn er mir nicht aus dem Weg geht, sondern mich zum Ausweichen zwingt, wenn er mich von der Seite mustert. Studiert er nur das Fremde? Fragt er sich: „Ist es sie oder eine von ihren Freundinnen, die in meine Wohnung einziehen wird, wenn ich mir nach der Instandsetzung des Gebäudes die Miete nicht mehr leisten kann?"

Eine Szene aus „Malcolm X" geht mir nicht mehr aus dem Kopf. Malcolm, in seiner radikalen Phase (à la: es gibt nur einen Weg, den der strikten Trennung der schwarzen und weißen Rasse), wird von einer jungen blonden Frau abgefangen.

Sie spricht ihn auf der Straße an. Sie ist eine Bewunderin, ein Fan. Sie sei ein guter Mensch, erklärt sie, mal abgesehen von ihrer geschichtlichen Verstrickung, für die sie nichts könne. Sie wolle nun von ihm wissen, wie sie ihn und seinen Kampf, den sie gutheißt, als Weiße unterstützen könne. Lächelnd sieht er sie an, sagt: „Gar nicht". Geht weiter, lässt sie stehen. Wie viel Verletzung und Resignation steckt in dieser Antwort. Schmerz, überlieferter und selbst erlebter Schmerz, den sie als Abweisung, als Arroganz sehen muss, denn ihre Motivation ist ja ach so edel. Da steht sie, im Regen, die Blondine, am Ende ihres Lateins.

Ein anderer Punkt interessiert mich noch, die sogenannte Erwerbung, der Wendepunkt im Leben eines Menschen. Gestern lief hier im Hintergrund „Pulp Fiction", den ich lange nicht gesehen hatte und früher mal klasse fand und diesmal ganz anders sah, ganz anders verstand. Schmunzelnd hörte ich den von einem Wunder bekehrten Killer, gespielt von Samuel L. Jackson zum x-ten Mal über Schweinefleisch referieren, und wie dreckig es sei und dass man es nicht essen dürfe (No pork on my fork). Malcolm X hat dieselben Reden im Knast gehört, als Kleinkrimineller und Ex-Drogensüchtiger. Er, der es bis dahin mit weißen Frauen hatte und spitze Lackschuhe trug und sein Kraushaar glättete, hörte zum erstenmal, Zigaretten, Alkohol, Drogen, Schweinefleisch, unehelicher Sex seien das Gift des weißen Mannes.

Das schlug ein wie eine Bombe. Zum ersten Mal im Leben dachte er nach, darüber, was er bisher gelernt hatte und von wem. Ob Jesus weiß sei und ob weiß wirklich eine unschuldige Farbe ist und schwarz eine dämonische. Wer hatte ihm das erzählt? Wer hatte die Bücher geschrieben, die er bis dahin gelesen hatte? Da er aber nicht genügend Wissen und Erfahrung hatte, um selbständig zu denken, hörte er auf die neuen Lehrer, die schwarzen Moslems, und folgte diesen. Er kam von den Drogen los (so kommen auch viele Leute zu Scientology und werden Moralapostel) und hörte auf seinen Lehrer, so lange, bis er mitkriegte, dass der auch nur mit Wasser kochte, Keuschheit predigte und heimlich Sekretärinnen schwängerte. Man kennt das ja, das gibt's in allen Religionen und Ideologien.

Trotzdem haben sie einen guten Nebeneffekt. Sie stimulieren Radikalität, die erst hörig ist, alles bisher geglaubte infrage stellt und verdammt, und die sich dann loslöst. In seinen Jahren des spirituellen und politischen Erwachens hat Malcolm sein Denkvermögen, seine Rhetorik geschärft und – step by step – sein selbständiges Denken trainiert. Zum Ende seines kurzen Lebens hin, durch viele Reisen und viele Überlegungen, hat er seine Radikalität wieder abgelegt, hat seine Einstellung zu Frauen, zu weißen, korrigiert (und wer weiß, wie weit er sich noch entwickelt hätte, wenn er nicht ermordet worden wäre). Temporäre Radikalität ist ein wichtiger Teil der Menschwerdung, eine Phase, in der man ausschließt und bewertet, so lange, bis man merkt, dass ... verstehen Sie mich nicht falsch, aber ... die Wahrheit in der Mitte liegt. Das ist dann unter Umständen Weisheit.

Neu war mir auch der Gedanke, dass weiße Frauen, die schwarze Liebhaber haben, durchaus nicht immer Völkerfreundschaft praktizieren, sondern dass das von vielen Schwarzen als weitergedachtes Vergewaltigen der „unterlegenen" Rasse durch die „herrschende" gesehen wird, daher der umgekehrte Rassismus (ich weiß zum Beispiel auch erst, seit ich hier lebe, dass ich zur kaukasischen Rasse gehöre, und zwar nur, weil ich das ständig in Fragebögen gefragt werde).

Zur Verbreitung deutschen Liedguts

U-Bahn voll. Neben mir eine Lateinamerikanerin mit dem edlen langen Gesicht eines Rassepferdes. Sie bewegt die Lippen und starrt auf ein Notenblatt. Vielleicht ist sie unterwegs

zu einem Vorsingen. Ich schließe die Augen und versinke in ipod-Musik. Dann zupft sie an meinem Jackenärmel.
Was hörst du?
Was Deutsches.
Kann ich mal reinhören?
Ja, hier.
Ich stopfe ihr einen Kopfhörerstöpsel ins Ohr.
Wir hören beide, im Takt nickend.
I know that, sagt sie.
Deutsche Version, sage ich.
Dann will sie auch den anderen Stöpsel.
I like that, sagt sie und spult immer wieder zurück, während wir ruckelnd unter der Upper West Side entlang fahren, zwischen 72. und 135. Straße. Als ich aussteigen muss, hat sie den Refrain drauf. In einem entzückenden Kauderwelsch-Deutsch.
Ich glaube, nein, ich bin sicher, Ulla Meinecke würde sich über die Geschichte freun:

„Hör nicht mehr zu, Lou,
Spiel nicht mehr mit, Grit,
Sag nicht, wo du bist, Liz,
Du kannst einfach gehn.
Blas nicht in die Glut, Ruth,
Weil streiten nicht gut tut.
Mach die Tür zu, Sue,
Lass ihn einfach stehn."

Vielleicht

Eine Frau hinter mir im Bus sagte heute zu ihrer Freundin: „Ein Wunder, dass er noch nicht tödlich verunglückt ist, so ungeschickt wie er kopuliert."

Beim Zappen gesehen: „Die Hard With a Vengeance". Aus der Reihe ungewöhnliche Selbstmord-Arten: Man stelle sich wie Bruce Willis mitten auf eine Straße in Harlem, mit einem Pappschild um den Hals, auf dem steht: „Ich hasse Nigger".

Der Klang der Stille

Eben ging ich auf den Balkon, um eine Zigarette zu rauchen. Dann diese stille. Unfassbar. Das ist Berlin, die Hauptstadt Deutschlands? Das ist Deutschland, der Hosenstall der Welt? Und man hört – nichts. Morgens halb zwei am Dienstag hört man – nichts. Einen Nachtschwärmer vielleicht, auf leisen, flachen Plateausohlen nach Hause gehen. Wie laut die leisen Schritte in den weißen Schlaghosen hinaufdonnern. Wie still Berlin ist. Sogar den Vögeln hat man die Schnauzen geknebelt. Offenbar.

In Harlem reden die Leute miteinander von Haus zu Haus, von Straßenseite zu Straßenseite, den ganzen Tag lang, die ganze Nacht lang. Sie brüllen. Sie kreischen. Sie schimpfen. Sie erzählen sich Fernsehprogramme und Ehekräche. Oder heißt das Ehekrachs, Bruno? Sie zotteln Kinderwagen und Kampfhunde die Treppen hoch und runter. Sie rücken Möbel nachts um zwei, um drei, um vier. Ich würde lieber sterben, als mich darüber zu beschweren. Sie fahren im Schritttempo in offenen Autos vorbei, die Anlagen so laut es geht. Hip Hop, natürlich. Polizeiautos kreuzen halbstündlich ums Eck. Sie machen Quiekgeräusche wie Meerschweinchen. Man muss Präsenz zeigen. Man darf keine Angst zeigen. Drogenbanden. Prostituiertenrivaliäten, Crackheads. Just name it.

Hier ist – nichts. Ein Baum. Der rauscht ein bisschen. In der Ferne ein Auto. Das brummt ein bisschen. Ein Mann auf leisen

Plateausohlen. Der klackt ein bisschen auf dem Pflaster. Wo sind nur all die Menschen? Und warum verstecken sie sich? Oder schlafen die jetzt? Und arbeiten die morgen? Bei so viel Hartz IV? Oder hängen die vor der Glotze? Man weiß es nicht. Hier gibt es keine Glotze. In Harlem gibt's eine Glotze. Kabelprogramm, 200 Programme. In Harlem fühlt man sich nie allein. Nehmen wir an, ein einsamer Heimgänger würde pinkeln wollen, ungestört. Keine Chance. Sie lungern. Sie lungern überall. Auf den Treppenstufen der Häuser. An den Ecken. Sie sitzen still in dunklen Autos. Sie kennen keine Tages- und Nachtzeit.

Hier gibt es richtiggehende Bettruhe, wie im Ferienlager. Alles still.

Der Weg ist das Ziel

Vorm Hotelfenster spielt wieder einer Akkorden. Ich sehe nicht raus und stelle mir vor, dass der Akkordeonspieler einen alten Zirkusbären mit Haarausfall an einer schweren Kette um sich herum zerrt. Der Zirkusbär hinkt bestimmt. Auf der linken Tatze. Der Akkordeonspieler hat bestimmt einen Schnurrbart, in dem noch alte Nudeln hängen. Der Bär wird ihn irgendwann überwältigen. Der Bär wird in Richtung Brandenburger Tor flüchten, 800 Meter weit wird er flüchten, zum bedeutendsten deutschen Nationalsymbol und darüber hinaus, in den Westen wird er flüchten, an der Goldelse vorbei. Humpeln wird er, der alte kahle Zirkusbär. Er wird sich sein Begrüßungsgeld abholen, und dann wird er einen Dermatologen am Kudamm aufsuchen oder ein anknöpfbares Haartransplantat installieren lassen, oder er besichtigt ein kleines Studio-Apartment am Zoologischen Garten, vielleicht das, wo früher Thomas Koschwitz wohnte.

Packen

Wieder mal packen. Es schult. Das Hantieren. Das Sortieren. Das Kleinhalten des Hausstandes. Taschen. Koffer. Mehrere Gänge. Hin und her. Bargeld in kleinen Scheinen. Oder in größern. Anzahlen. Abzahlen. Neue Schlüssel, neue Schlösser, neue Türen, neue Lichtschalter, neues Bett, neues Stockwerk, alles neu. Nur der Mensch selber wird alt. Ich mag das, das Neue und das Alte. Das Statische und das Mobile. Es sind nur kleine Wurzeln, die der Mensch schlägt, also ich, zwischendurch. Luftwurzeln. Es schmerzt nicht, sie rauszureißen.

Wie oft bin ich umgezogen? Mehr als zehnmal, weniger als hundertmal.

Wie oft werde ich noch umziehen? Zählt einfach mit.

Meine nächste Station in New York kann meine letzte Station in New York sein.

Kann meine letzte Station überhaupt sein.

Muss aber nicht.

Weitere Titel der Edition **BOD**

ISBN 3-8334-2790-6, 11,90 €

"Ein erschütterndes Tagebuch!"
BILD-Zeitung

ISBN 3-8334-2530-X, 14,90 €

"Derzeit das beste Existenz-
gründungsbuch."
VDI Nachrichten

ISBN 3-8334-5303-6, 12,90 €

"Völlig abgedrehte, deftige Lektüre.
Nichts für Puristen!"
Vito von Eichborn

ISBN 3-8334-6075-X, 11,90 €

"Wenn du dich für Schicksale
interessierst – dann lies mal eins
aus unserer Wirklichkeit."
Vito von Eichborn

Edition **BOD**

Weitere Titel der Edition BOD

ISBN 3-8334-5127-0, 14,90 €

"Mal was anderes: Ein Sachbuch zum Träumen!"
Vito von Eichborn

ISBN 3-8334-5126-2, 11,90 €

"Selbstironie pur! Eine Lehrerin über den Aberwitz im Schulalltag."
Vito von Eichborn

ISBN 3-8334-5128-9, 12,90 €

"Seit langem wieder etwas Brauchbares zum Thema Philosophie."
Vito von Eichborn

ISBN 3-8334-3739-1, 14,80 €

"Ein Brückenschlag zwischen Physik und Theologie."
SWR Talkshow

Edition BOD

Bibliografische Information der Deutschen Nationalbibliothek:
Die Deutsche Nationalbibliothek verzeichnet diese Publikation in der Deutschen Nationalbibliografie; detaillierte bibliografische Daten sind im Internet über http://dnb.d-nb.de abrufbar.

© 2006 Else Buschheuer
Herausgeber: Vito von Eichborn
Herstellung und Verlag: Books on Demand GmbH, Norderstedt
ISBN 10: 3-8334-6402-X
ISBN 13: 978-3-8334-6402-7